AF190390

Die *un*gehorsame Tochter
Der beschnittene Pfad, 1945-1958

BoD™
BOOKS on DEMAND

A. Sieveking

Die *un*gehorsame Tochter
Der beschnittene Pfad, 1945-1958

Bibliografische Information der Deutschen Nationalbibliothek:
Die Deutsche Nationalbibliothek verzeichnet diese
Publikation in der Deutschen Nationalbibliografie;
detaillierte bibliografische Daten sind im Internet über
http://dnb.dnb.de abrufbar.

© 2017 A. Sieveking

Covergestaltung, Satz: Ralf Westphal, Hamburg

Herstellung und Verlag: BoD – Books on Demand,
Norderstedt

ISBN: 978-3-7448-0003-7

1

Ein Zitronenfalter flog über den weitläufigen Garten zu den Blumenbeeten, die unterhalb der überdachten Terrasse in farbenfroher Pracht leuchteten. Er ließ sich auf einer roten Mohnblüte nieder. In den umliegenden Bäumen und Büschen hatte sich eine Schar Singvögel versammelt, die dem schönen Wetter mit lautem Gesang huldigten.

Über dem trutzigen, dreigeschossigen Herrschaftsgebäude, das wie ein großes ‚L' erbaut und im Sommer 1931 als *Sanatorium Tönsheide* in Betrieb genommen worden war, lag eine paradiesische Ruhe. Das 67 Hektar große Gelände erstreckte sich über ein weitläufiges Plateau, welches zu entspannenden und kraftspendenden Spaziergängen einlud und mündete in einem Wald, der zum Naturschutzgebiet Tönsheide gehörte. Das Rauschen des Windes durch das Geäst der uralten Eichen und Pappeln, die das Anwesen umgaben, übte eine zusätzliche beruhigende Wirkung auf seine Patienten aus. Der perfekte Ort für die Genesung!

Die Junisonne brannte heiß vom wolkenlosen Himmel herab. Es war noch früh am Nachmittag. Bernhard Trautmann nahm auf der fast leeren Terrasse seine tägliche, vom Professor verordnete Mittagsruhe ein. Mit der Post hatte er einen Brief von seiner Frau erhalten, in dem sie ihm die freudige Nachricht mitteilte, dass sein Sohn lebte, aber bei den schweren Kämpfen um die Stadt Bremen in britische Kriegsgefangenschaft geraten sei. Nach nur sechs Semestern Medizinstudium hatte man ihn und seine Kameraden als Marineoffizierssanitäter hinter den Linien eingesetzt. Sein Kamerad Walter Asche sei geflohen und hätte sich nach Hamburg durchgeschlagen, wo er Dorothea aufgesucht und ihr berichtet habe, dass Albert mit den anderen in ein Internierungslager nach Belgien verlegt worden war. Doch die Hauptsache sei, dass er am Leben wäre. Jetzt solle ihr lieber Mann nur ja alles tun, was der Professor ihm rate, um schnell gesund zu werden, damit er wieder bei ihr sein könne, wenn der Junge sicher sehr bald heimkehren würde, schloß ihr Brief hoffnungsvoll.

Ein wehmütiger Zug lag auf seinem Gesicht, als er die letzten Zeilen las. Sein Blick schweifte in den Garten und blieb an der bunten Blütenpracht hängen, die nun von weiteren Schmetterlingen ins Visier genommen wurde, doch er nahm die Tiere nicht wahr, sondern hing seinen Gedanken nach.

Neben ihm im Liegestuhl lag ein etwa fünfundzwanzigjähriger Mann. Athletisch und braungebrannt vermittelte er nicht unbedingt den Eindruck eines Patienten, doch auch er litt wie Bernhard an Lungentuberkulose. Der Inhalt seines Buches schien ihn nicht sonderlich zu fesseln, denn er klappte es zu und legte es auf den kleinen Holztisch, der zwischen den beiden Liegen stand. Er verschränkte die Arme unter dem Kopf und schaute in den Himmel.

„Ein kleines Eldorado, finden Sie nicht? Nichts erinnert hier an Krieg und Zerstörung. Da muß man ja wieder zu Kräften kommen!"

Er drehte den Kopf zu Bernhard. In den letzten Wochen hatten sich die beiden Männer angefreundet, zumal als Bernhard erfuhr, dass es sich um einen Kameraden seines Sohnes handelte, der kurz vor dem Kommando, Bremen zu verteidigen, so schwer erkrankte, dass er nach Tönsheide geschickt wurde. Während des Krieges diente das Sanatorium zugleich auch als Lazarett.

„Was die Siegermächte wohl diesmal für unser Land aushandeln. Der Versailler Vertrag wurde seinerzeit ja von einem halben Dutzend vergreister Kahlköpfe gemacht. Diesmal müssen die Voraussetzungen für den Frieden so gut sein, dass es in Europa nie wieder zu einem so sinnlosen und bestialischen Abschlachten kommen kann!"

Ein nachsichtiges Lächeln umspielte Bernhards Lippen. Bedächtig faltete er den Brief seiner Frau zusammen und steckte ihn zurück in den Umschlag.

„Ach, mein lieber Armin, so neu ist dieser Gedanke nicht. Das Gleiche hatte man schon 1918 gehofft, aber nur knapp drei Jahrzehnte später liegt Deutschland ein zweites Mal am Boden. Nur diesmal in Schutt und Asche. Ohne die Hilfe der Alliierten wird es keinen Wiederaufbau in unserem Land geben."

Verwundert hob der junge Mann die Augenbrauen.

„Warum sollten sie Deutschland nicht wieder aufbauen? Ein zerstörtes Land nützt niemanden. Ich glaube nicht, dass sie uns zu einem Agrarland machen werden, wie's dieser ominöse Morgenthauplan vorsieht. Das wäre doch komplett hirnrissig!"

Der Pathologe warf dem jungen Mann einen skeptischen Seitenblick zu.

„Da mögen Sie wohl recht haben, allerdings hab' ich mein Vertrauen in die Vernunft der Politiker längst verloren. Egal, welche Parteien sie da auch gerade neu gegründet haben. In erster Linie sorgen sich die Politiker um den Erhalt ihrer persönlichen Macht und nicht um das Wohlergehen des Volkes. Im Gegenteil, sie belügen und betrügen es. Und zum Dank dafür, dass es sie gewählt hat, entmündigen sie es durch ihre Geheimdiplomatie und stürzen es, wie jetzt unser deutsches Vaterland, kaltlächelnd ins Verderben. Und das Deprimierende daran ist, es war immer so und wird wohl auch so bleiben!"

Aufmerksam hatte ihm Armin Sollbach zugehört.

„Ein düsteres Bild, das Sie da von den Regierenden malen, Doktor Trautmann. Aber wenn ich's recht überlege, stimme ich Ihnen sogar zu. Vielleicht sollte man den Politikern die Vernunft und die soziale Kompetenz gleich absprechen, da sie viel zu häufig nicht den Wald vor lauter Bäumen sehen!"

Bernhard lachte belustigt, dann verfielen die Männer in Schweigen und betrachteten sinnierend einen frechen Spatz, der sich auf dem Steingeländer der Treppe niederließ, die von der Terrasse hinunter zum Garten führte. Der Vogel flog wieder davon. Mit sehnsüchtigem Blick schaute Bernhard ihm nach und sagte dann leise, mehr zu sich selbst: „Wie schön muß es sein, in die Welt hinauszufliegen und keinen einzigen Gedanken an das Morgen zu verschwenden."

Armin warf ihm einen befremdeten Blick zu. Der Herr Doktor schien heute ja in keiner besonders guten

Verfassung zu sein. Er holte Luft, um etwas Aufmunterndes darauf zu erwidern, doch in diesem Augenblick betrat eine Schwester die Terrasse und steuerte auf sie zu.

„Herr Obermedizinalrat, der Herr Professor möchte Sie sehen!"

Bernhard nickte und erhob sich schwerfällig von der tiefen Liege. Der weiße Leinenanzug, den er trug, verhüllte kaum seine Magerkeit. Er nahm seine ganze Kraft zusammen und folgte ihr in gerader, aufrechter Haltung mit festem Schritt ins Haus.

Armin Sollbach sah dem Vater seines Kameraden nach und bewunderte im Stillen dessen eiserne Disziplin und grimmige Entschlossenheit, mit der der Pathologe seiner Krankheit trotzte.

Der lichtdurchflutete Raum mit den hohen Wänden und den zum Garten hinausführenden, weit geöffneten Fenstern, war das Büro von Professor Greve, einem Mann in Bernhards Alter, mit wildem Haarwuchs und einem grauen Spitzbart. Er war schlank, von mittelgroßer Statur und stand neben Bernhard vor dem erleuchteten Röntgenbild.

Der Ausdruck seines gutmütigen Gesichtes war besorgt.

„Hier sieht man ganz deutlich die Entzündung der Lungenspitzen. Dieser Bereich ist bereits zu einer Kaverne eingeschmolzen...?"

Fragend blickte er zu seinem Patienten auf und wollte mit der Erklärung fortfahren, als ihm Bernhard, der seine Hände auf dem Rücken verschränkt hielt, ungeduldig ins Wort fiel.

„Ich weiß, ich weiß... so bezeichnet man die Hohlraumbildung als Folge der Gewebeeinschmelzung. Bakterien und phagozytierende Abwehrzellen sind in der Kaverne eingeschlossen. Durch deren Aktivität hat sich ein käsiger Eiter gebildet, was letztendlich zum Untergang des zentralen Gewebes beiträgt!"

Der verdutzte Gesichtsausdruck des Professors entlockte ihm ein bitteres Lächeln.

„Ich habe selbst viele Jahre als Lungenfacharzt praktiziert und kenne mich mit dem Verlauf meiner Krankheit also bestens aus. Nichts für ungut, Herr Kollege."

Professor Greve stieß einen erleichterten Laut aus, dann wurde seine Miene wieder ernst.

„Es tut mir leid, dass die Pneumothorax-Operation nicht den gewünschten Erfolg erzielt hat, Dr. Trautmann... Sie wissen ja, die Mykobakterien überleben in den verkalkten Herden jahrzehntelang und bei einer Reaktivierung...", bedauernd hob er die Hände und deutete wieder auf das Röntgenbild. „Wie Sie sehen, hat die Kaverne bereits Anschluß an Ihr Bronchialsystem gefunden." Er legte seine ganze Zuversicht in seinen Blick und fügte lächelnd hinzu: „Aber mit Penicillin, einer vitaminreichen Ernährung, viel Schlaf und dieser idyllischen Umgebung hier werden wir Ihrer Tbc jetzt ordentlich einheizen!"

Es fiel Bernhard schwer, den Optimismus des Professors zu teilen. Zu genau kannte er sich mit den Komplikationen aus, die sich im Krankheitsverlauf ergeben konnten. Falls die verkalkten Stellen in seiner Lunge nicht mehr belüftet wurden, würde sein Lungenvolumen abnehmen. Auch eine Lungenblutung oder die Entzündung des Lungenfells wären möglich.

Er vergrub die Hände in den Taschen seiner Bundfaltenhose und schaute mit unbeweglicher Miene zum Professor. Ihm war klar, dass sich nach dieser Diagnose sein Aufenthalt hier noch um einige Wochen verlängern würde.

„Ihrer wortreichen Umschreibung entnehme ich, dass ich Ihnen noch eine Weile Gesellschaft leisten muß?"

Der besorgte Ausdruck auf dem Gesicht des Professors wich einer heiteren Miene.

„Selbstverständlich! Sie müssen mir doch die Gelegenheit geben, Sie bei unseren abendlichen Schachduellen wenigsten einmal schlagen zu können, lieber Kollege!"

2

„Sie wollen… *was* tun?!"

Die dunklen Augen von Robin Vanderbilt bohrten sich in das gelassene Antlitz seines Gegenübers, um sicherzugehen, dass er sich nicht verhört hatte.

Mit einer lässigen Geste strich Sigmund seine immer noch kastanienbraunen Haare aus der Stirn zurück, die nur an den Schläfen ergraut waren und seinem weichen Gesicht nun etwas Gesetzteres, Seriöseres verliehen. In seinen Augen lag ein fast belustigter Ausdruck.

„Sie haben mich schon richtig verstanden, Robin!"

Er hatte die erstbeste Gelegenheit beim Schopfe ergriffen, ins befreite Europa zu fliegen, um sich selbst ein Bild über das Ausmaß der Zerstörung zu machen. Sein erster Weg hatte ihn allerdings nach Amsterdam geführt, da er hoffte, dass Vanderbilt ihm bei einem Projekt unterstützen würde. In knappen Worten hatte er dem Bankier eben sein Anliegen vorgebracht. Auf dem Gesicht des alten Mannes konnte er ablesen, wie entsetzt der Holländer über dieses Ansinnen war.

Vanderbilt legte seine dünnen Spinnenfinger aneinander und betrachtete seinen Gast mit intensivem Blick. „Ein überaus schlecht gewählter Zeitpunkt, Sigmund. Europa liegt am Boden, überall herrscht Chaos und Vertreibung... Sie würden damit eine Lawine lostreten!"

In Sigmunds grünen Augen funkelte es wild entschlossen.

„Das Risiko gehe ich ein!" Seine Stimme bekam etwas Drängendes. „Mein Land plant, Hitlers Schergen vor ein Weltgericht zu stellen. In Nürnberg soll diesen Leuten vor aller Öffentlichkeit der Prozeß gemacht werden. Meiner Meinung nach sollte sich Amerika aber nicht als Retter und Weltpolizei aufspielen, für etwas, was es mit geschaffen und damit auch mit zu verantworten hat! Das wäre..."

„*Unredlich*?", warf Vanderbilt mit beißender Ironie ein. „Wer sind Sie, Sigmund - der Robin Hood der Deutschen? Nach all dem Leid, was die Nazis über Europa gebracht haben, fallen ein paar Transaktionen der Wall Street Anfang der Dreißiger Jahre da doch wohl kaum mehr ins Gewicht! Es wäre besser für uns alle, besonders für Sie, mein lieber Freund, wenn Sie Ihr Enthüllungsbuch so schnell wie möglich verbrennen und dem nachgehen, was Sie können – Ihr Geld vermehren!"

Der Amerikaner kniff die Augen zusammen und fokussierte das knorrige, blasse Gesicht des Holländers. „Sie haben Angst, dass das Buch Ihre Geschäfte stören könnte, nicht wahr? Vergessen Sie nicht, Robin, Sie schulden mir was. Ich hätte Hitler seinerzeit auch eine andere Bank für den Geldtransfer vorschlagen können. Soweit ich weiß, haben Sie an diesem

Geschäft und auch in der Folgezeit durch die Nazis recht gut verdient."

Die tiefliegenden Kohleaugen bohrten sich in Sigmunds, der dem sezierenden Blick ungerührt standhielt. Vanderbilts Lippen waren nur noch zwei dünne Striche.

„Weiß Ihr Vater davon?"

Sigmund blieb vage. „Ich habe es ihm gegenüber mal erwähnt, aber die Meinung meines geschätzten Herrn Vaters ist mir ehrlich gesagt mittlerweile ziemlich egal!" In seiner Stimme schwang Verachtung mit. „Er und der ‚Inner Circle' trickten die Welt vor einem Jahr auf der Konferenz in Bretton Woods einmal mehr aus – und keiner hat's gemerkt. Nun diktiert Amerika der ganzen Welt die Preise!"

Die durchscheinende Haut auf Vanderbilts Stirn kräuselte sich, Irritation in seinem Blick. „Wovon sprechen Sie? Ich habe letzten Juli an besagter Konferenz selbst teilgenommen,

aber …"

Erregt rutschte Sigmund auf seinem Stuhl vor. „Na, dann erinnern Sie sicher, dass zwischen der britischen und amerikanischen Delegation ein heftiger Machtkampf über die neue Weltleitwährung entbrannte. Mein Vater und der ‚Inner Circle' plädierten dafür, dass es keine freien, sondern nur noch fixe Wechselkurse geben solle..."

„Ja, ja, ich weiß, das gefiel einigen Ländern nicht, da sie nicht ganz auf Gold als Regulativ verzichten wollten. Ihr Herr Vater versicherte den Teilnehmern aber, dass der Dollar durch die üppigen Goldreserven der USA gedeckt sei - so steht es auch in den Verträgen, die wir unterzeichnet haben…" Seine kalten Augen richteten sich streng auf Sigmunds Gesicht. „War das gelogen?"

„Keineswegs, nur…", ein süffisanter Zug umspielte Sigmunds Mund; Vanderbilts Augen taxierten ihn unerbittlich, „… haben Sie sich den Vertrag anschließend noch einmal genau durchgelesen?"

„Worauf wollen Sie hinaus?"

„Also nicht, denn dann wäre Ihnen sicher nicht entgangen, dass im Vertragsdokument noch ein kleiner, aber entscheidender Zusatz hinzugefügt wurde: Das Wort ,Gold' wurde um ,oder US-Dollar' erweitert!"

Die Gesichtszüge des Holländers gefroren. Zufrieden lehnte sich Sigmund in seinem Stuhl zurück und betrachtete den Bankier der, langsam die ganze Tragweite des eben Gesagten begreifend, mit heiserer Stimme hervorstieß: „Aber… das ist… Betrug!"

Seelenruhig entzündete Sigmund eine Zigarette und bedachte Vanderbilt mit einem beinah erheiterten Blick. „Dad würde Ihnen da nicht unbedingt zustimmen, Robin. Das Board der FED hat jahrzehntelang auf diesen Moment hingearbeitet."

Die Augen des holländischen Bankiers wurden schmal.

„Und wie in aller Welt soll ihm das bitteschön gelungen sein, Sigmund?! So ein entscheidender Zusatz wäre den Advokaten doch sicher aufgefallen und wohl kaum einstimmig von den anwesenden Ländern ratifiziert worden!?"

Sigmund zog an seiner Zigarette. Sinnierend blickte er dem Rauch hinterher.

„Wenn ich es Ihnen verrate, Robin, kann ich dann mit Ihrer Unterstützung rechnen?"

Vanderbilt überlegte einen langen Moment, dann nickte sein weißbehaartes Haupt unmerklich.

Sigmund richtete seinen Blick auf das angespannt verzerrte Gesicht des Bankiers. Ein abgeklärtes, fast trauriges Lächeln umspielte dabei seine Lippen.

„Mein Vater ist uns allen immer eine Nasenlänge voraus, nicht wahr? In der Nacht vom 13. auf den 14. Juli haben seine Anwälte die Dokumente heimlich um diese drei kleinen Worte ‚erweitert'".

Vanderbilt schnappte hörbar nach Luft. Ungläubig starrten seine Augen in das Antlitz seines Gastes, der nun mit übereinandergeschlagenen Beinen entspannt auf seinem Sessel saß, an seiner Zigarette zog und die Erschütterung des Älteren zu genießen schien. Schließlich faßte sich Vanderbilt. „Mit anderen Worten: Amerika diktiert jetzt der ganzen Welt den Preis!" Sein Gesicht war zu einer unbeweglichen Maske erstarrt. „Also gut, wie kann ich Ihnen behilflich sein?"

Sigmunds Augen betrachteten scheinbar gelangweilt seine polierten Fingernägel.

„Man berichtete mir von Ihren hervorragenden Kontakten zu einigen holländischen Buchverlagen..." Er hob den Blick, der Ausdruck seiner Augen war hart. „Ich möchte, dass Sie dafür sorgen, dass mein Manuskript hier veröffentlicht wird. Das ist schon alles, worum ich Sie bitte!"

„Warum versuchen Sie sich es nicht in Amerika? Dort gibt es ebenfalls einige sehr renommierte Verlage..."

Ungeduldig winkte Sigmund mit der Hand ab. „Ach, nun tun Sie doch nicht so ahnungslos, Robin! Mein Vater würde sofort alle Hebel in Bewegung setzen, um genau das zu verhindern! Abgesehen davon, dass der derzeitige Siegestaumel meiner Landsleute, Hitlers Regime gestürzt und Europa von seiner Diktatur befreit zu haben, sicher nicht dazu beiträgt, einen Verlagsdirektoren zum Druck dieser Lektüre zu bewegen. In Europa ticken die Uhren etwas anders. Ich denke, das Thema dürfte hier auf großes Interesse stoßen."

„Kann ich es vorher lesen?"

Sigmund Lippen lächelten mokant.

„Um belastende Stellen zu schwärzen oder gar zu entfernen?"

Vanderbilt schwieg.

Mit sanfter Stimme fuhr Sigmund fort. „Sie bezeichneten mich vorhin abfällig als ‚Robin Hood der Deutschen'. Das bin ich sicher nicht - ich war Treuhänder der Wall Street und legte den Kontakt zu Hitler, was mir das sehr zweifelhafte Vergnügen einbrachte, diesen Wahnsinnigen persönlich erleben zu dürfen…"

Sein Blick wanderte zum Fenster. Die Sonne war untergegangen, dennoch leuchtete der Horizont hell.

„Verstehen Sie nicht, Robin… wir alle, allen voran mein Vater und seine machtgierigen Freunde, haben sich mit ihrem ehrgeizigen Plan, Europa neu aufzuteilen und eine neue Weltordnung zu schaffen, schuldig gemacht! Wir wußten, wen wir da mit unseren Dollars unterstützen und zur Macht verhalfen. Nein, nein, wir haben diese Katastrophe nicht nur kommen sehen, sondern sie *mitfinanziert*! Das darf der Weltöffentlichkeit für die rückwirkende Beurteilung der Geschichte nicht vorenthalten werden. Genauso wenig wie die Tatsache, dass Churchill noch im Juli '44 plante, flächendeckend Gas gegen die Deutsche Bevölkerung anzuwenden. 500.000 Bomben hatte er bereits in den USA bestellt, 5.000 davon hatten wir schon geliefert..."

Vanderbilt betrachtete seinen Gast mit einem Ausdruck, als habe dieser nun vollkommen den Verstand verloren.

„Und *das* wollen Sie jetzt - wo Amerika, England, Frankreich und Rußland das Nazi-Reich nach fast sechs Jahren unter hohen Blutopfern niedergezwungen haben –der *Weltöffentlichkeit* mitteilen?!"

„Selbstverständlich! Nur wenn alles ans Licht kommt, was zu dieser Katastrophe geführt und sie unnötig verlängert hat, kann es vielleicht gelingen, eine neue, *gerechtere* Welt aufzubauen!"

Vanderbilts Mund zuckten. „Sie sind wirklich ein unverbesserlicher Idealist, Sigmund, und Sie unterschätzen die Gier nach Macht und Geld. Nur das Streben nach immer *mehr* treibt die Menschen an!"

„Menschen können sich ändern!"

Vanderbilts Kohleaugen blitzten. „Sie enttäuschen mich, Sigmund. Menschen ändern sich nicht, sondern nur die Verhältnismäßigkeiten. Aber gut...", mit einem resignierten Aufseufzen hob er seine Hand und ließ sie wieder auf die Armlehne fallen, „ich werde sehen, was ich für Sie tun kann."

„Danke Robin, aber...," Sigmund beugte sich vor und sah den Bankier eindringlich an,

„... kein Wort zu meinem Vater! Ich will, dass dieses Buch *erscheint*!"

Vanderbilt kreuzte seinen Blick und schwieg.

3

Am darauffolgenden Abend nahmen Vanderbilt und seine Frau an einer Geburtstagsfeier eines langjährigen Geschäftsfreundes teil, der auf einem Gut etwas außerhalb der Stadt lebte. Unter den Gästen befand sich auch der Eigentümer eines Buchverlages. Zu fortgeschrittener Stunde suchte der Bankier das Gespräch mit ihm und tastete sich vorsichtig heran, ob der Verleger bereit wäre, ein Buch von hochbrisantem Inhalt über die Hintergründe des II. Weltkriegs herauszubringen. Zunächst wich dieser mit Blick auf die chaotische politische Lage in Europa aus, zeigte dann aber doch ein verhaltenes Interesse und wollte Näheres über den Autoren wissen. Vanderbilt hielt sich bedeckt, erwähnte aber Sigmunds Namen. Der Verleger stutzte und meinte dann, dass er gern einen Blick in das Manuskript werfen wolle, um danach zu entscheiden, ob er es veröffentlichen würde.

„Das ist wirklich sehr freundlich von Ihnen, Jan. Herr Cornelsen hält sich noch zwei Tage in der Stadt auf. Ich sage ihm, dass er sich gleich morgen mit Ihnen in Verbindung setzen soll."

Vanderbilt gesellte sich wieder zum Hausherren, der ihm sogleich einen Whisky in die Hand drückte und ihn in eine Unterhaltung verwickelte.

Währenddessen bahnte sich der Verleger einen Weg durch die Menge hinaus auf den Flur und fragte das Hausmädchen, wo er ungestört ein kurzes Telefonat führen könne. Sie geleitete ihn in das Arbeitszimmer des Hausherrn. Der Verleger wartete, bis sie den Raum verließ, dann wählte er eine Nummer. Es dauerte eine Weile, bis die Leitung stand.

„Dietrich? Hallo, hier ist Jan Smits... ja, ja, der Jan, mit dem du durch die Bars in Manhattan gezogen bist... ja, das ist schon eine verdammt lange Weile her... sicher, wenn ich das nächste Mal in den Staaten bin - versprochen... Der Grund, weshalb ich anrufe, ist folgender... Bankier Vanderbilt ist da gerade mit einer recht ungewöhnlichen Bitte an mich herangetreten...“

Eine halbe Stunde nach Mitternacht machte sich das Bankiersehepaar auf den Heimweg. Die schwere Limousine, die Vanderbilt als einer der wenigen auch während des gesamten Krieges mitsamt seinem Chauffeur hatte behalten dürfen, rumpelte durch die Nacht. Es war stockdunkel. Die fahlen Lichtkegel der Scheinwerfer erhellten den Sandweg nur spärlich und ermöglichten eine eingeschränkte Sicht. Nach dem Einfall der Deutschen war der Weg zwar von ihren Panzern verbreitert worden, doch Vanderbilts Chauffeur hatte große Mühe, den Schlaglöchern, die bei dem schlechten Licht kaum rechtzeitig zu erkennen waren, so gut es ging auszuweichen.

Grübelnd starrte Vanderbilt vor sich hin. Der Kopf seiner Frau ruhte auf seiner Schulter. Schläfrig murmelte sie: „Wenn die Zugverbindungen nach

Hamburg wieder funktionieren, werde ich Anna und den Jungen besuchen."

„Hm, ja, tu das...", war seine abwesende Antwort. Seine Gedanken kreisten um das Gespräch mit dem Verleger. Eigenartigerweise hatte es ihn den ganzen Abend über beschäftigt. Kein gutes Zeichen. Als Vanderbilt Sigmunds Namen erwähnte, war ihm das plötzlich Aufflackern in den Augen des Verlegers nicht entgangen. Es ergab sich aber keine Gelegenheit mehr, ihr Gespräch fortzusetzen, da sich der Verleger recht zeitig verabschiedete.

Vanderbilt überkam ein Gefühl, was sich immer bei ihm einstellte, wenn er ‚Gefahr im Verzug' witterte. Ein Schlagloch riß ihn aus seinen Überlegungen. Die Limousine holperte über eine besonders unebene Strecke. Im Fond des Wagens wurden die Insassen hin- und hergeschüttelt.

„Herrgott, Theo, geht das nicht ein wenig sanfter?!"

„Entschuldigung, Herr Vanderbilt, ich kann die Schlaglöcher kaum sehen...", versuchte sich der Chauffeur zu rechtfertigen, doch sein Arbeitgeber ließ das nicht als Erklärung gelten.

„Sie sollten den Wagen besser beherrschen..."

Im selben Moment rollte der Mercedes über eine weitere Bodenunebenheit.

Es knirschte unter den Rädern.

Vanderbilts Frau war nun hellwach und wollte gerade empört den Chauffeur anfahren, als in der nächsten Sekunde ein ohrenbetäubender Explosionsknall die Stille der Nacht zerriß. Ein riesiger, glutroter Feuerball stieg grell leuchtend in das Schwarz der Nacht zum Himmel empor. Die lodernden Flammen verschlangen alles. Binnen Sekunden brannte das Auto lichterloh.

4

Der erste Friedenssommer nach fast sechs grausamen Kriegsjahren war in Norddeutschland heiß und trocken. In den Militärlazaretten und provisorisch dafür hergerichteten Einrichtungen lagen etwa eine halbe Million deutscher Soldaten. In Hamburg versuchten die englischen Besatzer möglichst rasch das Chaos in den Griff zu bekommen. Nachdem die britischen Besatzungstruppen die Kampftruppe abgelöst und sich in der zerstörten Hansestadt eingerichtet hatten, waren nun überall in der Stadt die militärischen Jeeps präsent. Auf den Straßen wimmelte es von Soldaten, und immer neue Verordnungen machten das eh schon beschwerliche Leben noch ein bißchen beschwerlicher.

Überall verkündeten Schilder ‚*Out Of Bounds for German Civilians!*' (*Für deutsche Zivilisten Zutritt strengstens verboten!)* oder ‚*For British Forces only!*' *(Nur für britische Streitkräfte!).* Geringfügig beschädigte Gebäude wurden von der Besatzungsmacht als ‚Offiziersmesse' deklariert, wie zum Beispiel das *Hotel Atlantic,* und als die Ehefrauen der Militärs nachkamen, beschlagnahmte man kurzerhand ganze vornehme Wohnviertel. Abends galt ab neun Uhr

Ausgangssperre – das sogenannte ‚*curfew*', Fahrräder durfte man zunächst nicht benutzen, Post wurde auch keine befördert und wenn man telefonieren wollte, dann nur aus geschäftlichen Gründen.

Manch einer konnte sich nur schwer damit abfinden, dass die Briten erst Hamburg durch eine systematische, zweijährige Bombardierung in Trümmer gelegt, ihre Wohnungen zerstört und sie obdachlos gemacht hatten und nun dieselben Briten dafür Sorge trugen, Ordnung in das Chaos zu bringen und die Stadt wieder aufzubauen. *Radio Hamburg*, nun ein Sender der alliierten Militärregierung, sendete in mehreren Sprachen und ließ gebetsmühlenartig verkünden, dass das besiegte deutsche Volk barbarisch, hinterhältig, anmaßend und kulturfeindlich sei, was nach all den Geschehnissen der letzten Jahre sicher verständlich, aber nicht von besonders kluger Psychologie in der Besatzungsführung zeugte, da die Deutschen täglich ums nackte Überleben kämpften und viele von den Gräueltaten, die in ihrem Namen durch die Nazis im eigenen Land wie auch unter ihrer Besatzung in ganz Europa verübt worden waren, noch keine Ahnung hatten.

Es wartete viel Arbeit auf die britischen Besatzer, daher überließen sie es den Deutschen, ihre Unternehmen selbst von den nationalsozialistischen Elementen nach Treu und Glauben ‚zu säubern'. Damit aber waren der Willkür und Rechtlosigkeit Tür und Tor geöffnet. Urplötzlich spielten sich nun gerade diejenigen als Gegner des Regimes auf, die es all die Jahre glühend unterstützt hatten. Um die eigene Haut zu retten, schwärzten sie Unschuldige an, die nicht nur ihre Arbeit verloren, sondern die Engländer froren auch gleich deren Konten ein und verlangten, soweit vorhanden, die Abgabe ihrer Telefone. Verkehrte Welt!

Trotzdem wollte der Flüchtlingsstrom der Heimkehrer nicht abbrechen. Schaurige Geschichten über die umkämpfte Stadt Berlin und die russische Besatzung machten die Runde. Von Vergewaltigungen und anderen Grausamkeiten war zu hören.

Heinrich Himmler wurde in Lüneburg gefaßt, doch es wurde erzählt, dass er sich dem Urteil der Alliierten entzog, in dem er sich mit Blausäure vergiftete. In einer Scheune in Berchtesgaden hatte man sein Vermögen von vier Millionen Mark in sechsundzwanzig verschiedenen Devisen gefunden.

Nach gut einem Monat lockerten sich in der Hansestadt langsam die Ausgehbeschränkungen. Von fünf Uhr früh bis abends halb elf durfte man nun auf den Straßen unterwegs sein. Vom Hauptbahnhof aus wurden die deutschen Soldaten, die in Norddeutschland in Gefangenheit geraten waren, in Lager nach Belgien, Frankreich und Holland in Zügen abtransportiert.

Nur am Rande nahmen Dorothea und Eva-Maria wahr, dass Amerika zwei Atombomben auf Japan abwarf. Viel zu sehr waren sie damit beschäftigt, das eigene tägliche Überleben zu organisieren, als diesem grauenhaften Szenario noch große Beachtung beizumessen. Die Angst vor der Zukunft war überall greifbar. Es gab keine Ordnung, alles schien auseinanderzufallen, nichts hatte mehr Bestand, Perspektiven fehlten.

Jens Cornelsen fiel es dagegen nicht besonders schwer, sich der neuen Zeit anzupassen. Wendig und weltgewandt wie er war, verstand er es vortrefflich, sich bei den englischen Besatzern sofort ins rechte

Licht zu setzen. Er plauderte und scherzte mit den neuen Stadtherren in deren Muttersprache wie einer von ihnen, was vieles erleichterte. So durfte er seine Privatbank weiterführen und man erlaubte ihm sogar, seinen geliebten Mercedes zu behalten. Das Abzeichen der Reiter-SS war klammheimlich von seinem Anzugrevers verschwunden, ein Parteibuch, das er hätte verbrennen müssen, hatte er nie besessen. Äußerlich erinnerte nun nichts mehr an seine Nähe zum NS-Regime. Einige seiner alten Reiter-Kameraden waren vor der Kapitulation nach Flensburg geflohen, wohin sich auch Hitler-Nachfolger Dönitz samt vieler hochrangiger Nazis in den letzten Tagen des sterbenden Reiches schnell noch abgesetzt hatten.

Doch für Jens gab es nichts zu befürchten. Es existierten keine Unterlagen mehr, die seine Geschäfte mit der Nazi-Führung auswiesen. Nun würde er sicher bald wieder seine beruflichen Kontakte mit dem Ausland aufnehmen können.

Voller Zuversicht blickte er nach vorn und vertraute auf seine Fähigkeit, sich flexibel auf die neuen Umstände einzustellen. Bald hatte er sich mit einem Major der britischen Besatzungstruppe, ebenfalls einem begeisterten Reiter, angefreundet. Man tauschte sich über Pferde aus und fand heraus, dass man gemeinsame Bekannte in London hatte, was wiederum kleine Gefälligkeiten seitens des Majors nach sich zogen. So beschenkte er den Bankier mit einem geräucherten Schinken, den Jens am Abend mit nach Hause brachte.

Mittlerweile fünfzig Jahre alt, hatte das letzte Kriegsjahr in seinem glattrasierten Gesicht Spuren hinterlassen. Die dunklen Haare waren ergraut, zwei tiefe Furchen zeichneten sich zwischen Nase und

Mund ab und Sorgenfalten zierten die eckige Stirn. Nach wie vor legte er großen Wert auf ein gepflegtes Äußeres.

Mit Messer und Gabel schnitt er den nächsten Bissen ab und sah flüchtig zu seiner Frau herüber, die ihm gegenübersaß und mit abwesendem Blick vor sich hinstarrte.

Ungehalten zog er die Brauen zusammen.

„Anna, du ißt ja gar nichts!"

Unüberhörbar der Vorwurf in seiner Stimme, dass sie die Delikatesse, die in diesen Zeiten kaum zu bekommen war, nicht würdigte.

Seine Frau zuckte leicht zusammen und hob verwirrt den Kopf. Das Alter und die Entbehrungen der letzten Jahre schienen, im Gegensatz zu ihrem Mann, an ihrem Gesicht spurlos vorübergegangen zu sein. Trotz ihrer inzwischen einundvierzig Jahre hatten sich nur ein paar kleine Fältchen um ihre Augen eingeschlichen. Nach wie vor strahlte sie eine schlichte, vornehme Eleganz aus.

„Entschuldige... was hast du gesagt?"

Er spießte die nächste Scheibe Schinken auf seine Gabel und belegte damit eine neue Scheibe Brot. „Ich wollte von dir wissen, wie dir der Schinken schmeckt, den mir Major Brown aus den Besatzungsvorräten spendiert hat? Ein netter Mann... Als nächstes lasse ich mir eine Vollmacht von ihm ausstellen, die mich dazu berechtigt, unbehelligt nach Heidhorst zu fahren, um für uns ein paar Säcke Kartoffeln und Zuckerrüben zu holen. Ich hab's Dodo versprochen, jetzt, wo sie und Evchen auf sich allein gestellt sind...", bedauernd schüttelte er den Kopf. „Hoffentlich kann dieser Professor Bernhard helfen...," er brach ab und schaute erwartungsvoll zu seiner Frau. „Nun, wie schmeckt dir der Schinken?"

Langsam zerkaute sie die Kostbarkeit im Munde und schluckte den Bissen hinunter.

„Ja, er ist wirklich hervorragend..." Sie legte Messer und Gabel beiseite. „Jens, ich mache mir große Sorgen um meine Eltern. Seit Wochen habe ich nichts mehr von ihnen gehört. Das ist gar nicht die Art meines Vaters."

Ungeduldig winkte er ab.

„Ganz Europa steht Kopf. In weiten Teilen gibt es keine intakte Infrastruktur mehr, viele Leitungen sind unterbrochen, es fahren kaum Züge und Post wird auch nur sporadisch zugestellt. Wir können von Glück sagen, dass wir in Hamburg zumindest geschäftlich wieder telefonieren können. Es wird ihnen schon gut gehen!"

Sie nahm ihr Besteck wieder auf und aß schweigend weiter. Seine halbherzigen Erklärungsversuche beruhigten sie keineswegs. Das Schicksal seiner sonst eher haßgeliebten Schwester und deren Tochter beschäftigte ihn scheinbar mehr; die Sorge um ihre Eltern tat er mit ein paar lapidaren Worten ab! Wenn seine Beziehungen zu den britischen Besatzern tatsächlich so hervorragend waren, wie er ständig betonte, warum benutzte er sie dann nicht auch, um etwas über ihre Eltern in Erfahrung zu bringen?

5

Im Gegensatz zu ihrer Mutter, die Mann und Sohn von Tag zu Tag schmerzlicher vermißte, fand sich Eva-Maria in der veränderten Situation nach der Kapitulation viel leichter zurecht. Immer noch wohnten sie mit zwei Familien unter einem Dach. Sehr zum Mißfallen Dorotheas, die die Einquartierungen nach wie vor als Eingriff in ihre Privatsphäre empfand und sich nichts sehnlicher wünschte, als endlich wieder alleine über das gesamte Haus verfügen zu können. Neue Verordnungen verlangten von den Hauseigentümern einen Zettel an jede Haustür anzubringen, auf dem die Namen aller Hausinsassen vermerkt waren. Wo es ging, bekamen die Hausbesitzer Einquartierungen zugewiesen. Unter dieser Voraussetzung blieb es Dorothea ein Rätsel, weshalb ihr Bruder sein großes Haus an der Elbchaussee nicht mit irgendwelchen Ausgebombten teilen mußte.

‚Wahrscheinlich hat er die entsprechenden Stellen geschmiert', dachte sie neidvoll, denn mehr als alles andere fehlte es in der Hansestadt an bewohnbaren Behausungen. Viele Menschen ‚lebten' noch in stehengebliebenen Bunkern, Trümmern oder zogen in die Nissenhütten, die die Engländer nun überall auf-

29

stellten, um den Menschenmassen, die auf den Straßen hausten, wenigstens ein behelfsmäßiges Heim geben zu können. Die Baumstämme, Ruinen und Zäune hingen voller Suchmeldungen oder kleinen Nachrichten für die Heimkehrer, die nach ihren Familien und Freunden suchten.

Doch das größte Problem waren die fehlenden Lebensmittel. Die geringen Gemüseanlieferungen stellten die Engländer gleich für ihre Kompanien sicher. Offiziell hieß es zwar, dass es für die Bevölkerung wieder alles zu kaufen gäbe, doch weder Obst noch Kartoffeln waren zu bekommen. Über Nacht wurden ganze Obstgärten geplündert und vor den Geschäften bildeten sich täglich lange Schlangen der Hungrigen.

Eva-Maria kamen nun die Dinge zugute, die sie durch ihren Arbeitsdienst beim Bauern gelernt hatte. Jens brachte ihr aus Heidhorst Tomatensamen mit, die sie im Garten auf einem extra dafür abgetrennten Teil neben dem Blumenbeet eingrub und von der täglichen Wasserration immer etwas dafür abzweigte. Die Obstbäume trugen auch in diesem Sommer reiche Frucht, so dass es ihnen an frischen Äpfel, Kirschen und Birnen nicht mangelte. Die Wasser- und Stromversorgung funktionierte nur stundenweise. Schwierigkeiten ergaben sich auch in der Küche, da es nicht immer gelang, sich mit den anderen Hausbewohnern vernünftig abzusprechen. Ständig geriet Dorothea jetzt mit der immer noch führertreuen Frau Becker aneinander, die bei jeder Gelegenheit in wehmütiger Verklärtheit die ‚goldenen Zeiten des Tausendjährigen Reiches' heraufbeschwor.

„Das hat der Führer nicht verdient, dass sich sein Volk feige dem Feind ergibt und nicht bis zum letzten

Tropfen Blut gekämpft hat. Wir hätten alle mit ihm untergehen sollen!"

Im Stillen sehnte Dorothea den Tag des Auszuges von Familie Becker herbei.

Der Schwarzhandel blühte in den Stadtteilen und bot jedem, dem noch etwas Brauchbares zum Tauschen geblieben war, die Möglichkeit, Bohnenkaffee, Fett oder auch mal ein heißbegehrtes Stück Seife zu ergattern, was in diesen Tagen Mangelware war. Längst bekam man die Kleidungsstücke nicht mehr richtig sauber.

Auch Eva-Maria fand sich in den entsprechenden Straßen ein und tauschte die Zigarettenpäckchen, die sie noch im Arbeitszimmer ihres Vaters entdeckt hatte, gegen Kaffee, Wurst, Butter, Zucker oder richtiges Mehl ein, denn das Brot, was es beim Bäcker zu kaufen gab, war einfach ungenießbar. Mit dem fertigen Brotteig in der Kastenform wollte sie es beim Bäcker abbacken lassen.

Die Frau in der Schlange vor ihr ließ ihrem Ärger freien Lauf. „Eine Schande ist das, was man uns da als *Brot* verkauft! Das Maismehl liegt einem nicht nur quer im Magen und schmeckt nicht, andauernd beißt man auch noch auf kleine Steine... wahrscheinlich mischen die Schutt und Asche drunter. Und dafür steht man nun täglich an!"

Eva-Maria zuckte mit den Schultern.

„Jetzt, wo der Krieg aus ist, werden uns die Engländer sicher bald mit besseren Lebensmitteln versorgen."

Die Frau warf ihr einen scheelen Blick zu. „Ach Gottchen, Kindchen, wie naiv... Wir haben den Krieg *verloren*! Warum sollten die Alliierten ein Interesse daran haben, dass es den *Deutschen* gut geht? Es wird sicher noch viel schlimmer!"

Und kam schlimmer.

Die Straßen quollen über vor Arbeitslosen, da nun auch die großen Firmen ihre Mitarbeiter entließen. Obendrein kehrten die Dienstverpflichteten heim, denn die Engländer hatten die Dienstverpflichtung aufhoben. Zur Untätigkeit verdammt, lungerten die jungen Leute nun perspektiv- und orientierungslos auf den Straßen herum, Mädchen poussierten mit den Besatzungssoldaten und wurden dafür von ihren Landsleuten verachtet. Doch im Sommer 1945 versuchte jeder, zu überleben.

Jeden Morgen begab sich Eva-Maria zuerst in den Garten und begutachtete mit wachsender Freude ihre Tomatenpflanzen, an denen mittlerweile pralle, rotglänzende Früchte heranreiften. Ihr lief das Wasser im Munde zusammen. Sie freute sich schon darauf, ein paar am Abend auf Brot zu essen. Sie bemerkte nicht, dass Frau Becker, die im ersten Stock auf dem Balkon stand und das Bettzeug über der Brüstung ausschüttelte, sie beim Gießen der Pflanzen beobachtete.

An diesem Morgen wollte Eva-Maria ins Alte Land fahren, um bei den Bauern nach Gemüse nachzufragen, wie es in diesen Tagen viele Hamburger taten. Dorothea hatte allergrößte Vorbehalte, aber das Kräfteverhältnis zwischen Mutter und Tochter hatte sich verschoben.

Seit der Vater wieder in der Lungenklinik lag, hatte es Eva-Maria übernommen, alles Notwendige zum Leben zu organisieren. Dorothea ließ ihr in vielerlei Hinsicht mehr Freiraum, da sie eingesehen hatte, dass sich ihre Tochter in der Lebensmittelbeschaffung und dem Organisieren von Dingen des täglichen Bedarfs wesentlich geschickter und erfinderischer anstellte, als sie selbst. Jetzt, wo die beiden Frauen auf sich allein gestellt waren, fühlte sie sich verloren und schutzlos, darum war sie ihrer Tochter insgeheim dankbar, dass sie wie selbstverständlich die Rolle des ‚Ernährers' übernahm.

Das wiederum stärkte Eva-Marias Selbst-bewußtsein. Auf einmal war sie nicht mehr nur die ‚Haustochter', die man herumkommandierte, sondern nahm eine wichtige Stellung in der Familie ein. Heute sollten es nun Kartoffeln und Gemüse vom Bauern sein, da die letzte Fuhre vom Heidehof mager ausge-fallen war. Inzwischen lebte auf dem Hof auch ein entfernter Vetter ihres Vaters mit seiner vielköpfigen Familie. Flüchtlinge aus Ostpreußen, die ihren Hof zurücklassen mußten und denen mit dem letzten Treck gerade noch die Flucht vor den Russen gelungen war.

Dorothea stand auf dem Treppenabsatz vor der Eingangstür und sah zu ihrer Tochter, die ihren Ruck-sack schulterte und einen weiteren Beutel unter den Gepäckträger klemmte.

„Sei ja vorsichtig, hörst du? Nicht dass du verhaf-test wirst, weil die Tommys denken, du schmuggelst!" Die englischen Kontrollposten an den Ausfallstraßen der Stadt fackelten nicht lange, jemanden als ‚Schmuggler' zu verhaften.

Unbekümmert winkte Eva-Maria ab. „Mir wird schon nichts passieren, Mutti. Wenn wir frisches Ge-müse essen wollen, muß ich's im Alten Land versu-chen. Unsere Tomaten sind noch nicht alle reif, au-ßerdem reichen die nicht lange. Also, bis später."

Mit sorgenvoller Miene blickte Dorothea ihr nach.

Nach einer halben Stunde passierte die junge Frau unbehelligt den ersten Kontrollposten und radelte im

Pulk mit anderen Hamburgern, die die gleiche Idee hatten, Richtung Finkenwerder. Sie sollte den ganzen Tag unterwegs sein, denn viele Bauern winkten genervt ab, als sie die hungrigen Städter auf ihre Höfe zuradeln sahen. Manche von ihnen hatten Flüchtlinge aus Ostpreußen oder Schlesien aufgenommen und waren nicht bereit, noch mehr von ihren Vorräten mit anderen zu teilen. Eva-Maria ließ sich dadurch nicht entmutigen, sondern klapperte systematisch jeden Hof in der näheren und auch in der entfernten Umgebung nach Eßbarem ab. Kartoffeln gab es keine mehr, Erbsen, Bohnen und Wurzeln auch nicht, aber schließlich hatte ein Bauer ein Einsehen und deutete auf ein riesiges Rübenfeld hinter seinem Haus.

„Tscha mien Deern, wende was davon haben willst, mußte se dir schon selbst ausbuddeln!"

6

Während Eva-Maria in sengender Sonne auf dem Feld Steckrüben ausgrub, kam es in der Küche der Trautmannvilla zu einem handfesten Krach zwischen Frau Becker und ihrer Mutter. Dorothea hatte einen Topf mit Wasser aufgesetzt, auf dem Küchentisch stand eine dickbäuchige Teekanne aus chinesischen Porzellan, die zu einem Service gehörte, das ihr ihr Vater von einer seiner Auslandsreisen aus Asien mitgebracht und zur Hochzeit geschenkt hatte, als Frau Becker mit einer Schale Tomaten in die Küche spazierte. Mit abschätzendem Blick streifte sie im Vorbeigehen die leere Teekanne.

„Ist das heute Ihr ganzes Mittagessen?"

Verwundert drehte sich Dorothea um.

„Wie kommen Sie denn darauf?"

Frau Becker zuckte mit den Schultern und begann, die Tomaten in der Spüle zu waschen. Dorothea sah ihr dabei zu und wunderte sich im Stillen darüber, wo sie wohl so schöne Tomaten herbekommen hatte.

„Nun, ich finde, wo wir am Tag nur für ein paar Stunden Gas und Wasser angestellt bekommen, sollte man damit sinnvoller umgehen, als es für ein Tässchen Tee zu verschwenden!"

Dorothea schürzte die Lippen. „Was ich in *meiner* Küche koche, geht Sie gar nichts an, verehrte Frau Becker! Meine Tochter wird sicher bald zurückkehren und dann werden wir unser *Essen* schon noch kochen!"

Die Verehrte richtete sich zu ihrer stattlichen Größe auf und blickte hochmütig auf Dorothea herab. „Ihnen gehört alles, nicht wahr? *Ihre* Küche, *Ihr* Haus, *Ihr* Garten... und Ihre Tochter behandeln Sie wie Ihre Dienstmagd. Dabei sorgt das Mädchen geradezu aufopferungswürdig für *Ihr* leibliches Wohl, während Ihr Mann um seine Gesundheit kämpft. *Sie* dagegen rühren keinen Finger, um *Ihre* Familie zu unterstützen!"

Dorotheas Gesicht war puterrot angelaufen. Mit überschlagender Stimme rief sie schrill: „Ich möchte, dass Sie sich umgehend nach einer anderen Unterkunft umsehen!"

Frau Becker maß sie mit einem verächtlichen Blick.

„Ja, die Wahrheit tut weh, nicht wahr? Aber wir kommen Ihrer freundlichen Aufforderung liebend gerne nach, Frau Trautmann! Unter keinen Umständen bleiben wir in einem Haus, wo wir nicht willkommen sind! Guten Tag!"

Rasch sammelt sie die Tomaten aus der Spüle wieder ein und stolzierte hocherhobenen Hauptes aus der Küche. Zornesbebend sah ihr Dorothea nach. Nun würde ihnen sicher eine andere Einquartierungsfamilie zugewiesen werden.

Es dämmerte schon, als Eva-Maria mit prall gefülltem Rucksack und einer noch schwereren Tasche auf dem Gepäckträger auf ihrem Fahrrad die *Kellinghusenstraße* hinunterradelte. Flüchtig nahm sie

36

den englischen Jeep wahr, der ihr auf der gegenüber-
liegenden Straßenseite entgegenkam. Drinnen saßen
drei Soldaten, die zu ihr herübersahen.

Sie wußte, dass sie spät dran war und eigentlich
nichts mehr auf der Straße zu suchen hatte, doch der
Bauernhof, bei dem sie die Rüben schließlich ausgra-
ben durfte, lag noch einige Kilometer hinter dem Alten Land, so dass sie für den Heimweg sehr viel länger brauchte, als ursprünglich gedacht.

Hastig schickte sie ein Stoßgebet zum Himmel
hinauf.

*Bitte, laß sie weiterfahren, lieber Gott, laß sie
bloß weiterfahren.*

Im selben Moment wendete der Jeep auf der Straße und folgte ihr. Ihr rutschte das Herz in die Hose.
Sie trat schneller in die Pedalen, doch der Wagen
überholte sie nicht, sondern fuhr im Schritttempo neben ihr her. Der Soldat auf dem Beifahrersitz beugte
sich heraus und rief ihr in gebrochenem Deutsch zu:
„Hey Misses, es ist gleich tenthirty! Curfew.... Ausgangssperre! You have to go home! Sofort!"

Eva-Maria setzte ihr schönstes Lächeln auf.

„Yes, I know, I'm on my way home right now!"

Die Soldaten dachten nicht daran, weiterzufahren,
sondern folgten ihr. Das Herz klopfte ihr vor Angst
bis zum Halse. Wenn sie sie jetzt anhielten und ihr die
Rüben abnahmen, hatten sie in der nächsten Woche
nichts zu essen.

Der *Loogeplatz* tauchte vor ihr auf.

Ohne sich noch einmal umzudrehen, hielt sie vor
der Pforte der Trautmann Villa. Sie stieß das Tor auf
und winkte den Soldaten erleichtert zu. Diese winken
freundlich zurück und gaben endlich Gas.

Das kleine Intermezzo war schnell vergessen, denn auf der gesamten Rückfahrt hatte sie nur von dem leckeren Tomatenbrot geträumt, das sie gleich essen wollte. Die Enttäuschung war groß, als sie vor den Stauden stand und fassungslos auf die leeren Zweige starrte. Keine einzige rote Frucht hing mehr dran! Aufgeregt lief sie zurück ins Haus und stellte ihre Mutter zur Rede, doch diese verneinte vehement, das Gemüse auch nur angerührt zu haben.

Plötzlich erinnerte sich Dorothea an ihren Streit in der Küche. Laut überlegte sie: „Frau Becker kam heute Mittag mit einer Schale Tomaten herein...?!"

Eva-Maria kämpfte mit den Tränen. Wieviel Liebe und Sorgfalt hatte sie darauf verwandt, damit das Gemüse wuchs und gedieh und nun hatte diese unangenehme Frau die Früchte einfach abgeerntet! Mit hängenden Schultern verließ sie den Raum und ging mit hungrigem Magen zu Bett.

7

Jens hatte seine Bankgeschäfte mittlerweile wieder aufgenommen. Wie besessen arbeitete er daran, alte Kontakte zu reaktivieren und neue aufzubauen. Die Arbeit lenkte ihn von der Leere in seinem Inneren ab. Er vermißte die Gespräche und die unterhaltsame Gesellschaft von Lady Langdon. Aber seit ihrer überstürzten Abreise vor gut einem Jahr hatte er nichts mehr von ihr gehört. Über seine Kontakte zu den Engländern konnte er wenigstens in Erfahrung bringen, dass sich Delias Vater in englischer Kriegsgefangenschaft befand. Über das Schicksal der Lady konnten sie ihm jedoch keine Auskunft geben. Und auch über den Verbleib seiner Schwiegereltern brachte er nichts Erhellendes in Erfahrung.

Dementsprechend schlecht ging es seiner Frau. Sie hatte immer noch nichts von ihren Eltern gehört. Kein Brief, keine Nachricht, die Telefonleitungen waren für private Gespräche von den Briten nach wie vor noch nicht freigegeben worden. Die wildesten Spekulationen rankten in Annas Kopf, und als es endlich wieder erlaubt war, auch private Telefonate zu führen, rief sie umgehend in ihrer Heimatstadt an, aber schon nach ein paar Sekunden brach die Verbindung zusammen. Was ihre Sorge nur vergrößerte. Sie wurde immer nervöser, litt unter Appetitlosigkeit und wanderte des Nachts schlaflos durch das große Haus.

Jens tat seine Frau leid, aber Mitgefühl war auch das einzige Gefühl, was er ihr noch entgegenbrachte. Was ihn betraf, bestand ihre Ehe nur noch auf dem Papier. Das einzige Bindeglied war der gemeinsame Sohn, der zu einem aufgeweckten, kleinen Burschen heranwuchs.

Im Moment beschäftigten Jens ganz andere Dinge. Das letzte Fernschreiben seines Vetters hatte ihn alarmiert. Von einer Mission war da die Rede, die Sigmund für einige Wochen wieder nach Deutschland führen würde. Auch ein kurzer Abstecher nach Hamburg sei geplant, genaueres würde er ihm aber noch mitteilen.

Das klang alles recht nebulös.

War Sigmund wieder im Auftrage der Wall Street unterwegs? War es seinem Onkel gelungen, ihn noch einmal für seine Ziele einzuspannen?

Diese und noch andere Gedanken gingen Jens im Kopf herum, als er den dürren Zeilen des Fernschreibens in seiner Hand nachsann. Ein weiteres Mal, soviel stand für ihn fest, würde er sich an solchen ‚Geschäften‘ nicht mehr beteiligen. Zwar plagten ihn nicht unbedingt Schuldgefühle oder gar ein schlechtes Gewissen, die ‚braune Saat’, wie sein Vater seinerzeit die Nazis bezeichnet hatte, unterstützt zu haben, doch das Endergebnis dieser Unterstützung war so verheerend und grauenhaft für Deutschland, Europa, ja für die gesamte Welt, dass er sich geschworen hatte, in seinem Leben niemals wieder an einer Verschwörung mitzuwirken.

Er legte die Nachricht in den Ablagekorb und hoffte auf erhellende Antworten beim angekündigten Besuch seines Vetters. Er wollte sich seinen Akten zuwenden, als er durch die geschlossene Bürotür aufgeregte Stimmen aus seinem Vorzimmer vernahm. Augenblicke später flog die Tür auf und seine in Tränen aufgelöste Frau stürmte herein. Besorgt blickte er ihr entgegen, aber noch ehe er sie begrüßen konnte, hielt sie ihm ein Telegramm entgegen.

„Hier, lies... meine Sorge war durchaus berechtigt!"

Mit dem Telegramm in der Hand kam er um den Schreibtisch herum und las es laut vor. ‚*Eltern durch Mine vor zwei Monaten tödlich verunglückt – STOP - Bitte um umgehendes Eintreffen – STOP – Rechtsanwalt Karl de Vries.*'

Erschüttert hob er den Blick.

„Wann fährst du?"

Mit einer fahrigen Geste strich sie sich das Haar hinters Ohr, ihr blasses Gesicht wirkte angespannt. „Ich habe eben am Hauptbahnhof ein Billet für den Abendzug gekauft. Hermann wird mich begleiten. Wie lange meine Anwesenheit in Amsterdam erforderlich sein wird, weiß ich nicht."

Etwas unbeholfen strich er ihr über den Arm. „Nimm dir alle Zeit, die du brauchst."

41

8

Unschlüssig spazierte die junge Frau vor der Trautmann Villa auf und ab. Die Riemen des Rucksacks schnitten in die mageren Schultern, doch sie drückte das Kreuz fest durch und hielt sich kerzengerade. Schließlich blieb sie vor der Pforte stehen. Ihr Blick wanderte wieder zur Haustür. Als sie eben für sich entschieden hatte, zu gehen, hörte sie einen erstickten Aufschrei.

„Helga... bist du's wirklich?! Helga, ja was für eine schöne Überraschung!"

Die Angesprochene wirbelte herum und erblickte Eva-Maria, die beladen mit zwei schweren Milchkannen, die sie sich an einer Gulaschkanone mit Suppe hatte füllen lassen, auf sie zueilte. Die jungen Frauen fielen sich jubelnd in die Arme, schließlich schob Eva-Maria die Freundin aus dem Arbeitsdienst eine Armlänge von sich und unterzog sie einer genaueren Musterung. Helga war dünn geworden, die Schulter- und Wangenknochen traten spitz hervor, ihre Sommersprossen hoben sich auf der blassen Haut noch deutlicher ab und das unternehmungslustige Blitzen war gänzlich aus ihren blauen Augen verschwunden. Müde und erschöpft sahen sie Eva-Maria an.

„Was in aller Welt machst du hier?! Ich dachte, du wolltest zu deiner Tante nach Göttingen?"

Helga machte eine resignierte Handbewegung.

„Da war ich auch, aber meine Eltern hatten sich schon wieder auf den Weg nach Hamburg gemacht, da meine Tante ihre Schwester und Nichte aus Masuren aufgenommen hat." Sie kräuselte die Nase. „Ich suche meine Eltern immer noch. Unser Häuserblock steht nicht mehr und von den Nachbarn hat keiner überlebt."

Hilflos, mit hängenden Schultern schaute sie Eva-Maria unglücklich an.

„Ich weiß nicht, wohin? Kann ich vielleicht ein paar Tage bei euch wohnen?"

Eva-Maria überlegte kurz. Vor einer Woche war ihr Vater aus dem Sanatorium als ‚vorrübergehend geheilt' entlassen worden, mit der strickten Auflage, sich zu schonen und viel frisches Gemüse zu essen, was bei der derzeitigen Versorgungslage reinster Hohn war. Die Familie lebte von den Kartoffeln, die sie hin und wieder vom Heidehof bekamen, anderes Gemüse gab es kaum und Kohl vertrug Bernhard nicht. Er war immer noch sehr schwach, hatte aber trotz der Proteste seiner Frau seine Arbeit im Krankenhaus wieder aufgenommen. Die beiden Zimmer, die Familie Becker bewohnt hatte, standen noch leer. Sicher würden es die Eltern begrüßen, wenn die Freundin aus dem Arbeitsdienst dort für eine Weile einzog, bevor ihnen noch eine fremde Familie zugewiesen wurde.

Eva-Marias Miene hellte sich auf.

„Natürlich kannst du bei uns wohnen!" Beherzt hakte sie die Freundin unter. „Komm, ich stell' dich meinen Eltern vor."

9

Der Herbst nahte. Am 02. September 1945 fand die erste Versammlung des auf der Potsdamer Konferenz beschlossenen Rates der alliierten Außenminister in London statt. Die Gespräche sollten sich bis Anfang Oktober hinziehen. Frankreich verlangte die Abtrennung des Rhein-Ruhr-Gebiets, die Sowjetunion forderte eine deutsche Zentralregierung sowie eine Viermächte-Kontrolle über das Ruhrgebiet. Und von den USA kam der Vorschlag eines Viermächte-vertrages über die Entmilitarisierung Deutschlands über fünfundzwanzig Jahre.

Die deutsche Bevölkerung plagte derweil ganz elementare Sorgen. Der bevorstehende Winter warf seinen langen Schatten voraus. Dank der unzureichenden Kohleversorgung begannen die Hamburger nun in der Stadt und im Stadtpark die Bäume abzuschlagen, um wenigstens etwas Heizmaterial für den Winter anzusammeln. Auch die Belieferung mit Strom und Gas war im ganzen Land bedroht, da sich die Industrie und das Gewerbe auf erhebliche Betriebseinschränkungen einstellen mußten. Im Ruhrgebiet lagen fünf Millionen Tonnen Kohle auf Halde, die zum Teil nach Frankreich, Belgien und Holland gebracht wurden.

Für Deutschland gaben die Engländer nur die Neuförderung frei, die knapp ein Zehntel der früheren Fördermenge betrug. Im Radio sagte man für das zerstörte Land einen Hungerwinter voraus, da Rußland die ostdeutschen Gebiete - ehemals die Kornkammern des Landes, die im Herbst '45 eine besonders reiche Ernte einfuhren - abriegeln würde. Der Radiosprecher fügte hinzu, dass die Militärregierung nicht beabsichtigte, etwas zu unternehmen, um die Not in Deutschland zu lindern.

„Was für ein Irrsinn! Jetzt haben wir die Nazis nicht mehr zu fürchten, dürfen uns dafür aber vor den Augen der Engländer zu Tode hungern! Tagein, tagaus diese fürchterliche Wassersuppe, Wassergrütze und das ungenießbare Maisbrot und sie rationalisieren die Lebensmittel fleißig weiter... reihenweise sterben uns die Leute an Unterernährung weg," machte Professor Poeppel seinem Ärger über die katastrophalen Versorgunszustände lautstark Luft, als er nach einer langen Operation auf ein Pläuschchen zu Bernhard in den Sezierraum kam. Der weiße Kittel, der sonst um seinen stattlichen Bauch gespannt hatte, schlotterte ihm nun locker am Körper.

„Und wenn du das Radio anstellst, hörst du nichts anderes, als eine Unzahl von Gräueltaten, die wir alle angeblich verübt haben sollen. Jeden Tag verbreiten die Alliierten über den Äther, was für Bestien wir Deutschen sind! Dieses ganze verlogene Gefasel bezüglich der Menschenrechte... Von einer Cousine, die aus Tschechin geflohen ist, erfuhr Jutta, dass sie, als sie Prag befreit haben, Hunderte deutscher Soldaten zu Tode gehetzt oder an Laternen gebunden, mit Benzin übergossen und angezündeten! Ganz zu schweigen, was die Alliierten aus unseren Städte gemacht haben. Die Angriffe auf Dresden und im März noch auf Würzburg sind nur der blinden Zerstörungswut der Engländer zuzuschreiben, die ihrem jahrzehntelangen Haß auf uns Deutsche freien Lauf ließen. Der Krieg war so gut wie beendet! Und jetzt behauptet dieser Massenmörder Harris frech, dass seine Bomberflieger die ‚Väter des Sieges' gewesen seien. Ich könnte kotzen!"

„Sie sind die Sieger, Gerd und der Haß auf alles, was im Namen der Deutschen in den vergangenen sechs Jahren in der Welt angerichtet worden ist, ist unermeßlich."

Bernhards Hand zitterte leicht, als er seine Brille abnahm und sich mit dem Daumen und Zeigefinger in die Nasenwurzel kniff. Das tat er immer, wenn seine Augen vor Müdigkeit brannten. Er wollte es sich nicht eingestehen, aber die Arbeit in der Pathologie strengte ihn sehr an. Manches Mal wurde ihm plötzlich schwarz vor Augen und er mußte sich hinsetzten, um nicht ohnmächtig zu Boden zu rutschen. Mit eisernem Willen und Disziplin kämpfte er gegen diese Schwäche an. Wenn er abends nach Hause fuhr, gelangte er oft nur mit letzter Kraft zum *Loogeplatz*. Seine Frau erfuhr von diesen Schwächeanfällen nichts, denn kaum betrat er das Haus, riß er sich zusammen, bis er schließlich total erschöpft ins Bett fiel.

Poeppel hatte für die ‚Siegertheorie' seines Freundes jedoch nicht viel übrig.

„Ein Unrecht wird doch nicht dadurch gesühnt, dass man es mit gleicher Münze heimzahlt!", polterte er los. Seine volltönende Stimme bebte vor Entrüstung. „Plötzlich ist das Unrechte gerecht! Dabei kann nur der Einzelne für seine Taten verantwortlich gemacht werden und nicht gleich ein ganzes Volk!

Paß auf, Hardy, eines Tages werden sie die Teilung Deutschlands in Ost und West und die neuen Grenzen anerkennen! Das Deutschland, das wir kannten, wird es nicht mehr geben!"

Bernhards braune Augen hefteten sich auf das Gesicht des Freundes, das sich vor Erregung zornesrot verfärbt hatte. Sein Mund lächelte wehmütig.

„Der Besiegte ist immer der Verurteilte, mein lieber Freund. Aber auch diese Zeiten werden vorübergehen."

Grimmig zog der Professor seine buschigen Augenbrauen zusammen. „Dein Fatalismus ist wirklich ekelhaft, Hardy! Selbstverständlich geht diese Zeit vorüber, aber ich befürchte, dass wir an dieser Niederlage noch über Generationen hinweg zu knabbern haben werden! Dafür werden die Alliierten schon sorgen. Hör' dir nur an, was sie im Radio über uns ablassen. Indem sie alles auf die ‚bestialischen Deutschen' abwälzen, lenken sie wunderbar von ihrer eigenen Schuld an diesem Desaster ab!"

Bernhards Blick ging gedankenverloren ins Leere. Er dachte an ein Gespräch zurück, dass er mit seinem Schwiegervater kurz vor dessen Tode geführt hatte, in dem ihm dieser gegenüber eine vage Andeutung machte, dass Jens und gewisse Finanzkreise im Ausland bei Hitlers Machtergreifung entscheidend die Hände im Spiel gehabt hätten. Seinerzeit hatte Bernhard das nicht glauben wollen und es auf die finsteren Phantasien eines alten Mannes geschoben. Als nun aber sein Freund den Gedanken einer Mitschuld der Alliierten ansprach, war er sich auf einmal nicht mehr so sicher, ob er seinem Schwiegervater damals nicht unrecht getan hatte. Die wahren Hintergründe für diesen als auch für den ersten Weltkrieg würden wohl für immer im Dunkeln bleiben. Seine Augen richteten sich wieder auf Poeppels Gesicht. „Vielleicht hast du recht, Gerd, aber im Moment ist es das Wichtigste, das die Menschen in diesem Land wieder eine Perspektive bekommen, vor allem die jungen Leute. Dieses Herumgelungere auf den Straßen ist einfach entsetzlich! Ich habe daher beschlossen, dass Eva-Maria am ersten Oktober hier im Hafenkrankenhaus als Hospitantin anfängt. Von der Gesundheitsbehörde hörte ich, dass eine Ausbildung zur MTA für das kommende Jahr geplant ist. Da wäre es gut, wenn sie sich hier schon mal einige Vorkenntnisse aneignet."

Überrascht zog Poeppel die Brauen hoch.

„Ist das denn auch ihr Wunsch?"

Mit einer ungeduldigen Geste wischte Bernhard seinen Einwand weg. „Ach was, ich bitte dich! Das Leben ist kein Wunschkonzert! Unser Land liegt am Boden, die jungen Leuten kennen nur den Krieg, ich will verhindern, dass meine Tochter auf die schiefe Bahn gerät."

Poeppel musterte ihn schräg von der Seite, enthielt sich aber eines Kommentars.

Als Eva-Maria an diesem Abend das Arbeitszimmer ihres Vaters betrat, ahnte sie noch nichts von der Veränderung, die sich in ihrem Leben anbahnte. In knappen Worten teilte er ihr seine Entscheidung mit.

Stumm vor Schreck starrte sie ihn an.

Medizinisch Technische Assistentin... Nein, das war wahrlich nicht der Beruf, den sie sich erträumt hatte! In ihrer Vorstellung malte sie sich aus, nach Kriegsende eine Kunstschule zu besuchen, vielleicht sogar das Abitur nachzuholen. Doch offenbar hatte ihr Vater schon die Entscheidung für sie getroffen. Aber dieses Mal würde sie nicht so leicht klein beigeben. Hatte sie nicht im Arbeitsdienst und bei ihren Kriegshilfsdiensteinsätzen gelernt, sich zu behaupten?!

Sie krallte die Finger um die Armlehnen und richtete sich steif im Stuhl auf.

„Mich interessiert kein medizinischer Beruf! Ich möchte auf die Kunstschule und...“

Undgeduldig zerteilte Bernhards Hand die Luft.

„Das sind doch alles dumme Flausen, Evchen! Es kann noch Monate, vielleicht sogar ein bis zwei Jahre dauern, bis die Schulen und Universität in Hamburg wieder öffnen! Ich möchte nicht, dass du deine Zeit so lange verplemperst. Du bist gerade neunzehn geworden. Medizinisches Personal wird händeringend gesucht und obendrein bekommst du später mal eine sichere Rente! Also, keine Widerrede“, schnitt er ihren Protest ab, bevor sie ihn noch laut äußern konnte, „am ersten Oktober fängst du im Hafenkrankenhaus an! Und falls deine Freundin auch eine Stelle sucht, ist sie herzlich willkommen!“

10

Und wieder einmal beugte sich Eva-Maria dem Willen ihres Vaters. Zwar ging sie im Geiste ihre Gegenargumente durch und diskutierte diese auch mit ihrer Freundin, aber ihr fehlte der Mut, sich der Entscheidung des Vaters offen zu widersetzen.

Helga sah alles viel pragmatischer.

„Mensch Evchen, das ist doch prima. Momentan gibt's in unserem Land so gut wie keine Ausbildungsmöglichkeiten. Wer weiß, vielleicht liegt mir ja das Medizinische?" Vergnügt zwinkerte ihrer Freundin zu. „Da lernen wir in jedem Fall 'ne Menge Ärzte kennen."

Schwach erwiderte Eva-Maria ihr Lächeln und fügte sich in ihr Schicksal.

Dorothea bestellte eine Näherin ins Haus, die ihrer Tochter und Helga - in Ermangelung von Stoffen, Kleidung oder medizinischer Arbeitskleidung – Kittel aus weißen Bettlaken auf den Leib schneiderte.

Die jungen Frauen alberten in ihrer neuen Tracht vor dem Spiegel herum und fielen schließlich kichernd auf Eva-Marias Bett. Helga blickte an sich herab.

„Das wird ein Spaß! Solche hübschen Hospitantinnen haben die in den letzten Jahren bestimmt nicht zu Gesicht bekommen... Du sollst mal sehen, Evchen, bevor wir mit irgendeiner Ausbildung anfangen, sind wir schon verheiratet!"

Skeptisch betrachtete Eva-Maria die Freundin. Heiraten? Darüber hatte sie sich noch gar keine Gedanken gemacht. Zu nervenaufreibend und zermürbend waren die letzten beiden Kriegsjahre gewesen, als dass sie daran auch nur einen Gedanken hätte verschwenden können.

Und überhaupt...

„Ich weiß nicht... ich glaub', ich will noch nicht heiraten."

Was das Thema ,Männer' betraf, hatte sie im Gegensatz zu der Freundin so gut wie keine Erfahrungen vorzuweisen. Helga war schon als Sechzehnjährige mit einem Flieger der Luftwaffe verlobt gewesen, der dann über Griechenland abgeschossen wurde.

Entrüstet setzte sich Helga auf.

„Aber natürlich willst du heiraten! Allein schon deshalb, um dem strengem Regiment deiner Eltern zu entkommen…" Ein versonnener Ausdruck breitete sich über ihrem Gesicht aus. „Ich würde sehr gerne einen Arzt heiraten. Dann hätte ich ausgesorgt. Wir würden mit unseren Kindern in einem großen Haus leben, hätten ein eigenes Auto und führten ein schönes, sorgenfreies Leben!"

„Und wie willst du das anstellen? Die meisten Ärzte in unserem Alter sind gefallen oder befinden sich in Gefangenschaft! Und diejenigen, die zurückkehren, wer weiß wann, sind wahrscheinlich so traumatisiert, dass mit denen auch nicht mehr viel los ist."

„Ach was, ich find' schon einen, der noch richtig tickt." Helga ließ sich zurück aufs Bett fallen. „Ich bin gespannt, was für eine Auswahl das Hafenkrankenhaus an heiratswilligen Kandidaten bietet."

Eva-Maria stimmte in ihr glucksendes Lachen ein und war auf einmal sehr froh, nicht alleine in der Klinik anfangen zu müssen.

Gleich zu Beginn gab es allerdings einen kleinen Wermutstropfen, denn als sie am 01. Oktober von ihrem Vater den Mitarbeitern des Krankenhauses vorgestellt wurde, gab er ihnen die strikte Anweisung, sie auf keinen Fall zu schonen, nur weil sie seine Tochter sei. Die beiden Freundinnen wurden zu Eva-Marias großer Enttäuschung getrennt und unterschiedlichen Stationen zugewiesen. Eva-Maria landete bei ihrem Vater in der Pathologie und später in der Bakteriologie, während Helga im klinischen Sektor eingesetzt wurde. Die Arbeit war hart und ungewohnt und brachte Eva-Maria so manches Mal an ihre Grenzen.

Anfangs mußte sie im zum Teil zerbombten Kellergewölbe, wo sich unter anderem auch der Leichenkeller befand, in der Spülküche, die provisorisch im Raum daneben untergebracht war, das Laborgeschirr und die Instrumente säubern und sterilisieren. Die Bombenschäden waren nur notdürftig mit Holzplatten zugenagelt, so dass es aus allen Ecken und Enden zog. Im fahlen Dämmerlicht machte Eva-Maria die eine oder andere Ratte aus, die diese Behausung für sich entdeckt hatte. Sie ekelte sich entsetzlich vor den Tieren und atmete jedes Mal erleichtert auf, wenn sie das unheimliche Gewölbe wieder verlassen konnte.

Nach einigen Wochen wurde sie von diesem unwirtlichen Ort erlöst. Ein neuer Aufgabenbereich wartete auf sie. Eine MTA wies sie nun in die Arbeit der Bakteriologie ein. Daneben führte sie Protokoll bei den Obduktionen ihres Vaters. Anfangs gelang es ihr nur schwer, sich an den süßlichen Leichengeruch zu gewöhnen, der ihr fast den Atmen nahm. Instinktiv fühlte sie, dass Bernhard es ihr nicht verzeihen würde, wenn sie ohnmächtig vom Stuhl rutschte oder sich gar vor allen hätte übergeben müssen. Also kämpfte sie tapfer gegen die aufsteigende Übelkeit an. Doch der Mensch hält eine ganze Menge aus und kann sich an vieles gewöhnen. Nach einer Weile überwand sie den Würgereiz, doch der ekelhaft süßliche Geruch blieb ihr noch lange in der Nase.

Einmal nahm Bernhard eine Obduktion nur für sie und Helga vor. An einer Kinderleiche erklärte er den jungen Frauen in seiner ruhigen, nüchternen Art anschaulich das Innere eines menschlichen Körpers. Eva-Marias anfänglicher Widerwille und Abscheu wichen einem wachsenden Interesse, und sie ertappte sich dabei, dass sie ihrem Vater bald ganz gefesselt zuhörte. Als er den Brustkorb des toten Kindes zu beiden Seiten aufklappte und damit begann, die einzelnen Organe und ihre Funktionen im Zusammenhang mit der Todesursache zu erklären, wankte Helga mit grünlich verfärbtem Gesicht aus dem Sezierraum und hielt sich bis auf Weiteres der Pathologie fern.

Nach und nach gewöhnte sich Eva-Maria an die Arbeit im Krankenhaus. Mittags traf sie sich mit Helga in der Kantine, wo es eine spärliche Mahlzeit für die Mitarbeiter gab, meist eine dünne Milchsuppe, die weder sättigend noch besonders nahrhaft war.

Die Versorgungslage in der Stadt hatte sich nicht gebessert. Die Hamburger hungerten. Nach den Richtlinien, die der Völkerbund 1936 festgelegt hatte, sollte jedem Menschen, der acht Stunden arbeitete, pro Tag 3000 Kalorien zustehen. Die Briten setzten in ihrem Sektor die tägliche Minimalration auf 1150 Kalorien herab, die in der Praxis mit 800 bis 700 Kalorien sogar noch weit unterschritten wurde. Nur die Widerstandsfähigsten überlebten. Nicht nur Eva-Maria und Helga, sondern auch Bernhard kämpften im Laufe des Tages mit Erschöpfungszuständen. Abends sanken die Mädchen ausgelaugt und müde ins Bett, um im Schlaf etwas Kraft zu schöpfen für einen neuen, anstrengenden Tag.

11

Aber es gab auch einen kleinen Lichtblick in dieser trüben Nachkriegs-Tristesse. Schon seit längerem machte Helga einem jungen Assistenzarzt schöne Augen, der aufgrund seines attraktiven Äußeren und seiner charmanten Art von der Hälfte der weiblichen Belegschaft heimlich angehimmelt wurde. Auch Eva-Maria war empfänglich für seinen Charme, doch schaute sie verlegen zur Seite, wenn sich ihre Blicke dann tatsächlich trafen. Sie war viel zu schüchtern und unbedarft im Umgang mit dem anderen Geschlecht und die Zeit mit ihrer Tanzschulliebe Malte lag lange zurück. Ab und zu kam der Assistenzarzt ins Labor, wo sie nun am Mikroskop arbeitete, um Gewebeproben zur Untersuchung abzugeben. Manchmal gesellte er sich auf einen kurzen Plausch zu ihr, als Bernhard aber einmal unverhofft im Raum auftauchte und den Assistenzarzt mit scharfem Blick maß, verabschiedete sich dieser hastig.

Abends beim Abwasch in der Trautmannschen Küche drehten sich die Gespräche der jungen Frauen um das Objekt ihrer Schwärmerei.

Helga nahm der Freundin den nassen Teller ab.

„Der Großmann ist von den Assistenzärzten am nettesten, findest du nicht?"

Eva-Maria schaute über die Schulter und lächelte mit dem selben verklärt- schwärmerischen Ausdruck, mit dem die Schwestern dem Arzt auf dem Stations-flur nachsahen.

„Ja, das ist er. Immer wenn er ins Labor kommt, setzt er sich kurz zu mir...", sie rollte mit den Augen. „Vorausgesetzt, mein Vater ist nicht in der Nähe."

„Oberschwester Regine sagt, er könne auf der Station jede Schwester haben."

„Ach, die olle Klatschbase...", Evchen wusch den letzten Teller ab, „wahrscheinlich ist sie sauer, weil er nicht mit ihr kann." Verschwörerisch blinzelte sie Helga zu: „Das hat er mir gestern unter dem Siegel der Verschwiegenheit anvertraut. Du, ich glaub', er mag mich."

Helga hängte das nasse Tuch über die Lehne des Küchenstuhls.

„Hm, scheint so... Essen wir morgen Mittag zu-sammen? Du kannst mich ja um zwölf auf der Station abholen."

Eva-Maria nickte zustimmend.

Aus dem Wohnzimmer drang leise Dorotheas Klavierspiel zu ihnen herüber. Beethovens fünftes Klavierkonzert. Immer noch das Lieblingsstück ihrer Mutter, das sie spielte, wenn es ihr schwer ums Herz war. Und heute war ihr das Herz wieder einmal be-sonders schwer, denn nach wie vor hatten sie nichts von Albert gehört. Bernhard trat hinter seine Frau und legte ihr sanft die Hände auf die Schultern. Ihm war ihre Niedergeschlagenheit nicht entgangen. Schon beim Abendbrot hatte sie sich so gut wie gar nicht an der Unterhaltung beteiligt.

„Dein Spiel wird immer virtuoser, Dodo", versuchte er sie aufzumuntern. Sie brach ab und wischte verstohlen eine Träne aus dem Augenwinkel. Er bemerkte es dennoch. Sein Gesichtsausdruck wurde bekümmert, ahnte er doch die Ursache ihrer Traurigkeit.

„Ach, Liebes... es tut mir so leid... Du mußtest in letzter Zeit so viel Kummer ertragen. Erst die Sorge um mich und nun um... Albert."

Sie erhob sich vom Klavierhocker. Er nahm sie in die Arme und strich ihr liebevoll übers Haar. Für einen Augenblick kuschelte sie sich eng an seine Brust, dann hob sie den Kopf und blickte bedrückt zu ihm auf.

„Ich habe heute Nachmittag Frau Jansen auf der Straße getroffen. Was für ein entsetzliches Schicksal... Ihr Mann ist '42 bei Leningrad gefallen und... ihr Sohn Malte…", es fiel ihr schwer, weiterzusprechen, „...wird seit Stalingrad vermißt." Aufschluchzend verbarg sie ihr Gesicht an seinem Hals. „Ich würde es nicht überleben, wenn ich Albert nie mehr wiedersehen sollte!"

Er klopfte seiner Frau zart auf den Rücken.

„Dodo, er ist in britischer Gefangenschaft, sie werden ihn dort fair nach den Richtlinien der Haager Landkriegsverordnung behandeln. Ich habe, wie du weißt, den Engländern mein Leben zu verdanken. Er kommt sicher bald zurück."

„Wann, Bernhard, *wann ist bald*?!"

Es klang wie der Aufschrei eines verwundeten Tieres und schnitt ihm ins Herz. Wie gerne hätte er ihr diesen quälenden Schmerz abgenommen. „Hast du mal mit deinem Bruder gesprochen? Verfügt er nicht über sehr gute Kontakte zu den Besatzern...?"

Sie hob ihr tränennasses, von Kummer und Schmerz gezeichnetes Gesicht.

„Soweit reichen seine Kontakte nicht. Über den Verbleib von Annas Eltern konnte er auch nichts in Erfahrung bringen!"

„Nun… wo ein Wille ist, ist auch ein Weg. Aber in erster Linie interessiert sich dein lieber Bruder wohl für sein persönliches Wohl."

Entrüstet über seine lapidare Feststellung fuhren ihre Brauen in die Höhe.

„Bitte Bernhard, sprich' nicht so abfällig über Jens! Ich bin sicher, er hätte alles getan, um Albert nach Hause zu holen. Wir sind doch eine Familie! Aber es liegt nun mal nicht in seiner Macht", verteidigte sie ihren Bruder nachdrücklich.

Bernhard lag schon eine sarkastische Äußerung auf der Zunge, aber er hielt sich zurück. Nach wie vor waren ihm die Machenschaften seines Schwagers suspekt. Wie ein glatter Aal hatte er sich durch alle Unwägbarkeiten, die der Krieg und die schwierige Nachkriegszeit für alle mit sich brachte, durchgeschlängelt und dabei ein unglaubliches Geschick bewiesen, sich stets zum richtigen Zeitpunkt mit den richtigen Leuten anzufreunden. Die beiden Männer hatten wenige Gemeinsamkeiten. Man akzeptierte einander, pflegte aber kaum noch privaten Kontakt. Bernhard unterließ es, seinen Schwager weiter vor seiner Frau zu kritisieren; er wollte ihr das Herz nicht noch schwerer machen und sagte stattdessen: „Hab' noch etwas Geduld, Liebes, und zerbrich dir deinen Kopf nicht über Dinge, die du jetzt nicht ändern kannst!"

12

„Na gut, Anna, es ist deine Entscheidung. Wenn das der letzte Wille deines Vaters ist... Auf Dauer ist das jedoch kein Zustand. Ich will, dass Hermann *hier* aufwächst! Du weißt, er soll später mal die Cornelsen Bank übernehmen... Selbstverständlich verstehe ich, dass du jetzt dort gebraucht wirst. Nur irgendwann mußt du dich entscheiden... Amsterdam oder Hamburg... beides geht nicht..."

Es klopfte an der Tür.

Jens stand an seinem Schreibtisch und schaute ungehalten über die Schulter.

„Ja, gut... ich meld' mich... Grüße Hermann von mir… Herein!"

Gretchen steckte ihren graugelockten Kopf herein und äugte durch die dicken Brillengläser vorsichtig in den Raum. „Ihr Vetter aus Amerika ist soeben eingetroffen Herr Cornelsen!"

Sein düsterer Gesichtsausdruck hellte sich auf. „Na, dann nichts wie rein mit ihm."

Sie trat beiseite und ließ Sigmund eintreten, Jens kam ihm mit ausgebreiteten Armen entgegen. „Siggi, wie schön, dich endlich wiederzusehen. Wie geht es dir?!"

„Danke, gut."

Die beiden Männer umarmten sich herzlich.

Sigmund legte seinen Mantel und Hut ab. Ein eleganter, maßgeschneiderter Seidenanzug aus Fischgrätenmuster kam zum Vorschein. Er ließ sich in den Ledersessel fallen und sah Jens dabei zu, wie dieser die Türen zur eingebauten Schrankbar öffnete und stirnrunzelnd die magere Auswahl an alkoholischen Getränken betrachtete.

„Cognac oder Wein?" Mit einem bedauernden Schulterzucken: „Was anderes kann ich dir leider nicht anbieten."

Sigmund winkte ab. „Vielleicht später." Er griff in die Innentasche seines Jacketts und zog ein Zigarettenetui heraus. In den Deckel war das Familienwappen eingraviert. Er klappte es auf und bot Jens eine davon an.

„Oh, welch ein Genuß, amerikanische Zigaretten!"

Sigmund lächelte und gab ihm Feuer. Nachdem die Zigaretten brannten, nahm Jens Platz und musterte seinen Vetter nachdenklich.

„Was treibt dich aus dem komfortablen Amerika ins zertrümmerte Europa, mein Lieber? Dein Fernschreiben war so nebulös, dass ich mir darauf keinen Reim machen konnte."

Sigmund lehnte sich im Sessel zurück und schlug die Beine übereinander.

„Es ist in der Tat kein Vergnügen, zurzeit nach Europa, insbesondere nach Deutschland, zu reisen..." Ein eigentümlicher Ausdruck lag in seinem Blick. „Ich komme gerade aus Nürnberg und habe dort Robert Jackson, einem alten Freund meines Vaters, einen kurzen Besuch abgestattet."

Verwirrt runzelte Jens die Stirn.

„Das ist der Mann, der den Kriegs-verbrecherprozeß leiten wird, der am 20. November in Nürnberg beginnt", setzte Sigmund erklärend hinzu.

Jens stieß ein kurzes, hartes Lachen aus.

„Ach, ja, dieses internationale Tribunal, das stell-vertretend für die gesamte Welt über die Deutschen richten will… Was für ein Irrsinn! Man kann nicht ein ganzes Volk anklagen! Einzelne Gefolgsleute des Nazi-Regimes ja, aber ein ganzes Volk…?!"

Sigmund betrachtete ihn durch den Zigaretten-rauch mit einem maliziösen Lächeln.

„Nun, wenn man's genau nimmt, müßten wir uns auf die Anklagebank dazusetzen."

Jens fixierte ihn mit hartem Blick.

„Ich erinnere mich, dass du vor gar nicht allzu langer Zeit andeutetest, dich von den Machenschaften deines Vaters und des Inner Circles zu distanzieren, Siggi! Wie kommt es, dass du jetzt wieder in seinem Auftrag unterwegs bist?"

Der Amerikaner beugte sich vor und drückte seine Zigarette im Aschenbecher aus.

„Sagen wir, mir blieb keine Wahl."

Verständnislos schüttelte Jens den Kopf.

Sigmund räusperte sich und sprach mit belegter Stimme weiter. „Ich hab' dir nie davon erzählt, Jens, aber ich plane ein Buch über die Finanzierung Hitlers und die Rolle, die die Wall Street dabei gespielt hat, herauszubringen. Du weißt, dass ich mir damals über jedes Treffen Notizen gemacht und sämtliche Unter-lagen darüber gesammelt habe."

Die Gesichtszüge seines Cousins entgleisten.

„Ja, bist du jetzt vollkommen wahnsinnig gewor-den?! Das willst du… *veröffentlichen*? Damit lieferst du nicht nur deinen Vater, sondern uns alle ans Messer!"

„Ich bin der Auffassung, dass die Weltöffentlichkeit ein Recht hat, es zu erfahren!" Mit einer fahrigen Geste fuhr sich Sigmund mit der Hand durch die Haare. „Kurz nach Kriegsende bin ich nach Holland geflogen, um deinen Schwiegervater um Unterstützung zu bitten."

Jens starrte ihn an, als habe er sich verhört.

„Wie bitte? Du hast *Robin* gebeten, dir zu helfen, *dieses* Manuskript zu veröffentlichen?!"

„Ja, er kannte einige holländische Verleger." Sigmund richtete seine Augen fest auf das Gesicht seines Vetters. „In Amerika wäre mein Vater sofort gegen alle Verlage gerichtlich vorgegangen. In Europa standen die Chancen besser..."

Mit wachsendem Entsetzen hörte Jens ihm zu. Er kannte seinen Onkel gut genug, um zu wissen, dass dieser vor nichts zurückschrecken würde, um zu verhindern, dass ein Enthüllungsbuch die Familienehre vor allen Dingen aber seine Geschäfte in irgendeiner Form beschmutzen und die wahren Hintergründe seiner Ambitionen samt die des *Circles* aufdecken könnte. Selbst wenn es sich dabei um den eigenen Sohn handelte.

Eine schreckliche Ahnung beschlich ihn. „Robin wollte sich tatsächlich für dich verwenden?"

Sigmund nickte bekräftigend. „ Ja, das hatte er vor. Am selben Abend fand eine Gesellschaft bei einem befreundeten Geschäftspartner statt. Dort wollte er sich ganz unverbindlich umhören...", er brach ab und zündete sich eine neue Zigarette an. Seine Finger zitterten leicht.

„Ich weiß nicht, was da passiert ist, Jens, das mußt du mir glauben, aber in dieser Nacht kamen er und seine Frau ums Leben! Kurz nach Mitternacht verließen sie die Feier, die irgendwo draußen auf dem Land stattfand, soviel hab' ich inzwischen herausgefunden. Es war wohl stockdunkel, sie kamen mit dem Wagen vom Weg ab und fuhren über eine Mine, die explodierte. Das Auto brannte bis auf die Stahlträger aus. Tja, und am nächsten Tag wurde in meiner Hotelsuite eingebrochen, alles durchwühlt und mein Manuskript gestohlen."

Während seiner Schilderung war nach und nach alle Farbe aus Jens' Gesicht gewichen. Mit tonloser Stimme mühsam um Fassung ringend preßte er heraus: „Willst du damit andeuten, dass Vanderbilt und seine Frau umgekommen sind, weil er dir behilflich sein wollte, dein *Enthüllungsbuch* herauszubringen?"

Sigmund heftete seinen Blick auf den Glastisch und schwieg, dann sagte er mit leiser Stimme: „Als ich nach New York zurückkehrte, zitierte mich mein Vater in sein Penthouse. Auf dem Tisch lag... mein Manuskript."

Scharf sog Jens die Luft ein.

„Mit anderen Worten... *dein* Vater hat Robin und seine Frau auf dem Gewissen?"

„Gott bewahre, nein, das hab' ich nicht gesagt! Europa ist tonnenweise vermint... Es war einfach ein Unglück, aber offensichtlich hat mich mein Vater beschatten lassen..."

„.... und nun von dir verlangt, dafür zu sorgen, dass von seinen Geschäften und denen seiner Freunde mit den Nazis nichts an die Öffentlichkeit gelangt", beendete Jens für ihn den Satz.

Hilflos hob Sigmund die Hände und ließ sie wieder auf die Armlehnen fallen.

„Du kennst nicht die Macht des ‚*Inner Circles*‘, Jens! Die planen jeden einzelnen Schritt, um eines Tages die ganze Welt unter ihre Kontrolle zu bringen. Ja, ja, du brauchst gar nicht so süffisant zu lächeln, ich weiß, das klingt absurd, aber es ist ihnen bitterernst damit. Seit dem Federal Reserve Act, den Woodrow Wilsen einen Tag vor Weihnachten 1913 absegnete, sind sie durch die Gründung der *FED* und dank zweier Weltkriege diesem Ziel jetzt ein gutes Stück nähergekommen. Jeden, der sich ihnen entgegenstellt, räumen sie aus dem Weg – sei’s durch Bestechung oder mit Gewalt; egal, ob es sich um unbequeme Einzelpersonen oder um ganze Regierungen und Regime handelt. Nichts anderes haben sie mit Hitler und den Nazis gemacht!“ Nervös zog er an seiner Zigarette und fuhr resigniert fort. „Jedenfalls hat mein Vater damit gedroht, sämtliche meiner Konten und Aktienfonds zu sperren und dafür zu sorgen, dass ich nicht nur meinen Job verliere, sondern nie wieder auf der ganzen Welt eine Arbeit finde. Selbstverständlich würde ich von meinem Erbe keinen Penny sehen und wäre damit von einem Tag auf den anderen... *mittellos*!“ Er lachte bitter auf. „Ich ohne Geld, kannst du dir das vorstellen?“ Selbstkritisch setzte er in einem sarkastischen Ton hinzu: „So hat halt jeder seinen Preis.“

Im ersten Moment wußte Jens nicht recht, was er darauf erwidern sollte. Zu ungeheuerlich die Enthüllungen, die ihm sein Vetter da gerade anvertraut hatte. Auf der anderen Seite bestätigten sich damit die Andeutungen Vanderbilts über einen geheimen Plan, nach dem die ein Prozent der Mächtigsten dieser Welt und ihre Handlanger systematisch vorgingen. Dass aber sein Onkel am Tod Vanderbilts schuld sein sollte, um einen lästigen Mitwisser und Konkurrenten auszuschalten, widerstrebte ihm, zu glauben. Genauso, wie die anderen Dinge, die ihm Sigmund über den ‚Inner Circle᾽ enthüllt hatte. Er beschloß, seiner Frau gegenüber davon nie etwas zu erwähnen.

Mit einer raschen Handbewegung streifte Sigmund die Asche seiner Zigarette ab.

„Ex-Reichswirtschaftsminister Schacht wird übrigens auch angeklagt. Erinnerst du dich? Er war bei unseren Treffen im Adlon dabei. Ich habe mit Jackson vereinbart, dass, falls Schacht Unterlagen aus dieser Zeit zu seiner Entlastung einbringen will, diese unter keinen Umständen zugelassen werden. Sie werden auch nicht zulassen, dass er sich auf den Versailler Vertrag beruft.“

Erstaunt weiteten sich Jens Augen, dann schnellte er vor und fokussierte das Gesicht seines Vetters eindringlich. „Und was ist mit der Cornelsen Bank? Ich bin nicht gerade erpicht darauf, bei diesem Prozeß vorgeladen zu werden, Siggi! Weder als Zeuge noch als Angeklagter!“

Müde winkte sein Gegenüber ab.

„Ich habe schon Entsprechendes in die Wege geleitet. Dich wird niemand behelligen, vertrau᾽ mir.“

13

Der Mann drückte die junge Frau gegen das Regal, wo die frisch gebügelte, zusammengelegte Krankenhausbettwäsche untergebracht war und küßte sie. Sie genoß seine Leidenschaft, aber als seine Finger unter ihren Kittel rutschten, stemmte sie beide Hände energisch gegen seinen Brustkorb und blickte selbstbewußt zu ihm auf.

„So eine bin ich nicht! Entweder ganz oder gar nicht!" Ihre blauen Augen blitzten herausfordernd. „Entscheide dich!"

Verdutzt sah er sie an. Er hatte mit keinem Widerstand gerechnet. Sein Blick glitt von ihrem zarten Hals zum Ausschnitt. Ein paar Sekunden überlegte er. Dann umfaßte er mit beiden Händen ihr Gesicht und beugte sich über ihre Lippen.

„Laß uns heiraten."

„Bist du sicher?! Du machst auch Eva-Maria schöne Augen ... Ihr Vater ist Leiter der Pathologie...?"

Heiser fiel er ihr ins Wort. „Ach, vergiß doch die Kleine, die ist noch ein halbes Kind! Ich will keine Protektion, sondern eine Frau, wie dich!"

Ihre Lippen fanden sich zu einem langen Kuß.

Das Klopfen an der Tür überhörten sie. Auch, dass die Tür geöffnet wurde.

„Helga, bist du hier...?"

Die weiteren Worte bleiben Eva-Maria im Halse stecken. Wie angewurzelt verharrte sie im Türrahmen und starrte auf das sich innig küssende Paar. Sie stand nur da und sah es, war aber nicht in der Lage, einen Laut von sich zu geben.

Der Kuß wollte nicht enden. Ohne Eile lösten die beiden schließlich ihre Lippen voneinander und wandten sich engumschlungen zu ihr um. Eva-Maria bemerkte den triumphierenden Ausdruck in Helgas Augen. Ein heftiger, eifersüchtiger Schmerz durchfuhr sie. Sie fühlte sich gedemütigt und klein! Unfähig, etwas zu sagen, schlug sie die Hand vor den Mund und rannte aufschluchzend aus der Wäschekammer. Schuldbewußt blickte Helga ihr nach, doch der Assistenzarzt zog sie wieder an sich und küßte ihr rasch das schlechte Gewissen fort.

Dieser Vorfall läutete das Ende der engen Freundschaft der beiden jungen Frauen ein.

Tief verletzt ging Eva-Maria in den nächsten Tagen Helga aus dem Weg und vergrub sich in die Arbeit. Da Helga aber immer noch in der Trautmann Villa wohnte, war die Stimmung zwischen ihnen recht frostig. Eva-Maria sprach nur das Nötigste mit ihr und fraß ihren Kummer in sich hinein. Sie fühlte sich von der Freundin verraten und hintergangen. Hatte sie sich ihr nicht anvertraut und offenbart, wie sehr auch ihr der Assistenzarzt gefiel? Mit keiner Silbe hatte Helga ihr gegenüber erwähnt, dass sich zwischen den beiden längst etwas anbahnte. Warum mußte sie es auf eine so verletzende Art und Weise erfahren?

Unaufhörlich kreisten die Gedanken in ihrem Kopf.

Schließlich kam der Tag, an dem Helga die Koffer packte und auszog. Eva-Maria stand mit verschränkten Armen am Fenster und hatte ihr den Rücken zugewandt. Tränen standen ihr in den Augen. Nicht nur die unglückliche Liebe, sondern auch der Verlust dieser Freundschaft schmerzte.

Helga klappte den Kofferdeckel zu und blickte unschlüssig zur ihr herüber.

„Ach Evchen, nimm dir das doch nicht so zu Herzen! Die Liebe geht nun mal ihren eigenen Weg... Ich habe dir Rainer nicht weggenommen, er hat sich in mich verliebt! Und jetzt heiraten wir..."

Sie schloß die Riemen des Koffers und richtete sich auf. Eva-Maria stand in unveränderter Haltung am Fenster und starrte hinab auf die Straße.

Gerade fuhr eine Taxe vor.

„Kopf hoch, Evchen, das nächste Mal bist du nicht so schüchtern, dann klappt es schon", gab ihr Helga noch als ‚freundschaftlichen' Rat mit auf den Weg, ehe sie das Zimmer verließ.

Eva-Maria hörte das Geräusch der zuklappenden Tür und biß sich auf die Lippen. Endlich konnte sie ihren Tränen freien Lauf lassen.

Der Assistenzarzt stieg aus dem Taxi aus und lehnte sich lässig gegen den Wagen. Sein Blick wanderte die Häuserfront hinauf und blieb an ihrem Fenster hängen. Hastig trat sie einen Schritt zurück. Das fehlte noch, dass er sie heulend hinter der Gardine entdeckte!

Ein zerbeulter LKW bog in den *Loogeplatz* ein und stellte sich hinter das wartende Taxi. Durch die Gardine beobachtete Eva-Maria, wie ihr Onkel aus dem Fahrerhäuschen kletterte und zum Hauseingang lief, aus dem Helga trat, die ihn kurz begrüßte, um dann an ihm vorbei zur Pforte zu eilen. Mit brennenden Augen verfolgte Eva-Maria, wie sich ihre ehemalige Freundin glücklich in die Arme ihres Arztes warf, der sie übermütig herumwirbelte und dann hinter ihr in den Fond des Wagens einstieg.

Der Schmerz bohrte sich tief in ihr Herz.

Aus der Diele hallte die fordernde Stimme der Mutter zu ihr herauf und erinnerte sie an ihre Pflichten.

„EVCHEN...KOMM RUNTER... ONKEL JENS HAT KARTOFFELN UND TORF VON HEIDHORST MITGEBRACHT!"

Sie fuhr sich mit dem Handrücken über die tränennassen Wangen und schritt zur Tür.

Die Kartoffeln und Torfbriketts waren schnell ausgeladen und im Keller verstaut. Viel weniger, als das letzte Mal, aber sie würden ihnen über die karge Zeit besser hinweghelfen. Nach dem Abendessen, zu dem Dorothea ihren Bruder eingeladen hatte, zog sich Eva-Maria auf ihr Zimmer zurück, während ihre Eltern mit dem Onkel ins Wohnzimmer wechselten. Es war lange her, dass Jens seiner Schwester einen Besuch abgestattet hatte. Zu Hause in seiner riesigen Villa an der Elbchaussee wartete niemand auf ihn, daher hatte er ihre Einladung zum Abendessen gerne angenommen. Auf Dorotheas bohrende Fragen hin nach dem Verbleib seiner Frau und dem Kind hatte er nur ausweichend geantwortet, dass Anna wohl doch nicht so schnell nach Hamburg zurückkehren würde.

„Ach, sie bleibt in Amsterdam?!", entrüstete sich Dorothea. „Also wirklich, Jens, ich verstehe dich nicht! Eine Frau gehört zu ihrem Mann und nicht ins Büro! Dein Junge soll doch mal hier aufs Christianeum gehen?!"

Der Bankier bedachte seine Schwester mit einem bitteren Lächeln.

„Ach Dodo, dein Weltbild stammt wirklich noch aus der Kaiserzeit. Anna ist eine moderne Frau. Sie wurde von ihrem Vater dazu ausgebildet, die Bankgeschäfte nach seinem Tode weiterzuführen." Er trank einen Schluck und betrachtete nachdenklich sein Glas. „Ich kann's ihr nicht mal verdenken..." Mit einem Schluck kippte er den Rest seines Weines hinunter und stellte das leere Glas auf dem Kaminsims ab. „Ihr Vater hat ihr alle Tricks beigebracht, um in diesem Geschäft als Frau bestehen zu können... die Mutterrolle hat sie nie ausgefüllt."

Bernhard schwenkte sein Cognacglas leicht in der Hand herum.

„Und wie soll es weitergehen? Ich meine, du hier in Hamburg und sie mit dem Kind in Amsterdam?"

Sein Schwager zuckte die Schultern. Die Trennung von seiner Frau war derzeit nicht unbedingt sein größtes Problem. Die Dinge, die ihm Sigmund bei seinem letzten kurzen Besuch in Hamburg anvertraut hatte, beschäftigten ihn da weit mehr und hatten Zweifel in ihm gesät, dass seine Schwiegereltern tatsächlich durch einen tragischen Unfall ums Leben gekommen waren. Aber wie sollte seinem Onkel die Information zu Ohren gekommen sein, dass sich Vanderbilt auf dieser Feier für Sigmund verwandt hatte?

„Das wird die Zukunft regeln." Jens' Stimme klang unbeteiligt. Ein dünnes Lächeln umspielte seine Mundwinkel, als er zu seinem Schwager herübersah. „Die Zukunft regelt doch immer alles, nicht wahr?"

70

14

Der erste Nachkriegswinter '45/'46 war bitterkalt, sehr schneereich und forderte viele Opfer, denn die Kohlelieferungen und die Versorgungslage in Hamburg waren katastrophal. Von den Räumen, die Eva-Maria und ihren Eltern zur Verfügung standen, konnte nur ein Zimmer mit einem sogenannten ,Kanonenofen' beheizt werden. Warmes Wasser gab es nicht. Zitternd vor Kälte wusch sich Eva-Maria morgens mit eiskaltem Wasser. Im *Hafenkrankenhaus* gab es wenigstens die Möglichkeit, heiß zu duschen, was sie gerne in Anspruch nahm. Manchmal tat sie es auch einigen Kollegen gleich und ging mit ihnen zum Bahnhof auf ,Kohlenklau'. Alle stürzten sich auf die Briketts, die beim Transport oder Entladen der Eisenbahnwagons ,herunterfielen'. Die Briten duldeten es stillschweigend.

Ein Großteil der Hamburger hauste in Ruinen und feuchten Kellergewölben. Das notwendige Wasser mußten die Leute mühselig von den Hydranten heranschleppen. Der chronisch leere Magen begleitete einen den ganzen Tag, und abends fiel man hungrig ins Bett. Es fehlte einfach an allem: Lebensmittel, Bekleidung, Wäsche, Wolldecken, Reinigungsmittel...

71

Eines Morgens blieb Eva-Maria vor dem Schwarzen Brett in der Eingangshalle des Krankenhauses stehen und las den Aushang. Die Gesundheitsbehörde hatte eine Einsatzvorschrift herausgegeben, wonach alle angestellten Personen des *Hafenkrankenhauses* dazu aufgefordert wurden, unverzüglich zum Steineklopfen in den Trümmerbergen St. Paulis anzutreten.

Und so geschah es.

Unweit des Krankenhauses fanden sich von den Professoren, Ärzten, MTAs und Laborassistentinnen bis hin zu den Schwestern, Handwerkern, Putzfrauen und Hospitanten alle ein. Eine bizarre Szenerie spielte sich vor den Augen der Passanten ab: In weißen Kitteln und Schwesterntracht klopfte und hämmerte sich das Personal des *Hafenkrankenhauses* durch die Schuttberge und reichten die Steine in einer langen Kette von Hand zu Hand nach unten weiter durch, wo sie dann zum Abtransport aufgeschichtet wurden. Am Ende des Tages erhielt jeder eine Urkunde, die auswies: *„4000 Steine geklopft und geräumt für die Stadt Hamburg!"*

Eva-Marias Vater fehlte allerdings bei dieser Aktion. Aufgrund der mangelnden Ernährung, fehlender Medikamente und der großen, körperlichen Anstrengung, der er sich durch seine Arbeit aussetzte, war seine TBC wieder ausgebrochen und er mußte zurück zur Behandlung nach Tönsheide.

Von Albert gab es immer noch keine Nachricht, was Dorothea zermürbte. Bernhard hatte ihr vor seiner Abfahrt in die Lungenklinik noch dringend ans Herz gelegt, für ein paar Wochen zur Erholung auf den Heidehof zu fahren.

„Die frische Luft und eine andere Umgebung werden dir gut tun, Liebes. Außerdem könnt ihr euch dort mal richtig sattessen und du kommst auf andere Gedanken! Die Züge fahren jetzt wieder."

Dorothea wehrte ab.

„Aber ich muß doch da sein, wenn du zurückkommst!"

Seine Miene verschloß sich.

„Ich denke, diesmal wird es nicht so rasch gehen."

Beunruhigt registrierte sie den bedrückten Unterton in seiner Stimme. Angst kroch in ihr hoch. Tapfer schluckte sie die aufsteigenden Tränen hinunter und blickte ihm fest in die Augen. „Also gut, wenn es dein Wunsch ist, fahre ich mit Evchen für ein paar Wochen nach Heidhorst."

Am 01. April 1946 nahmen die deutschen Gerichte ihre Arbeit wieder auf. Der Alliierte Kontrollrat erlaubte die Bildung von Betriebsräten in ganz Deutschland und am 16. April lief der 1.000senste Personenkraftwagen seit Kriegsende im Wolfsburger VW-Werk vom Band. Auch das kulturelle Leben belebte sich langsam wieder. Die Menschen strömten in die Kinos, um der bedrückenden Alltagstristesse wenigstens für zwei Stunden zu entfliehen. Anfang Mai traten die Berliner Philharmoniker ihre erste Konzertreise nach Kriegsende an und in Leipzig wurde die erste deutsche Nachkriegsmesse eröffnet.

Als Eva-Maria und Dorothea auf Heidhorst eintrafen, mußten sie zu ihrem Entsetzten feststellen, dass aus dem Heidehof inzwischen ein ostpreußisches Sammellager geworden war. Abgesehen von Bernhards Vetter und dessen Familie waren auch noch die Verwandten des Verwalters eingetroffen, so dass der Heidehof nun aus allen Nähten platzte. Aber irgendwie fand jeder ein Bett und alle wurden satt. Eva-

Maria lernte im Kuhstall das Melken und freute sich auf ihre Ausritte mit dem Ackergaul.

Langsam gelang es ihr auch, den Liebeskummer zu überwinden und sich mit dem Verlust der Freundin abzufinden. Stundenlang streifte sie allein auf dem Pferd durch den Wald oder badete in dem kleinen Weiher. In dieser Zeit mußte sie häufig an ihre beste Schulfreundin Gisela denken. Anfangs hatten sie sich noch eifrig geschrieben, doch als die Alliierten ihre Angriffe verschärften und Eva-Maria schließlich ihren Arbeitsdienst antreten mußte, brach der Kontakt ab. Wie und wo Gisela wohl das Kriegsende erlebt hatte? Ob sie wieder in Hamburg lebte? Das Mietshaus, in dem sie mit ihren Eltern gewohnt hatte, war in den letzten Kriegstagen noch einer Brandbombe zum Opfer gefallen. Ob Giselas Mutter dabei ums Leben gekommen war, hatte Eva-Maria nicht in Erfahrung bringen können. Jetzt, wo sie keine richtige Vertrauensperson mehr besaß, mit der sie ihre täglichen Nöte besprechen konnte, vermißte sie die Schulfreundin auf einmal sehr.

Wenn wir wieder in Hamburg sind, werde ich mich sofort nach Gila erkundigen, nahm sie sich vor.

Dorothea nutzte die Mußestunden auf dem Lande auf die ihr eigene Art. Stundenlang saß sie in der Sonne und ließ sich bräunen. Auch sie hing ihren Gedanken nach. Fast drei Jahre waren vergangen, als sie aus dem brennenden Hamburg in die Lüneburger Heide auf den Hof geflüchtet waren. Damals hatte sie ihr Bruder nach zwei Wochen abgeholt und in das bis auf die Grundmauern zerstörte Hamburg zurückgebracht. Sie erinnerte sich noch genau daran, wie groß die Erleichterung gewesen war, als sie feststellte, dass die Bomben ihr Heim und die übrige Umgebung verschont hatten. Vor ihrem geistigen Auge stieg das Bild auf, wie ihr Mann mit ausgebreiteten Armen die Steintreppe herunterkam und ihr glücklich lächelnd entgegenlief. Sie spürte dem Gefühl der unendlichen Erleichterung nach, ihn wohlbehalten wiederzusehen.

Ein tiefer Seufzer entwich ihrer Brust. Damals war er noch nicht an dieser schrecklichen, heimtückischen Krankheit erkrankt. Die Angst, ihn für immer zu verlieren, lastete wie ein schwerer Stein auf ihrer Brust.

Sie zwang sich, an etwas anderes zu denken.

15

Während sich seine Schwester und seine Nichte in der Lüneburger Heide erholten, ging Jens seinen Geschäften nach. Immer noch regelte seine Frau in Amsterdam den Nachlaß ihrer verstorbenen Eltern. Es gestaltete sich jedoch als sehr schwierig, wie sie ihm am Telefon versicherte, einen geeigneten Geschäftsführer für die Bank zu finden. Ihre Rückkehr nach Hamburg würde sich also weiter verzögern. Das paßte ihm überhaupt nicht. Sein Junge fehlte ihm und er konnte sich des Eindrucks nicht erwehren, dass seine Frau die Rückkehr absichtlich hinauszögerte, um nicht zu ihm zurückkehren zu müssen.

Mißgelaunt beendete er das Gespräch mit ihr und stürmte aus dem Büro. Auf dem Flur rief er Gretchen noch über die Schulter zu: „Ich bin zu Tisch!".

Und nun saß er in einem der kürzlich wiedereröffneten Restaurants in den Alsterarkaden dem *Rathausmarkt* gegenüber und ließ seinen Blick über das Alsterfleet schweifen. Ein Kellner brachte ihm einen Kaffee und räumte das Geschirr ab. Jens bedankte sich mit flüchtigem Kopfnicken, gab ein paar Tropfen Milch in seine Tasse und rührte gedankenverloren um.

Den gut gekleideten Herrn, der an seinem Tisch vorbeischritt, registrierte er nicht. Der Mann blieb stehen, drehte sich noch einmal um, um sich zu vergewissern, dass er jemand Bekanntes entdeckt hatte und kehrte an Jens' Tisch zurück.

„Ach nee…,*Cornelsen*... noch auf freiem Fuß? Mußten Sie nicht... *entnazifiziert* werden?!"

Überrascht blickte Jens auf und erkannte den Gast, der sich da mit einem scheinheiligen Lächeln vor ihm aufgebaut hatte.

Seine Miene verdunkelt sich.

„Baron von Weidenfeld...", sagte er gedehnt, seine Stimme klang verhalten und unbeteiligt, laut fuhr er fort: „Wollten Sie sich nicht nach Argentinien absetzen, um möglichen Repressalien seitens der Besatzer zu entgehen? Wer schützt Sie? Alte Kameraden von der Waffen-SS, die von den Amis wieder in ihre alten Position gehoben wurden?!"

An den umliegenden Tischen wurden eilig die Köpfe zusammengesteckt und getuschelt. Der Baron erntete ein paar scheele Blicke. Rasch beugte er sich vor, seine Augen glitzerten haßerfüllt. „Wer im Glashaus sitzt, sollte nicht mit Steinen werfen. Ich könnte die entsprechenden Stellen über Ihre Vergangenheit in der... *Reiter-SS* informieren!"

In diesem Augenblick betrat eine elegant gekleidete Dame mittleren Alters den Speisesaal und blickte sich suchend um. Auf den blonden Haaren saß ein rotes Hütchen mit einem Schleier, der die Augen und die Nase bedeckte. An einem der hinteren Tische in der Ecke erhob sich ein hochgewachsener, älterer Herr mit schlohweißem Haar und Schnurrbart und winkte ihr zu. Ihr Mund lächelte. Zielstrebig steuerte sie auf ihn zu.

Jens ließ sich im Stuhl zurückfallen und taxierte den Adeligen kühl.

„Aber bitte, tun Sie sich keinen Zwang an, lieber Baron. Doch bedenken Sie, manchmal setzt man sich mit einem vermeintlich schlauen Zug schnell selbst Schachmatt."

Wütend preßte der Baron die Lippen aufeinander. Er rang einen kurzen Moment mit sich, etwas Passendes darauf zu erwidern, dann aber wandte er sich brüsk ab und stolzierte hocherhobenem Hauptes aus dem Restaurant.

Ein bitteres Lächeln glitt über das Gesicht des Bankiers, während er dem Mann nachsah, bis dieser zur Tür hinaus verschwunden war. Sein Blick glitt über die Köpfe der anwesenden Gäste, die sich längst wieder ihrem Essen zugewandt und den kleinen, unangenehmen Zwischenfall vergessen zu haben schienen. Seine Augen blieben an der Dame hängen, die sich gerade aus der Umarmung des weißhaarigen Herrn löste. Irritiert zog er die Brauen zusammen. Die Art, wie sie den Kopf leicht zur Seite neigte, weckte Erinnerungen an...

„Delia?!"

Sie dreht sich um.

Sprachlos starrte er sie an, dann wurde ihm bewußt, wen er tatsächlich vor sich hatte - seine verschollen geglaubte Jugendfreundin! Schlank wie eh und jäh mit modischem Kurzhaarschnitt, den Kopf leicht zur Seite geneigt, lächelte sie amüsiert über seine Verwirrung.

Hastig schob er den Stuhl zurück, sprang auf und eilte ihr mit ausgebreiteten Armen entgegen. „Ja, glaub' ich's denn...bist du' s wirklich? Das gibt's doch nicht… Delia! Seit wann bist du wieder in Hamburg?!"

Dann erinnerte er sich der Etikette und wandte sich mit einer entschuldigenden Geste an ihren Vater. „Kapitän Herbach... verzeihen Sie bitte, aber ich habe Sie vorhin beim Reinkommen gar nicht bemerkt."

„Kapitän a.D., bitteschön", schmunzelte der alte Herr gelassen und reichte Jens die Hand. Delia hauchte Jens einen Kuß auf die Wange und blinzelt verschmitzt zu ihm auf.

„Na, da hat mir das Schicksal ja einen schönen Strich durch die Rechnung gemacht... eigentlich wollte ich dich wieder überraschen!"

Für einen langen Moment hielten sich ihre Augen fest.

Claus Herbach räusperte sich etwas unbeholfen.

„Besuchen Sie uns doch mal, Jens. Unser Heim steht noch und wurde Gott sei Dank nicht von den Briten konfisziert."

Fragend blickte der Bankier zu Delia. In ihren Augen lag ein herausfordernder Ausdruck, aber sie enthielt sich einer nachdrücklichen Bekräftigung der Einladung ihres Vaters.

16

„Es ist schrecklich, wie viele jetzt versuchen, ihre braune Weste reinzuwaschen! Plötzlich scheint jeder von antinazistischer Gesinnung gewesen zu sein und behauptet, diese auch sichtbar gelebt zu haben; hat mindestens einem Juden zur Flucht verholfen oder besitzt zumindest eine jüdische Großmutter und wedelt den Tommys mit seinem ‚Persil-Schein' stolz vor der Nase herum", schimpfte Professor Poeppel und fiel im Korbsessel zurück. Damit spielte er auf den Schwarzmarkt an, auf dem man neben Butter, Öl und Zigaretten mittlerweile auch Reisepässe und sogenannte ‚Persil-Scheine' erwerben konnte, die dem Inhaber selbiger bescheinigten, hinsichtlich seiner politischen Vergangenheit eine blütenweiße Weste vorweisen zu können.

Ehepaar Poeppel war der Einladung Trautmanns gefolgt, die den Neurochirurgen und seine Frau zum Nachmittagskaffee eingeladen hatten, um die Rückkehr von Bernhard aus der Lungenklinik zu feiern. Zwar hatte man erreicht, dass die Krankheit erneut zum Stillstand kam, doch zurückgeblieben war ein trockener Husten, mit dem der Pathologe und seine Familie nun leben mußten. Er hatte seine Krankenakte

80

aufmerksam studiert und wußte, dass es bei der mageren Versorgungslage in der Stadt für seinen geschwächten Körper so schnell kaum eine vollständige Heilung geben würde. Überall auf den Straßen und in der Bahn blickte man in ausgemergelte, müde und verzweifelte Gesichter. Die Sterblichkeitsrate unter den Kindern war erschreckend hoch. Entkräftet durch das lange Schlangestehen vor den Geschäften brachen viele Frauen zusammen. Im *Hafenkrankenhaus* starben viele Patienten an Unterernährung oder Infektionen, denen der ausgezehrte Körper nichts mehr entgegenzusetzen hatte.

Stirnrunzelnd blickte Bernhard zu seinem Freund. „Es ist die Zeit der Wendehälse, Gerd. Wenn man bedenkt, wie fix die Betriebe die sogenannte ‚Säuberung' vorantreiben... Der Deutsche neigt nun mal dazu, die Objektivität zu überspitzen, so dass daraus allzu oft reine Subjektivität wird."

Poeppel nickte zustimmend.

„Wohl wahr, wohl wahr.... Ziemlich schlau von den Engländern, sich nicht die Hände schmutzig zu machen und diese Arbeit uns zu überlassen. Unfaßbar, wie viele anerkannte Gelehrte, verdiente Wissenschaftler und renommierte Fachleute jetzt arbeitslos sind! Ein guter Freund von uns verlor seinen Lehrstuhl an der Freiburger Universität, weil ihn ein ‚wohlmeinender' Kollege aufgrund seiner Parteizugehörigkeit bei den Alliierten anschwärzte! Jetzt macht der seine Arbeit... Aber Herrgott, nicht jeder, der in der NSDAP war, ist automatisch ein *Massenmörder*!"

Beschwichtigend legte ihm seine Frau die Hand auf den Arm. „Gerd, bitte, es lohnt sich nicht, sich darüber aufzuregen. Unser Land wird jetzt von neuen Herren regiert, die uns mithilfe deutscher Kollaborateure ihre Vorstellungen von der Welt aufzwingen. Das wird sich erst ändern, wenn der Friedensvertrag unterzeichnet ist."

Ihren Einwurf quittierte er mit finsterer Miene und knurrte kaum besänftigt: „Es regt mich aber auf, wenn ich sehe, dass genau diejenigen, die im Dritten Reich ihre Mitmenschen nicht schnell genug denunzieren konnten, nun ihre elende Haut auf Kosten Unschuldiger retten!" Er warf Bernhard einen scharfen Blick zu. „Du solltest schleunigst einen Antrag auf Wiedergutmachung stellen, Hardy! Schließlich hast du durch deine Weigerung, in die Partei einzutreten, nicht nur deine Stelle in der Klinik und an der Universität verloren, sondern man hat dir auch deine längst überfällige Professur vorenthalten!"

Noch ehe Bernhard etwas darauf erwidern konnte, trat seine Frau mit einer Kanne frisch aufgebrühtem Kaffee auf die Terrasse heraus. Mit erwartungsvollem Blick schaute sie in die kleine Runde. „Wer möchte noch? Jutta?"

„Ja, sehr gerne. Herrlich, endlich wieder richtiger Bohnenkaffee!"

Dorothea schenkte ihr ein. „Unser Vetter Sigmund hat uns ein riesiges Paket mit lauter Leckereien aus Amerika geschickt. Er schrieb, wenn wir etwas bräuchten, sollten wir uns nur an ihn wenden." Sie stellte die Kanne auf dem Tisch ab und setzte sich. „Also, wenn ihr etwas braucht, laßt es uns wissen."

Jutta tauschte einen gerührten Blick mit ihrem Mann.

„Oh, du Liebe, was für eine feine Geste. Darauf kommen wir gerne zurück."

„Das ist doch selbstverständlich", wehrte Dorothea geschmeichelt ab und wechselte das Thema.

„Habt ihr schon gehört, am Grindelberg bauen sie jetzt Hochhäuser wie in New York..."

Jutta nickte. „Ja, in der Zeitung stand, dass dort die erste Hochhaussiedlung Deutschlands entsteht."

„Tja, die Amis plündern nicht nur unser Land und verschiffen alles, was nicht niet- und nagelfest ist, in ihr Land, sondern zwingen uns jetzt auch noch ihre politische Gesinnung und ihren potthäßlichen Baustil auf", brummte der Professor voller Verdruß. Seine blau-grünen Augen richteten sich unverwandt auf Bernhard. „Warum gibt es eigentlich noch keinen Friedensvertrag? Ich sage dir, warum: damit die Sieger weiter über unser Land verfügen und es wie 1919 unter sich ausschlachten können!"

Sinnierend betrachtete Bernhard seinen Freund durch die Brillengläser.

„Im Radio sagten sie heute, dass Rußland die ersten deutschen Soldaten aus der Gefangenschaft entläßt." Mit Blick auf seine Frau setzte er mit zuversichtlicher Stimme hinzu: „Nun kann es sicher nicht mehr lange dauern, bis Albert zurückkehrt."

Sie blinzelte die aufsteigenden Tränen weg und griff nach seiner Hand.

„Oh ja, das wäre zu schön!"

Professor Poeppels Blick glitt hinunter in den Garten, wo Eva-Maria vor ihrem Gemüsebeet hockte und eifrig das Unkraut zwischen den Pflanzen herauszupfte.

„Und wie geht es mit Evchen weiter? Was ich so höre und mitbekommen habe, macht sie sich im Krankenhaus ganz prima, aber ..."

Bernhard schlug sich mit der flachen Hand gegen die Stirn.

„Ach herrje, das hätte ich ja beinahe vergessen...," hastig griff er in die Innentasche seines Jacketts und brachte ein offizielles Schreiben von der Gesundheitsbehörde zum Vorschein. „Dieser Brief kam heute Morgen!"

Mit heiterer Miene wandte er sich zu seiner Tochter um und rief: „Evchen... es hat geklappt: Am zweiten Januar beginnst du in St. Georg mit deiner Ausbildung zur MTA!"

Diese Nachricht versetzte die junge Frau allerdings keineswegs in eine euphorische Stimmung. MTA war nach wie vor nicht ihr Traumberuf! Zwar hatte sie sich bei der Hospitanz alle erdenkliche Mühe gegeben, sich gelehrig anzustellen, damit sich ihr Vater ihrer nicht schämen mußte, doch besondere Freude bereiteten ihr weder das Protokollieren während der Obduktionen, noch das Anfertigen von Gewebeschnitten in der Histologie. Den Traum, eine Kunstschule zu besuchen, hatte sie noch nicht vollständig begraben. Aber wieder einmal schien ihr Vater die Richtung in ihrem Leben zu bestimmen und keine Rücksicht auf ihre Wünsche zu nehmen.

„Evchen, hast du nicht gehört", wehte seine ungeduldige Stimme zu ihr herüber.

Sie hob den Kopf und blickte zur Terrasse.

„Ja, ich hab's gehört."

„Du kannst froh und dankbar sein. Wie viele junge Menschen wären glücklich, wenn sie so eine Chance bekämen... Also, ich erwarte, dass du dich anstrengst, Kind!"

Sie wandte den Blick ab und setzte ihre Arbeit fort.

„Und was ist, wenn ich das gar nicht will?!", begehrte sie auf.

84

Doch sie sprach ihren Protest so leise aus, dass er nicht an die Ohren ihres Vaters gelangte. Es hätte nur zu einer weiteren unerfreulichen Diskussion geführt, bei der er ihr unmißverständlich klar gemacht hätte, dass er von seiner für sie getroffenen Berufswahl nicht abweichen würde. Mit gesenktem Kopf zupfte sie das Unkraut heraus und bemerkte nicht den entrüsteten Gesichtsausdruck ihrer Mutter, die ebenfalls alles andere als begeistert über diese Neuigkeit war. Allerdings aus eher eigennützigen Gründen.

„Und wer hilft mir dann im Haushalt?"

Beruhigend strich ihr Mann ihr über die Hand.

„Evchen wird dir nach den Vorlesungen und am Wochenende selbstverständlich weiter zur Hand gehen, Liebes. Viele suchen jetzt Arbeit. Vielleicht finden wir ein neues Hausmädchen?"

Eva-Maria preßte die Lippen aufeinander. Es war erdrückend, wie eng ihr das Elternhaus geworden war. Durch das Pflichtjahr, den Arbeitsdienst und die Monate nach der Kapitulation, in denen sie für sich und die Mutter gesorgt hatte, hatte sie eine Freiheit kennengelernt, die ihr bis dahin unbekannt gewesen war. Ihr Selbstbewußtsein blühte auf; hoffnungsvoll hatte sie in die Zukunft geblickt. Dann kehrte der Vater aus der Klinik zurück und übernahm sofort wieder das Zepter, was bedeutete, dass sie zu tun hatte, was er für sie und ihr Leben als richtig befand. Ein tiefer Seufzer entwich ihrer Brust. In ein paar Wochen wurde sie Zwanzig!

Helga hat es richtig gemacht. Ich sollte mir auch einen Mann suchen und heiraten, dann kann ich mein Leben endlich selbst bestimmen.

Genauso schnell, wie dieser Gedanke aufkam, verwarf sie ihn wieder. Im Umgang mit Männern tat

sie sich nach wie vor schwer. Die meisten Ärzte, die
sie kennengelernte, waren nur auf ein schnelles Abenteuer aus, doch so etwas kam für sie nicht in Frage.
Geld für eine eigene Wohnung verdiente sie nicht,
abgesehen davon gab es in der zerstörten Stadt auch
keine Wohnung, in die sie hätte ziehen können. Daher
also blieb ihr vorerst nichts anderes übrig, als sich
dem Willen des Vaters zu fügen und die Ausbildung
zur MTA anzutreten. Allein bei dem Gedanken daran
wurde ihr das Herz schwer. Auf einmal hatte sie
Angst, große Angst, zu versagen.

17

„Wann trennst du dich von ihr?"

Jens rollte sich auf die Seite, stützte sich auf dem Arm auf und betrachtete den nackten Frauenkörper neben sich. Mit dem Finger zeichnete er die Konturen der Hüfte nach, dann beugte er sich über ihr Gesicht, um diese herrlich vollen Lippen zu küssen, aber sie drehte den Kopf zur Seite und blickte auf das eingerahmte Bild auf dem Nachttisch, das seine Frau Anna und seinen Sohn zeigte.

Er löste sich aus der Umarmung und setzte sich auf. Seine Augen folgten ihrem Blick.

Gleichgültig zuckte er mit den Schultern.

„Ich weiß nicht, was du willst? Wir leben getrennt."

Delia Langdon wickelte sich in die Bettdecke ein und setzte sich ebenfalls auf. Die blonden Haare standen ihr in wirren Locken kreuz und quer vom Kopf ab, die blauen Augen waren ungeschminkt, aber die Endvierzigerin war immer noch eine attraktive Frau, deren erotische Ausstrahlung nach wie vor eine große Wirkung auf das männliche Geschlecht ausübte.

Nun jedoch zeichneten sich ein paar Unmutsfalten auf ihrer Stirn ab.

„Du weißt genau, wie ich das meine", wies sie ihn energisch zurecht, doch er ging auf ihr Spiel nicht ein, sondern fischte eine Zigarette aus der Schachtel, die auf dem Nachtisch lag und zündete sie an. Während er den Rauch ausatmete, betrachtete er nachdenklich ihr Gesicht.

„Ich werde aus dir nicht richtig schlau, Delia... Warum heiratest du nicht wieder? Du könntest jeden haben!"

„Danke fürs Kompliment!"

Es klang sarkastisch. Sie nahm ihm die Zigarette aus den Fingern und tat einen tiefen, langen Zug. Ihre Augen glänzten spöttisch.

„Ich war einmal verheiratet. Nach mehr steht mir nicht der Sinn, und für Kinder ist es definitiv zu spät!"

„Was willst du dann?"

„Leben!"

Wieder tat sie einen Zug und rollte sich rittlings über ihn. Sie blies ihm den Rauch ins Gesicht und begann ihn, während ihre Hand die brennende Zigarette im Aschenbecher ausdrückte, leidenschaftlich zu küssen. Nur allzu gerne gab er sich ihren Verführungskünsten hin. Er genoß ihre Unverkrampftheit und Experimentierfreude, mit der sie immer neue Stellungen ausprobierte, die ihm einen besonderen Hochgenuß verschafften.

In den letzten Wochen und Monaten hatte sich ihre Beziehung intensiviert, bis sie schließlich in seinem Ehebett landeten. Jens war das große Haus längst zu leer geworden, aber um seine alten Junggesellengewohnheiten wieder aufzunehmen, fühlte er sich inzwischen zu alt. Das mit Delia war etwas anders. Sie kannten sich eine halbe Ewigkeit. Da fand er es nur natürlich, dass sich ihre Beziehung auch auf diese

Ebene ausweitete. Außerdem war es bequem, denn ab und an fehlte ihm eine Frau im Bett. Seine eigene schien jedenfalls keine besondere Sehnsucht nach ihm zu verspüren. Nachdem er der Einladung von Kapitän Herbach gefolgt war, traf er sich nun häufig mit Delia. Auf seine bohrenden Fragen hin, wo und wie sie die letzten drei Jahre verbracht hätte, wich sie ihm aus. Irgendwann gab er es auf. Sie würde es ihm schon aus freien Stücken erzählen.

Erschöpft und für den Moment ausgeliebt verließen sie zwei Stunden später das Bett und nahmen auf der Terrasse einen kleinen Imbiß ein, den das Hausmädchen servierte.

Anschließend schlug Delia einen Spaziergang durch den weitläufigen Garten vor.

Sie hakte sich bei ihm unter.

„Wieso hat sich dein Vetter eigentlich mit deinem Onkel überworfen? Ich dachte, er tut alles, was sein alter Herr von ihm verlangt?"

„Das ist ja der Grund, weshalb sich Siggi mit ihm überworfen hat. Er hadert mit Dingen, die weit zurückliegen und niemanden mehr interessieren." Ein hartes Lachen kam aus seiner Kehle. „Man könnte sagen, das Weltgeschehen hat sein schlechtes Gewissen einfach überrollt."

Ihre Augen musterten ihn undurchdringlich.

„Ja, das kenne ich... manchmal ist man davon überzeugt, das Richtige zu tun. Erst im Nachhinein erkennt man, dass es genau das Falsche war."

„Du sprichst in Rätseln."

Sie wich seinem prüfenden Blick aus und schaute hinunter zur Elbe, auf der sich ein großer Tanker dem Hafen nährte. „Als ich Hamburg vor drei Jahren so überstürzt verließ, sagte ich dir, dass ich einen Cousin in Portugal besuchen wollte..."

„Das war gelogen!"

Sie lächelte verhalten. „Nicht ganz. Ich bin tatsächlich nach Portugal gefahren...", sie sah ihn direkt an. „Im Auftrag der Kölner *Ford*-Werke sollte ich mich dort mit einem Manager des amerikanischen Headquarters treffen..."

Verdutzt über diese Neuigkeit hob er die Brauen.

„Du hast für... *Ford* gearbeitet?"

„Nein, das habe ich nicht. Mein Mann war mit dem Vorstandsvorsitzenden der Detroiter Zentrale gut befreundet und den traf ich zufällig in der Schweiz wieder, als ich meine Tante in Zürich besuchte. Er bat mich um einen kleinen Gefallen. Ich bin mir nicht ganz sicher, ob du weißt, dass die deutschen Tochterfirmen von *Ford* und *General Motors* federführend bei der Aufrüstung der deutschen Wehrmacht waren...?"

Er winkte lässig ab.

„Ja, ja, 90 Prozent der Drei-Tonnen-Kettenfahrzeuge und gut zwei Drittel aller mittelgroßen Lastwagen wurden während des Krieges in den deutschen Werken gefertigt. Auch der ‚Opel-Blitz' mit dem Allradantrieb, der unser Armee an der Ostfront und Rommel in der Wüste Nordafrikas gute Dienste geleistet hat."

Die Verblüffung über seine detailreichen Kenntnisse stand ihr ins Gesicht geschrieben, doch faßte sie sich rasch und musterte ihn mit einem eigentümlichen Ausdruck.

„Warum überrascht es mich nicht, dass du darüber so gut Bescheid weißt? Dann ist dir vielleicht ja auch bekannt, dass *Ford* seit '39 in einer geheimen Absprache mit Hitlers Oberkommando der Wehrmacht vereinbarte, dass in den Kölner Werken auch Munition hergestellt wurde. Ein fantastisches Geschäft für *Ford*. Zwischen 1938 und 1942 konnte das Unternehmen seine Erträge sogar noch verdoppeln. Leider mithilfe von KZ-Häftlingen und Zwangsarbeitern, vorzugsweise jungen Mädchen aus der Sowjetunion..."

Nun war er derjenige, der sie mit großen Augen ansah. Diese Informationen waren in der Tat auch neu für ihn. „Ah, verstehe... das sollte nach Kriegsende natürlich nicht unbedingt an die Öffentlichkeit gelangen."

„Genau, wie so vieles andere auch nicht, dabei haben amerikanische Unternehmen, allen voran die Rüstungs- und Ölindustrie, noch bis zuletzt am Nazireich kräftig mitverdient."

„Und du hast..."

„Ich habe die belastenden Unterlagen ins neutrale Portugal geschmuggelt und sie dem Manager des amerikanischen Headquarters ausgehändigt. Aus Frankreich traf zeitgleich ein Kurier in Lissabon ein, der seinerseits Berichte aus der Pariser *Ford*-Zentrale mitbrachte, die der deutschen Tochter unterstellt war. Überglücklich reiste der Mann mit den belastenden Unterlagen nach Detroit ab. Anschließend wollte ich in die Schweiz zurückkehren. Es kursierten Gerüchte, dass eine Invasion der Alliierten kurz bevorstünde. Leider mußte ich einen unerwarteten, längeren Zwischenstopp in Brüssel einlegen."

„Was wolltest du denn in Brüssel?"

Sie lachte hell und ansteckend und blieb stehen.

„Von *wollen* kann keine Rede sein, man hielt mich für eine deutsche Spionin und steckte mich in ein Internierungslager." Forschend fuhren ihre Augen über sein Gesicht. „So, jetzt habe ich dir alles erzählt, was du aus dieser Zeit über mich wissen mußt... Und was hast du zu verbergen? Warst du in die Geschäfte deines Vetters verwickelt? Hat er nicht mit den Nazis zusammengearbeitet? Im Auftrag der Wall Street?!"

Er vergrub die Hände tief in den Hosentaschen und wich ihrem Blick aus.

„Das sind ein bißchen viele Fragen auf einmal... Nein, ich habe nichts zu verbergen." Er wandte sich ihr mit einem harmlosen Gesicht zu. „Mein Leben ist wirklich nur halb so aufregend, wie deines gewesen. Ich bin beeindruckt, Lady Langdon, über Ihren Mut und die Abenteuer, die Sie erlebt haben!"

Sie durchschaute sein kleines Manöver, sie mit Komplimenten davon abzuhalten, weiter in seiner Vergangenheit herumzustochern. Er hatte etwas zu verbergen, das wußte sie längst, aber sie wollte es von ihm selbst hören.

Sie schob ihre Hand wieder unter seinen Arm und schlendert mit ihm den Sandweg weiter. „Erinnerst du dich noch, was einmal mein größter Wunsch war, kurz bevor ich Charles kennenlernte?"

Er überlegte ein paar Sekunden, dann hellte sich seine Miene auf.

„Du wolltest mit mir in der Bank zusammenarbeiten?"

„Stimmt, du behauptetes zwar damals, das sei nichts für den hübschen Kopf eines jungen Mädchens oder so einen Unsinn." In der für sie so typischen Art neigte sie ihren Kopf schräg zur Seite. „Hübsch bin ich immer noch und gescheit obendrein. Hättest du für so eine Mitarbeiterin eventuell jetzt Verwendung?"

Konsterniert sah er sie an.

„Wie… du willst... in meiner *Bank* arbeiten?"

Sie lächelte.

Er zögerte mit der Antwort. Offensichtlich war es ihr ernst damit. Langsam sagte er dann, ohne dabei den Blick von ihrem Gesicht zu wenden: „Nun ja... in ein paar Wochen geht Gretchen in Rente... dann wäre..."

„... ihr Posten frei!", fiel sie ihm ins Wort. „Ja, ich würde sehr gerne als deine persönliche Assistentin arbeiten, Jens!"

Nachdenklich legte er die Stirn in Falten und war sich auf einmal nicht sicher, ob das auch wirklich eine so gute Idee war, wenn seine Geliebte in seinem Vorzimmer saß und die Termine für ihn regelte. Er wollte sich nicht in sämtliche Karten blicken lassen. Auf der anderen Seite wäre Delia eine loyale Mitarbeiterin und er vertraute ihr. Noch dazu verfügte sie über viele nützliche Kontakte, was seinen Geschäftsbeziehungen wiederum nur dienlich sein konnte. Dennoch hielt ihn irgendetwas zurück, ihr sofort seine Zustimmung zu geben.

„Wir werden sehen."

18

Je näher der Tag rückte, an dem ihre Ausbildung zur MTA beginnen sollte, desto schlechter fühlte sich Eva-Maria. Wie ein Alp lagen ihr die nächsten zwei Jahre auf der Brust. Angst, zu versagen, Angst, den Ansprüchen des Vaters nicht gerecht zu werden, vermischt mit der Wut und Verzweiflung, nicht ihren künstlerischen Neigungen nachgehen zu dürfen. Sie zeichnete kaum noch, da es auch an Zeichenpapier mangelte. Ihr fehlte das Malen, es hatte ihr selbst in den schlimmsten Bombennächten geholfen, ihre Todesängste für eine Weile zu verdrängen. Wenn sie an ihren neuen Beruf dachte, den sie erlernen sollte, wehrte sich alles in ihr dagegen.

Mit bangen Gefühlen verließ sie am Morgen des 2. Januars 1947 ihr Elternhaus und machte sich auf den Weg zum Krankenhaus *St. Georg*. Es war ein eisiger Tag. Eine Kältewelle hatte Europa erfaßt. Auch in Hamburg sanken die Temperaturen bis auf minus 20 Grad. Tausende von Menschen wurden täglich mit Erfrierungen in die umliegenden Krankenhäuser eingeliefert.

Fröstelnd schlug sie den Kragen ihres zerschlissenen, für diese arktische Kälte viel zu dünnen Mantels hoch und eilte zur Straßenbahnhaltestelle. Um neun Uhr hatten sich alle Anwärter des MTA-Lehrgangs im großen Hörsaal des Krankenhauses *St. Georg* einzufinden. Die Straßenbahn zuckelte gemächlich an den Ruinen vorbei, bis sie endlich zum Hauptbahnhof gelangte. Eva-Maria mußte sich sputen, wenn sie noch rechtzeitig im Krankenhaus eintreffen wollte. Sie hastete die *Lange Reihe* hinunter. Die kalte Luft schmerzte in den Lungen; der Zeiger ihrer Armbanduhr rückte unaufhörlich auf neun Uhr vor.

Verfroren und mit roter Nase huschte sie unter den letzten in den Hörsaal. Unschlüssig blieb sie an der Tür stehen, streifte die Wollhandschuhe von den klammen Fingern und suchte in ihrer Manteltasche nach einem Taschentuch. Während sie ihre Nase putzte, schweifte ihr Blick über die Bankreihen. Ungefähr fünfzig junge Frauen zwischen zwanzig und dreißig Jahren hatten schon Platz genommen und redeten laut durcheinander. Sie konnte unter ihnen kein bekanntes Gesicht ausmachen, daher beschloß sie, sich in eine der oberen Reihen zu verdrücken und steuerte auf den Mittelgang zu. Kaum dass sie die ersten Stufen erklommen hatte, hörte sie, wie jemand ihren Namen rief.

Verwunderte drehte sie den Kopf.

„Evchen, ... *Eva-Maria Trautmann*!"

Irritiert suchte sie in der Richtung, aus der der Ruf kam. In unmittelbarer Nähe entdeckte sie in einer der oberen Bankreihen eine drahtige, junge Frau mit kurzen blonden Haaren in einem Rollkragenpullover und grauer, weiter Marlene-Dietrich-Hose, die ihr aufgeregt zuwinkte.

Im ersten Moment konnte Eva-Maria sie nicht einordnen, dann aber stieß sie einen lauten Freudenschrei aus.

"*Gila*?! Nein, das gibt's doch nicht! Bist du's wirklich?! *Gisela von Sturm*?!"

Die junge Frau hatte sich zwischenzeitlich aus der Bankreihe gedrängelt und empfing sie mit strahlendem Lächeln ein paar Stufen höher, die Hände in die Hüften gestemmt.

„Und wie ich's bin! Na, komm schon her, laß dich umarmen!"

Die Schulfreundinnen fielen sich lachend um den Hals und konnten ihr Glück kaum fassen, dass sie das Schicksal wieder zusammengeführt hatte.

Eva-Maria bedrängte die Freundin sogleich mit lauter Fragen.

„Wie ist es euch in Wittstock ergangen? Hast du das Abitur gemacht? Und wie geht es deinen Eltern und Hans? Wo wohnt ihr denn jetzt überhaupt?"

Lachend winkte Gisela ab.

„Langsam, langsam, das erzähl' ich dir alles später. Nun setz dich erst mal!"

Energisch schob sie die wiedergefundene Freundin vor sich her in die Bankreihe und bat eine junge Frau, einen Platz weiter zu rücken, damit sie nebeneinander sitzen konnten. Eva-Maria wollte Gisela gerade ins Kreuzverhör nehmen, als ein Pulk weißbekittelter Ärzte in den Hörsaal marschierte. Vorneweg der Herr Professor, ein großer, stattlicher Mann Mitte der Fünfzig mit grauen Haaren und Hornbrille, der mit festem Schritt auf den Katheder zusteuerte und sich zu den jungen Frauen umdrehte.

Stille trat ein.

Sechzig Augenpaare richteten sich neugierig und erwartungsvoll auf ihn. Mit scharfem Blick überflog er die Bankreihen, dann stahl sich ein belustigtes Lächeln auf seine Lippen. Er zwinkerte seinem Arztgefolge zu und verschaffte sich mit seiner sonoren Stimme mühelos Gehör.

„Guten Morgen, meine Damen! Mein Name ist Professor Breuer. Ihre Namen werde ich mir im Laufe der Zeit schon noch einprägen... Ich gratuliere Ihnen zu Ihrer Wahl, sich für die Ausbildung zur Medizinisch Technischen Assistentin entschieden zu haben. Es ist der erste Ausbildungslehrgang nach Kriegsende!" Er verschränkte die Arme vor der Brust und setzte eine bedeutungsvolle Miene auf. „Aus circa 3000 Bewerbungen sind Sie die letzten sechzig Auserwählten! In den kommenden zwei Jahren müssen Sie nun unter Beweis stellen, ob wir mit Ihnen auch die richtige Wahl getroffen haben! Viele von Ihnen besitzen schon einige Vorkenntnisse, sei es von der Front, aus dem Lazarett, Krankenhaus oder durch ein paar Semester Medizin..." Der Ausdruck seiner wachen Augen wurde streng. Prüfend schaute er durch die dicken Brillengläser in die Gesichter der jungen Frauen. „Also, meine Damen, enttäuschen Sie nicht die in Ihnen gesetzten Erwartungen!"

Eva-Maria senkte den Blick. In ihrem Kopf hörte sie die Stimme ihres Vaters.

Ich erwarte, dass du dich anstrengst!

Ein Seufzer entwich ihrer Brust. Gisela warf ihr einen Seitenblick zu, doch es blieb keine Zeit nachzufragen, was die Freundin bedrückte, da der Professor nun damit begann, seine weiße Gefolgschaft vorzustellen. Mit einer ausladenden Geste deutete er auf die sechs Ärzte, die sich neben ihm in einem Halbkreis aufgestellt hatten.

„Und das hier sind Ihre Dozenten, die Sie in den Fächern Anatomie, Chemie, Physik, Photographie, Bakteriologie, Radiologie und im Röntgen unterrichten werden." Mit feiner Ironie setzte er hinzu: „Ich hoffe für Sie, meine Damen, dass Sie einen flotten Schreibstil beherrschen, denn Sie müssen alles, was wir Ihnen erzählen, protokollieren, denn leider...", mit einem kleinen Augenzwinkern, „… wurden sämtliche Lehrbücher und Aufzeichnungen durch die ‚Bombenstimmung' bei unseren alliierten Freunden zu Staub und Asche pulverisiert."

19

Für Eva-Maria begann nun eine anstrengende
Zeit. Der Lehrstoff war sehr umfangreich und ihr fehlten einige wichtige Grundkenntnisse in den naturwis-
senschaftlichen Fächern, da sie die Schule mit der
Mittleren Reife verlassen hatte. Nun erwies es sich
von Vorteil, dass ihr Vater von ihr verlangt hatte, zwei
Kurse in Stenografie zu absolvieren. So gelang es ihr,
das Meiste, was ihnen die Ärzte in den Vorlesungen
erzählten oder in Bildern, Formeln und Diagrammen
an die Tafel schrieben, zu notieren und abends mit der
Schreibmaschine ihres Vaters in Reinschrift abzutippen. Sie durchforstete ihre alten Schulhefte und
Zeichenblöcke nach leeren Seiten, die sie dann eng
und sauber von beiden Seiten betippte.

Gisela war schwer beeindruckt, als sie das Heft
durchblätterte. „Menschenskind, Evchen... das ist ja
klasse! Woher kannst du denn Steno und Schreibmaschine?!"

„Mein Vater hat darauf bestanden, damit ich die
Protokolle seiner Obduktionen schreiben konnte."

Den Vormittag verbrachten die angehenden
MTAs auf den verschiedenen Stationen der Krankenhäuser *St. Georg* oder *Eppendorf*, nachmittags trafen

sich dann alle zu den Vorlesungen im Hörsaal von *St. Georg*, was einige Probleme mit sich brachte, denn die Verkehrsmittel fuhren längst nicht alle pünktlich oder regelmäßig; viele Straßen lagen immer noch voller Trümmer.

Nun kamen Eva-Maria auch ihre Kenntnisse zugute, die sie sich im *Hafenkrankenhaus* erworben hatte. Als sie und Gisela aber einer Beinamputation beiwohnen sollten und der Chirurg die Knochensäge ansetzte, wankten beide wachsbleich aus dem OP.

Der Chirurg blickte kurz auf und schüttelte verständnislos den Kopf.

„Ts, ts, ts... diese jungen Dinger können aber auch gar nix ab! In Rußland wär' niemand auf die Idee gekommen, sich so anzustellen! Zum Schluß haben wir dort ohne Äther und Morphium amputiert!"

Nach den Vorlesungen hetzte Eva-Maria nach Hause, um dort die Hausarbeit zu verrichten. Nach wie vor teilten sie die Villa mit einer Einquartierungsfamilie. Ein Hausmädchen war noch nicht gefunden, so dass Dorothea von ihrer Tochter nicht nur verlangte, den Abwasch zu machen, der sich im Laufe des Tages angesammelt hatte und die Betten zu beziehen, sondern einmal im Monat auch die Wäsche der gesamten Familie zu waschen. Erst spät am Abend fand Eva-Maria dann Zeit, ihre Notizen abzutippen, die Hausaufgaben für den nächsten Tag vorzubereiten und für die Klausuren zu lernen. Durch die immer noch kärgliche Verpflegung hatte sie oftmals große Schwierigkeiten, sich zu konzentrieren. Manches Mal fielen ihr, wenn sie an der Schreibmaschine saß, die Augenlider zu und sie war versucht, den Kopf auf die Tischplatte zu legen, um einfach nur zu schlafen.

Dann schreckte sie hoch und zwang sich, weiterzuarbeiten.

Ihren ersten Einsatz hatte sie auf der Röntgen-Station, wo es mangels Brennmaterial zum Heizen so kalt war, dass Eva-Maria und ihre Kollegen noch die weißen Kittel über die Mäntel zogen, um überhaupt arbeiten zu können. Ihr taten die Patienten leid, die sich für eine Aufnahme nackt ausziehen und auf den eisigen Röntgentisch legen mußten. Einer der jungen Röntgen-Assistenzärzte hatte ein Auge auf sie geworfen und lud sie eines Abends ins Konzert ein.

Geschmeichelt und zugleich aufgeregt nahm sie seine Einladung an und traf sich noch ein paar Male mit ihm. Er war nett, hatte gute Manieren, aber verliebt war sie in ihn nicht. Schließlich bedrängte er sie, ihn doch mal in seiner Wohnung in der *Hochallee* zu besuchen. Die Neugier überwog. Sie schob alle Bedenken beiseite und stimmte schließlich zu. Vielleicht stellte sich die Verliebtheit ja nach dem Tee ein...

Der junge Mann war sichtlich erfreut, dass sie seine Einladung angenommen hatte und führte sie stolz durch die geräumige Wohnung, die er mit einem anderen Arzt teilte, der an diesem Nachmittag Dienst hatte. Im Wohnzimmer war der Kaffeetisch gedeckt. Es gab echten Bohnenkaffee und ein paar trockene Kekse. Zum Cognac bat er sie zur Couch herüber und verfolgte offensichtlich einen genauen Plan über den weiteren Verlauf des Nachmittags.

Ein leichtes Unbehagen befiel die junge Frau, als sie registrierte, dass er wie zufällig seinen Arm auf die Couchlehne legte und sich noch ein Stückchen näher an sie heranschob. Sie verfluchte ihre Unerfahrenheit und dachte an Helga, die sicher sofort gewußt hätte,

101

wie man diesen immer aufdringlich werdenden Galan in seine Schranken wies. Die widersprüchlichsten Gefühle stritten in ihr. Auf der einen Seite schmeichelte es ihr, wie er sie umwarb. Auf der anderen Seite steuerte er ihr aber viel zu zielstrebig auf sein Ziel zu. Mit ihren 20 Jahren kam sie sich völlig unbedarft und naiv vor. Auf diesem Gebiet konnte sie überhaupt nicht mitreden. Insgeheim beneidete sie ihre Mitstudierenden heiß um deren Erlebnisse, die sie nach dem Wochenende gern zum Besten gaben. Sie wollte endlich dazugehören, doch das hier ging ihr alles viel zu schnell; sie war noch nicht soweit...

Eva-Maria rückte von dem jungen Mann ab, da aber legte sich seine Hand schon besitzergreifend um ihre Schulter. Sein Kopf nährte sich dem ihren und auf einmal spürte sie seine feuchten Lippen auf ihrem Mund. Der Kuß war naß und widerlich! Er steckte ihr seine Zunge so tief in den Hals, als wolle er ihren Mandeln erforschen. Sie kämpfte gegen einen aufsteigenden Würgereiz an und fühlte nichts als Ekel. Auf der Kinoleinwand sah das immer so leidenschaftlich und romantisch aus. Und auch das Glücksgefühl, das sie empfunden hatte, als Malte ihr in der Nacht des Abtanzballs vor dem *Atlantic Hotel* den ersten, scheuen Kuß gab, wollte sich einfach nicht einstellen. Zu allem Überfluß glitt seine Hand jetzt auch noch unter ihren Rock!

Heftig stieß sie ihn zurück und sprang auf.

Verständnislos sah er sie an. „Was ist denn los? Ich dachte, du wolltest es…? Warum hast du denn die Einladung angenommen?!"

Überstürzt verließ Eva-Maria seine Wohnung.

Gisela, der sie am nächsten Tag alles erzählte, schüttelte nur den Kopf und legte freundschaftlich den Arm um ihre Schultern.

„Laß mal, jetzt kümmere ich mich um dich. Mein Freund Werner kennt 'ne Menge netter, anständiger Jungs. Da ist bestimmt auch einer für dich dabei!"

20

Doch einen netten, anständigen Mann zu finden war nicht unbedingt das vorrangige Problem in Eva-Marias Leben, obwohl sie sich danach sehnte. Allmählich fand sie sich im Ausbildungsbetrieb ein. Einige Fächer lagen ihr mehr, andere, wie Chemie und Physik, bereiteten ihr dagegen große Schwierigkeiten. Ihr Vater suchte ihr aus seiner umfangreichen, medizinischen Bibliothek die entsprechenden Bücher heraus, in denen sie die ihr fehlenden Zusammenhänge nachschlagen konnte.

Im Vordergrund stand aber der tägliche Überlebenskampf. Die Wirtschaft lag nicht nur in Nachkriegsdeutschland, sondern in ganz Europa vollständig am Boden. Im harten Winter 1946/47 verhungerten oder erfroren in Westeuropa – vor allem in Deutschland - viele Menschen, da es nach wie vor an Kohlen, Nahrungsmitteln und warmer Kleidung mangelte.

Im Frühjahr 1947 begab sich der ehemalige US-Präsident Hoover auf eine Reise durch Deutschland, um sich persönlich ein Bild vom Ausmaß der Zerstörung zu machen und plädierte anschließend in seinem Land für eine Aufhebung der wirtschaftlichen Einschränkungen und einer Neuorientierung in der

Deutschlandpolitik. Anfangs hoffte die USA, nicht viel für den Wiederaufbau Europas tun zu müssen. Man setzte darauf, dass England und Frankreich - dank ihrer Kolonien - der Wiederaufbau ihrer Volkswirtschaften schneller gelingen würde, was sich allerdings als Trugschluß erwies. Vor dem Krieg importierte Westeuropa Nahrungsmittel aus Osteuropa, dieser Weg schien nun durch den entstehenden Eisernen Vorhang mit der Sowjetunion abgeschnitten.

Die Situation in Deutschland war besonders prekär. Während die Republikaner die Rückkehr zum Isolationismus forderten, erkannte Truman die wirtschaftliche Bedeutung eines starken Deutschlands. Außerdem befürchteten die liberalen Wirtschaftskreise Amerikas den Verlust wichtiger europäischer Absatzmärkte und Handelspartner. Am fünften Juni forderte US-Außenminister George C. Marshall in einer Rede an der Harvard-University ein wirtschaftliches Aufbauprogramm für Europa mit der Einbeziehung Deutschlands. Über dieses European Recovery Programm, das als ‚Marshallplan' in die Geschichte eingehen sollte, konferierten Mitte Juli in Paris 16 teilnehmende, europäische Staaten. Die Sowjetunion lehnte schon vor der Konferenz eine Teilnahme an diesem Plan für sich und andere Ostblockstaaten ab.

Noch immer befanden sich die meisten deutschen Soldaten in Gefangenschaft. Die Zentralstelle in Wiesbaden schätzte die Zahl der vermißten deutschen Wehrmachtsangehörigen auf 1,7 Millionen. Ende Juli gründete das Deutsche Rote Kreuz in Berlin eine Suchdienst-Verbindungsstelle. Über 12 Millionen Menschen waren auf der Suche nach ihren Angehörigen.

An einem Vormittag im September 1947 - es war Eva-Marias 21.Geburtstag - schlenderten zwei junge Männer die *Kellinghusenstraße* entlang. Die abgewetzte Kleidung mit der Aufschrift *POW* für ‚Prisoner Of War' schlotterte an ihren dünnen Leibern. Es war ein milder, sonniger Herbsttag, die Bäume und Sträucher zeigten ihr gelbes, braunes und rotes Blätterkleid, dass kraftvoll im Sonnenlicht leuchtete, in den Vorgärten blühten die Astern - alles in der Umgebung sah einladend und friedlich aus.

Staunend blickten sich die beiden Männer immer wieder um, als könnten sie es nicht recht fassen, dass der Krieg hier nicht gewütet hatte. Der Größere von beiden beschleunigte seinen Schritt, als sie in den *Loogeplatz* einbogen und blieb vor dem Zaun der Trautmannvilla stehen. Seine Hand zitterte, als er seine Kappe abnahm und ergriffen den Anblick des Hauses in sich aufnahm. Ein leichter Wind blies ihm die dunklen, glatten Haare aus der Stirn.

Sein Kamerad stieß einen anerkennenden Pfiff aus.

„Menschenskind, hier ist ja alles heil geblieben!"

Sein Blick wanderte an der Fassade hinauf und blieb am runden Balkon in der ersten Etage hängen. Mit schrägem Blick schaute er zu seinem Begleiter, der immer noch regungslos vor der Pforte verharrte.

„Was is? Willste nicht klingeln?"

Sein Freund nickte langsam und öffnete beinah behutsam die Pforte, bemüht, nur ja ein Quietschen der Scharniere zu vermeiden. Er stieg die kleine Steintreppe zum Eingang hinauf und wollte schon den Finger auf die Klingel legen, als er ihn wieder zurückzog.

„Worauf wartest du? Das ist das richtige Haus... Da steht's... *Trautmann*! Also, los, klingel?"

Der dünne, junge Mann atmete tief ein und drückte auf den Klingelknopf. Es dauerte eine kleine Ewigkeit bis die Männer Schritte in der Diele vernahmen; die Haustür öffnete sich.

„Ja, bitte...?" Dorothea schaute geradewegs in das Gesicht des kleineren, untersetzten Soldaten, der ihr gänzlich unbekannt war. „Sie wünschen?"

Ehe er ihr antworten konnte, streifte ihr Blick seinen Begleiter. Fassungslos weiteten sich ihre Augen, dann stieß sie einen spitzen Schrei aus und warf sich dem jungen Mann aufschluchzend an den Hals.

Eva-Maria und ihre Freundin Gisela spazierten zur gleichen Zeit in ihrer Pause über den Krankenhaushof.

„Du… ich muß dir was erzählen", platzte Gisela aufgeregt heraus und strahlte dabei übers ganze Gesicht. Eva-Maria blieb stehen und schaute sie fragend an.

„Werner hat gestern um meine Hand angehalten und... du, ich... ich hab' ,ja' gesagt!"

Im ersten Moment verschlug es Eva-Maria die Sprache. Zwar wußte sie, dass ihre Freundin und der Jurastudent seit einem Jahr eine Wohnung teilten, was ziemlich fortschrittlich war, gemessen an ihrem strengen Elternhaus, aber Gisela hatte ihr versichert, dass Werner der Mann sei, mit dem sie alt und grau werden wolle. Und nun würden die beiden heiraten und eine Familie gründen.

Sie fühlte einen Stich im Herzen und rang sich mühsam ein kleines Lächeln ab.

„Du Glückliche... und, wann heiratet ihr?"

Giselas Gesicht leuchtete mit der Herbstsonne um die Wette.

„Werner will erst sein Jurastudium beenden. Dann kann er die Kanzlei seines Vaters übernehmen. So lange bleiben wir in der kleinen Wohnung im Mietshaus meiner Großmutter. Kinder wollen wir so schnell noch nicht, aber wenn sich welche unverhofft anmelden, ist es auch in Ordnung."

Die beiden Frauen ließen sich auf einer Bank nieder. Eva-Marias Mundwinkel zuckten verräterisch, Tränen standen ihr plötzlich in den Augen.

Bestürzt sah Gisela sie an. „Ich dachte, du freust dich für mich?"

„Doch, doch, sicher…, das tue ich auch, aber ich...", ihr versagte die Stimme, dann brach es aus ihr hervor: „Heute ist mein 21. Geburtstag und ich hab' das Gefühl, als laufe das Leben vollkommen an mir vorbei! Du heiratest und gründest bald eine eigene Familie und ich... ich tue das, was man von mir verlangt…"

„Was dein Vater von dir verlangt. Er bestimmt immer noch dein Leben, nicht wahr?"

Die Tränen liefen Eva-Maria über die Wangen. Gisela sah die Verzweiflung in ihren Augen.

„Ich schaff es nicht, Gila... Er erwartet, dass ich die Ausbildung mit guten Noten abschließe. Schließlich steht seine *Medizinerehre* auf dem Spiel! Aber in Chemie und Physik komm' ich nicht mit... Diese blöden Formeln und Gesetze. Ich kann sie mir einfach nicht merken…"

Beruhigend strich ihr Gisela mit der Hand über den Kopf.

„Blödsinn! Natürlich schaffst du es! Im Gegensatz zu mir hast du sogar schon bei einigen Obduktionen hospitiert."

Sie fingerte in ihrer Rocktasche nach einem Taschentuch und reichte es der Freundin, die darin ihre Nase kräftig ausschnupfte und ein kleines Lächeln versuchte.

„Danke!"

„Keine Ursache...", Gisela blickte auf ihre Armbanduhr, „so leid es mir tut, Evchen, ich muß zurück in die Pathologie, beim Leichen sezieren zusehen. Brr..." Angeekelt schüttelte sie sich und stand auf. Die Sirenc eines Krankenwagens kündigte eincn neuen Patienten an.

„Oh, Kundschaft...", kommentierte Eva-Maria das Martinshorn trocken und folgte der Freundin. „Glaub' mir, die Röntgenstation ist auch kein reines Vergnügen."

Als sie wieder auf ihrer Station eintraf, wurde ein blutverschmierter Mann in den Röntgenraum zur Aufnahme geschoben. Das Unfallopfer, das gerade mit dem Krankenwagen eingeliefert worden war. In der angrenzenden Dunkelkammer bereitete Eva-Maria alles für die Entwicklung des Röntgenfilms vor. Die Kammer war durch eine dicke Bleitür mit dem Röntgenraum verbunden. Sie schickte sich an, die Aluminiumkassette für den Film durchzureichen, als ihr die Röntgenassistentin versehentlich die schwere Bleitür vor der Nase zuwarf, die sie hart am Kopf traf. Benommen vor Schreck und Schmerz taumelte Eva-Maria gegen die Wand und ließ die Kassette krachend zu Boden fallen.

Niemand nahm davon Notiz. Alles mußte schnell gehen, da der Mann drohte, zu kollabieren. Eva-Marias Schädel dröhnte und fühlte sich an, als sei sie mit voller Wucht gegen einen Marmorblock geprallt. Sie wankte in den Waschraum, um die Stirn mit einem nassen Lappen zu kühlen. Zunächst war sie von dem Stoß so benommen, dass sie den merkwürdigen Geräuschen, die durch das Mauerwerk aus dem angrenzenden Raum zu ihr hindurchdrangen, keine weitere Beachtung schenkte. Die Toilettenspülung in der Kabinen hinter ihr wurde gezogen, eine Schwester kam heraus und stellte sich neben sie an den zweiten Waschtisch.

Im Spiegel betrachtete sie Eva-Marias Gesicht mitfühlend.

„Na, irgendwo gelaufen?"

Eva-Maria unterbrach das Kühlen und starrte auf die Beule, die sich in der Mitte der Stirn rot abzeichnete und anschwoll.

„Ja, die Bleitür im Röntgen..."

Das Stöhnen aus dem Nebenraum wurde lauter und schwoll nun mit einem rhythmischen Klopfen zu einem merkwürdigen Klangorchester an. Die Schwester trocknete sich die Hände ab und zwinkerte Eva-Maria vielsagend zu.

„Oh, da führt Dr. Vetter ja gerade eine sehr… *persönliche* Visite durch."

Verblüfft sah Eva-Maria die Schwester an und vergaß für einen Moment, ihre Beule zu kühlen. „Sie meinen, die machen..."

Die Geräusche aus dem Nebenraum trieben unüberhörbar einem Höhepunkt entgegen.

Die Schwester grinste anzüglich.

„Liebe?! Ja, sicher. Was dachten Sie denn?!"

Eva-Marias mußte ein so verwirrtes Gesicht gemacht haben, dass die Schwester in schallendes Gelächter ausbrach und den Waschraum verließ.

Im Nebenraum war es inzwischen wieder still geworden.

Eva-Maria kehrte an ihren Arbeitsplatz zurück. Im Laufe des Nachmittags wurden ihre Kopfschmerzen so unerträglich, dass sie sich kaum mehr richtig konzentrieren konnte und heilfroh war, als sie endlich nach Hause fahren konnte. Sie sehnte sich danach, sich hinzulegen und den Kopfschmerz auszuschlafen.

Doch es sollte anders kommen. Schon in der Diele eilte ihr Dorothea aufgeregt entgegen. Irritiert registrierte Eva-Maria den glückseligen Gesichtsausdruck ihrer Mutter und wunderte sich im Stillen über deren überschäumend gute Laune.

„Evchen, meine Gebete wurden erhört! Dein Bruder ist heimgekehrt! Er hat einen Kameraden mitgebracht, der eine Zeitlang bei uns wohnen wird!"

Eva-Maria gelang es noch, ihre Jacke an der Garderobe aufzuhängen, bevor sie ihre Mutter Richtung Küche schob.

„Sei so gut und bereite für die beiden rasch was zu essen vor, ja?"

„Aber Mutti, heute ist mein Geburtstag und außerdem...", begehrte sie auf, doch Dorothea würgte ihren Einwand energisch ab.

„Evchen, bitte! Nach zwei Jahren Gefangenschaft kommt dein Bruder endlich wieder nach Hause! Da hat alles andere zurückzustehen!"

Die junge Frau erstarrte. Sie preßte die Lippen aufeinander und begab sich in die Küche.

Die Begrüßung der Geschwister fiel recht herzlich aus. Den bewundernden Blick, mit dem sie Alberts Kamerad Rolf streifte, registrierte sie aus den Augenwinkeln. Sie riß sich zusammen, aber niemand in der Familie nahm Notiz von ihrem Geburtstag, geschweige denn von der Beule auf ihrer Stirn. Alberts Rückkehr überstrahlte alles. Gebannt lauschten die

Eltern seinen Erzählungen, Dorothea mit verklärtem Blick. Es fiel nicht weiter auf, dass sich Eva-Maria an der Unterhaltung nicht beteiligte und schließlich aufstand, um abzuräumen.

Da endlich bemerkte Bernhard ihre Beule.

„Was ist denn da passiert?"

Sie sah ihn an, die Tränen stiegen ihr in die Augen. Das Erlebnis und der Schock waren wieder präsent.

„Die Röntgenassistentin hat mir die Bleitür zur Dunkelkammer vor der Nase zugeworfen. Ich konnte nicht mehr ausweichen und..."

Ungeduldig winkte ihr Vater ab und schickte sich an, seiner Frau zu folgen, die schon ins Wohnzimmer vorausgegangen war.

„Ach, der Kopf hält 'ne Menge aus." Er legte den Arm um die Schultern seines Sohnes und blickte ihn stolz an. „Wie wär's mit einem Cognac, mein Junge? Wir müssen doch auf eure Heimkehr anstoßen!" Im Gehen wandte er sich halb zu seiner Tochter um. „Und für dich wird es Zeit, ins Bett zu gehen."

Ihr schoß vor Wut und Enttäuschung über sein Desinteresse an ihrem Mißgeschick die Röte ins Gesicht. Am liebsten hätte sie ihm das schmutzige Geschirr vor die Füße geworfen, nur um für einen kurzen Augenblick seine ungeteilte Aufmerksamkeit zu besitzen. Stattdessen senkte sie den Kopf und verließ mit dem voll beladenen Tablett ohne ein Wort der Erwiderung den Raum.

Wie es sich für eine gehorsame Haustochter gehörte, wusch sie erst das Geschirr ab und räumte die Küche auf, bevor sie die Treppe zu ihrem Zimmer hinaufstieg. Heftig stieß sie die Tür mit dem Fuß hinter sich zu, so dass sie mit einem lauten Knall ins

Schloß fiel. Verstört blieb sie in der Mitte des Raumes stehen und versuchte, ihrer inneren Verzweiflung Herr zu werden. Erst jetzt bemerkte sie, dass sie immer noch die Kittelschürze trug. Sie riß das verhaßte Kleidungsstück herunter und schleuderte es auf den Boden.

Der innere Drang, ihren Frust laut herauszuschreien, wurde schier übermächtig. Doch kein Laut kam ihr über die Lippen. Ihr Blick wanderte durchs Zimmer und blieb an dem Stapel Bücher hängen, der sich auf ihrem Schreibtisch türmte. Sie mußte noch die Notizen in ihr Heft übertragen. Und die Hausaufgaben in Chemie hatte sie auch noch nicht gemacht. Aufseufzend fiel sie auf den Stuhl und blätterte lustlos in ihren Aufzeichnungen, aber es gelang ihr nicht, sich auf eine einzige Formel zu konzentrieren. Wasserstoff war H_2O..., Kohlenstoff war C und Sauerstoff... ach, verdammt!

Sie stützte die Ellenbogen auf und vergrub ihr Gesicht in den Händen. In ihrem Kopf hallte die Stimme des Vaters: *Der Kopf hält 'ne Menge aus... Wie wär's mit einem Cognac, mein Junge? Wir müssen doch auf eure Heimkehr anstoßen! Und für dich wird es Zeit, ins Bett zu gehen.*

Es hatte sich nichts geändert. Sie zählte für ihren Vater nicht und ihre Mutter hatte endlich ihren Goldjungen wieder. Noch nicht einmal an ihrem Geburtstag - wohlgemerkt ihrem Einundzwanzigsten - behandelte man sie wie ein vollwertiges Mitglied der Familie. Immerhin war sie heute volljährig geworden und damit *erwachsen*! Man hätte sie also sehr wohl dazubitten können. Stattdessen schickte sie ihr Vater wie ein kleines Kind ins *Bett!*

Ihre Schultern zuckten, der Kopf sank auf die Schreibtischplatte und dann weinte sie so herzzerreißend und verzweifelt, wie damals, als sie ihr Vater das erste Mal mit dem Rohrstock züchtigte und anschließend in der Besenkammer einschloß.

21

„Ja, das sind in der Tat wundervolle Neuigkeiten, Dodo. Wie schön, dass Albert endlich zurückgekehrt ist. Was man so hört, kann er von Glück sagen, dass er bei den Briten in Kriegsgefangenschaft war. In Ruß- land sterben sie in den Lagern wie die Fliegen..."

In seinem Stuhl zurückgelehnt saß Jens am Schreibtisch und unterdrückte ein Gähnen. Die lang- atmigen Ausführungen seiner Schwester über die Er- lebnisse seines Patensohnes der letzten zwei Jahre interessierten ihn nicht besonders.

„Ach nein, ich kann mir nicht vorstellen, dass es große Schwierigkeiten geben wird, wenn er hier an der Uni sein Medizinstudium abzuschließen will... mal sehen, Dodo, ich weiß nicht, ob ich da was ma- chen kann..."

Aus dem Vorzimmer drangen aufgeregte Stimmen zu ihm herein. Erstaunt hob er den Kopf. Deutlich vernahm er Delias erregte Stimme.

„Das haben *Sie* nicht zu entscheiden!"

Unkonzentriert lauschte er in den Hörer, wo seine Schwester unverdrossen auf ihn einredete. „Äh, wie bitte, was hast du gesagt…? Ja, gut, ich werde dein

Konto aufstocken... nein, natürlich soll es deinem Jungen an nichts fehlen... Was...?"

Der Wortwechsel in seinem Vorzimmer wurde immer heftiger. Offenbar war Delia mit einer Kollegin aneinandergeraten.

Kollegin?!

„Nein, Dodo, das wird leider nicht gehen... Siggi hat sich überraschend für einen kurzen Besuch ange-kündigt... Ja, ich werde ihm deine Grüße und die Einladung überbringen, aber soweit ich weiß, ist er nur auf der Durchreise... Gut, ich meld' mich."

Er warf den Hörer auf die Gabel und eilte zur Tür. Mit einem Ruck riß er sie auf.

„Was ist denn hier los!" Ungehalten funkelte er Delia an. „Ich kann ja kaum mein eigenes Wort ver-stehen!"

Erst da registrierte er die Person, mit der sich sei-ne Assistentin eben so lautstark gestritten hatte. Sie trug einen weißen Anzug mit schwarzen Nadelstrei-fen, hatte die Hände herausfordernd in die schmalen Hüften gestemmt und taxierte Delia mit eisigem Blick.

Verblüfft weiteten sich seine Augen.

„*Anna*... ! Was machst du denn hier...? Äh... was für eine nette Überraschung..."

Langsam wandte sich seine Frau zu ihm um. Ihre äußere Erscheinung hatte sich komplett verändert. Der Pagenkopf war einer modernen Kurzhaarfrisur gewi-chen, die halb von einem weißen Herrenhut mit schwarzer Krempe verdeckt wurde und ihr eine herbe, beinah androgyne Aura verlieh.

Mit dem ausgestreckten Finger zeigte sie empört auf Delia.

„Ja, das da ist in der Tat eine Überraschung! Warum weiß ich nichts davon, dass du eine neue... *Assistentin* hast?!"

Jens hatte sich wieder in der Gewalt. Äußerlich ruhig und gefaßt deutete er auf sein Büro. „Das sollten wir in aller Ruhe besprechen... Warum hast du nicht angerufen, ich hätte dich vom Flughafen abgeholt!""

Sie machte keine Anstalten, ihm zu folgen.

„Anna, bitte..."

Es wurde ein unerfreuliches Gespräch zwischen den voneinander getrennt lebenden Eheleuten, die inzwischen in verschiedenen Ländern ein separates Leben führten.

Anna hatte geschäftlich in Schweden zu tun gehabt und auf dem Rückweg spontan beschlossen, ihrem Mann einen kurzen Besuch abzustatten. Sie wollte feststellen, was sie noch miteinander verband und ob das ausreichte, zu ihm zurückzukehren und möglicherweise das Erbe ihres Vaters zu verkaufen, da sich immer noch kein geeigneter Geschäftsführer für die *Vanderbilt-Bank* gefunden hatte. Sie gestand es sich nicht ein, aber an jedem, der sich bisher für diesen Posten vorstellte, hatte sie etwas auszusetzen gehabt. Insgeheim widerstrebte es ihr einfach, das Vermächtnis ihres Vaters in andere Hände zu legen.

Als sie das Portal der *Cornelsen Bank* durchschritt, befiel sie eine leichte Nervosität. Oder war es die Aufregung, weil sie ihren Mann monatelang nicht gesehen hatte? Während sie im Fahrstuhl hinauffuhr, stellte sich fast so etwas wie Vorfreude bei ihr ein, ihn gleich wiederzusehen. Als sie die Tür zu seinem Vorzimmer aufstieß, in der festen Erwartung, Gretchen dort vorzufinden, an derem Schreibtisch dann aber diese impertinente Person saß, verlor sie völlig die

Contenance und ihre Vorfreude schlug in Zorn und verletzte Eitelkeit um. Ein Blick in die triumphierend blitzenden blauen Augen der Lady signalisierte ihr, dass sich ihre Rivalin hier eingenistet hatte. Warum hatte ihr Jens, wenn er anrief, um sich nach dem Wohlergehen seines Sohnes zu erkundigen, nichts davon erzählt?! War das nicht der eindeutige Beweis, dass er ein Verhältnis mit dieser ‚Person' hatte? Immer gehabt hatte…? Wahrscheinlich hatte diese feine Dame ihren Platz in der Villa an der Elbchaussee auch längst eingenommen…

Die wortreichen Beteuerungen ihres Mannes, dass er mit Lady Langdon eine rein berufliche Beziehung unterhielt, überzeugten sie nicht. Zu genau erinnerte sie sich noch an ihr erstes Kennenlernen auf dem ‚Tanz in den Mai'- Ball, wo es doch so offensichtlich gewesen war, dass die schöne Witwe ein Auge auf ihren alten Jugendfreund geworfen hatte.

Und Jens - dass sagte ihr ein flüchtiger Blick auf seine äußere Erscheinung - schien sich sehr wohl mit seiner neuen Assistentin zu fühlen. Zumindest hatte er um die Taille etwas abgenommen und wirkte wie ein Mann, der mit sich und seinem Leben vollkommen zufrieden war. Es war mehr als deutlich – ihre Ehe war gescheitert! Aber war es nun Stolz oder verletzte Eitelkeit - sie konnte sich nicht dazu durchringen, ihn um die Scheidung zu bitten. Und auch er erwähnte sie mit keinem Wort.

Verstimmt ging man auseinander.

Er rief ihr eine Taxe und begleitete sie noch hinaus auf den Flur.

Die Verabschiedung fiel frostig aus.

„Grüße Hermann von mir und sag' ihm, dass ich ihn bald besuche!"

„Ja, aber ruf' vorher an", erwiderte sie kühl und drückte auf den Knopf ‚Parterre'.

Für einen Moment verharrte er vor der geschlossene Eisentür des Fahrstuhls, dann wandte er sich brüsk um und ging zurück in sein Büro.

Delia, die in der Tat die überwiegende Zeit mit ihm in seinem Haus an der Elbchaussee verbrachte, zeigte wenig Verständnis für die Regelung der beiden Eheleute.

„Ein glatter Schnitt wäre besser gewesen", kommentierte sie die Entscheidung. Die beiden nahmen das Frühstück im Wintergarten ein. Jens fiel in seinem Sessel zurück und richtete seinen Blick auf die Elbe.

„Hast du gehört, was ich eben sagte?" Ihre Stimme klang gereizt.

Er wandte ihr den Kopf zu, seine Augen schauten sie abweisend an.

„Ich will nichts überstürzen… Anna und ich haben uns darauf geeinigt, dass sie vorerst in Amsterdam bleibt und dort die Geschäfte weiterführt, bis sich ein geeigneter Geschäftsführer für die Bank gefunden hat." Er bemerkte ihre Verstimmung und fügte einlenkend hinzu: „Versteh doch, Delia..., die Situation ist schon schwierig genug. Ich möchte nicht, dass mein Sohn noch mehr darunter leidet."

In ihren Augen glomm ein spöttisches Funkeln.

„Du willst dir alle Türen offen halten, nicht wahr? Der Junge weiß doch gar nicht mehr, wer sein Vater ist, so selten, wie er dich sieht. Und Anna will dich offensichtlich nicht freigeben. Jeder von euch will alles für sich, aber eines Tages wirst du dich entscheiden müssen, Jens, oder das Leben entscheidet für dich!"

Das Hausmädchen erschien in der Tür und knickste.

„Herr Cornelsen, Ihr Vetter ist soeben eingetroffen."

Wie zur Bestätigung ihrer Worte tauchte hinter ihrem Rücken die schlanke Gestalt des amerikanischen Bankiers auf. Jens sprang auf und lief seinem Vetter mit ausgebreiteten Armen entgegen.

„Siggi, wie war die lange Reise?" Zum Hausmädchen gewandt; „Danke, Ilse, Sie können abräumen!" Er deutete auf Delia, die sich ebenfalls erhoben hatte.

„Darf ich dir Lady Langdon vorstellen, meine persönliche Assistentin? Delia, das ist Sigmund Cornelsen, mein Vetter aus Amerika."

Formvollendet verbeugte sich der Amerikaner über Delias Hand und hauchte einen Kuß darüber. „Lady Langdon, es ist mir eine außerordentliche Freude, Ihre Bekanntschaft zu machen." Neugierig glitten seine Augen über ihr Gesicht, dann warf er Jens einen vielsagenden Blick zu. „Eine so schöne Assistentin wirkt sicher sehr... *belebend* auf einen Mann in deinem Alter, nicht wahr?"

Jens überging die kleine Anzüglichkeit mit einem jovialen Lächeln und wandte sich an Delia, die ihn mit undurchdringlicher Miene ansah.

„Du entschuldigst uns? Geschäfte..."

„Sicher", erwiderte sie kühl und blickte den beiden Männern grollend nach. Assistentin! In was für eine unmögliche Situation hatte er sie da gebracht? An den fünf Fingern konnte sich sein Vetter abzählen, dass sie weit mehr war, als nur seine Assistentin! Wie eine billige Hure fühlte sie sich jetzt. Beschmutzt und bloßgestellt. Zum ersten Mal, seit ihre Beziehung intimer geworden war, zweifelte sie daran, dass sie

120

wirklich so perfekt zusammenpaßten, wie sie immer gedacht hatte.

22

Nichts ahnend von ihrer Verstimmung bereitete Jens im angrenzenden Herrenzimmer zwei Drinks zu, während sein Vetter an der Bücherwand entlangspazierte und die Buchrücken studierte. Bei einem der Titel stutzte er, zog den Band heraus und las die Überschrift laut vor.

„Ein Geschlechterbuch... von... *Bernhard Trautmann*?" Überrascht wandte er sich zu Jens um. „Ich dachte, Dodos Mann veröffentlicht medizinische Abhandlungen?"

Jens kam mit den beiden Drinks zu ihm herüber und gab ihm ein Glas. „In erster Linie ja. Familienforschung ist nur ein Hobby von ihm. Die Krankheit zwingt ihn leider immer öfter zu einer Auszeit. Ein ständiges Auf und Ab.... Dodo ist ganz verzweifelt...."

Sigmund machte ein betroffenes Gesicht.

„Das tut mir leid. Ich dachte, er hätte die Tbc besiegt. Nun ja, bei der Ernährung hier kein Wunder. Auf dem Hinflug saß ich neben einem deutschen Geschäftsmann, der anmerkte, dass die Verpflegung im Flugzeug besser und reichhaltiger sei, als alles, was man derzeit in Deutschland zu essen bekäme. Grüße die beiden bitte ganz herzlich von mir! Leider reicht die Zeit nicht, sonst hätte ich ihnen selbstverständlich noch einen kurzen Besuch abgestattet." Er schob das Buch zurück ins Regal und folgte seinem Vetter zu der Ledersitzgarnitur.

Jens wartete, bis er Platz genommen hatte, dann fragte er: „Du erwähntest am Telefon, dass du etwas Wichtiges mit mir besprechen wolltest...?"

„Ja, es sind mir da einige Dinge zu Ohren gekommen, die du wissen solltest. Aber da muß ich etwas weiter ausholen....", Sigmund hielt inne, als müsse er sich die folgenden Worte genau überlegen, dann fuhr er fort. „Seit geraumer Zeit wird Amerika von kommunistischen Agenten unterwandert." Seine eisgrünen Augen richteten sich fest auf Jens Gesicht. „Seit '33 wurden viele Agenten in unser Land geschleust, denen es tatsächlich gelang, im Laufe der Zeit entsprechende Führungspositionen in der Rüstungsindustrie und Wirtschaft zu besetzen. Jahrelang informierten sie Stalin über die geheimsten Pläne und Patente einschließlich des Atomwaffenprojektes."

Der erstaunte Ausdruck auf Jens Gesicht wich einem belustigten. „Na, das nenn' ich Ironie des Schicksals... Da verhilft Amerika Hitler in Deutschland an die Macht, um den Bolschewismus in Europa zurückzudrängen und hat den Feind längst im eigenen Land!" Er warf den Kopf in den Nacken und lachte lauthals los.

Sigmund stimmte in seinen Heiterkeitsausbruch nicht mit ein, sondern fuhr ernst fort. „Präsident Truman traut niemanden mehr, darum hat er jetzt den CIC beauftragt, sich unter den deutschen Kriegsgefangenen umzusehen und Leute ausfindig zu machen, die im Schutze unseres Geheimdienstes verdeckt arbeiten und ein Umdenken in der amerikanischen Innen- und

Außenpolitik einleiten sollen. Der CIC will mit ein paar von ihnen auch einen neuen Geheimdienst im westlichen Teil Deutschlands aufbauen." Befriedigt registrierte er die Verblüffung, die sich nach seinen letzten Worten über Jens' Antlitz ausbreitete.

„Und um was für Leute handelt es sich da?"

„Na, um führende Köpfe des NS-Regimes. Angehörige der SS und SA. Der Name von Weidenfeld und der eines gewissen... Gruppenführers Nüßlein fiel in diesem Zusammenhang?"

Entgeistert starrte Jens seinen Vetter an, dann sagte er in bitterem Ton: „Tja, den Abschaum spült selbst ein Krieg nicht weg."

„Warum auch...", Sigmunds Stimme klang beinah heiter, „alles nützliche Leute, die abgesehen davon unter dem Segen der Römisch-Katholischen Kirche stehen."

„Wie bitte...?"

Sigmund beugte sich vor und entnahm der Holzkiste, die auf dem Tisch stand, eine Zigarre und steckte sie sich zwischen die Lippen. „Ja, es ist verrückt, aber die Nazis standen und stehen unter besonderem Schutz des Stellvertreter Gottes!"

Er entzündete die Zigarre und musterte durch den Rauch vergnügt das fassungslose Gesicht des deutschen Bankiers. Entspannt lehnte er sich zurück, um seinen Wissensschatz mit ihm zu teilen.

„Pius XII teilte von Anfang an Hitlers tiefe Abneigung gegen die Juden. Nicht nur Roosevelt und Churchill, sondern auch der Vatikan waren ab '42 detailliert über die ‚Endlösung der Judenfrage' informiert. Und nun liegt dem ‚Unfehlbaren' aus Rom das Wohlergehen der Ex-Nazis nach wie vor sehr am Herzen."

„Aber das ist doch Unsinn, Siggi, nein, das glaube ich nicht!"

Der Amerikaner maß ihn mit einem intensiven Blick.

„Sagt dir der Begriff... *,Klosterrouten'* etwas?"

Verständnisloses Kopfschütteln.

Sigmunds Augen schweiften zur Bücherwand. Mit unbeteiligter Stimme begann er zu sprechen, als zitiere er einige Passagen aus einer Geheimdienstakte.

„Nach unseren Informationen begannen die Vorbereitungen zur Evakuierung der Nazi-Elite schon 1943, nach der Niederlage von Stalingrad, wo ihnen klar wurde, dass es mit dem Endsieg nicht klappen würde. Dem Franco-Regime in Spanien und Italien kam hierbei eine Schlüsselrolle zu. Kurz vor Kriegsende organisierte der Vatikan Fluchtrouten, sogenannte *Klosterrouten* oder auch *rat lines*, wie wir sie in Amerika nennen, um verdiente, hochrangige SSler vor einer strafrechtlichen Verfolgung zu schützen. Der CIC nutzt diese Routen übrigens heute noch, um Spione diskret und schnell aus dem von den Sowjets besetzten Teil Österreichs zu schaffen. Federführend hierbei ist der österreichische Bischof Alois Hudal - ebenfalls Mitglied des *Counter Intelligence Corps* - den Pius XII mit weitreichenden Kompetenzen ausgestattet hat. Er versorgt die Flüchtige mit Ausweisen und ermöglicht ihnen die Ausreise nach Südamerika. Soweit ich weiß, soll auch Eichmann, Mengele und Bormann auf diesem Wege die Flucht nach Argentinien gelungen sein. Die Alliierten konnten alle drei bisher jedenfalls noch nicht fassen."

Jens konnte nicht glauben, was er da hörte. „Siggi, wenn das stimmt... Ach was, das ist doch total absurd! Und mit diesem braunen Mob will Amerika nun auch noch einen neuen *deutschen* Geheimdienst aufbauen?!"

Die Lippen seines Vetters verzogen sich zu einem mokanten Lächeln.

„Nun, wer könnte für diese Aufgabe besser geeignet sein, als ehemalige Gestapoleute?" In einem Zug leerte er seinen Drink und stellte das Glas auf den Tisch. „Ich wollte dich an dieser Stelle vor Baron von Weidenfeld warnen. Nimm dich vor ihm in Acht; einmal Kollaborateur, immer Kollaborateur!"

Grübelnd blickte Jens in sein Glas. Die widersprüchlichsten Gedanken kreisten in seinem Kopf. Er erinnerte sich an das hämische Grinsen, mit dem ihn der Adelige neulich im Restaurant auf seine ‚Entnazifizierung' angesprochen hatte. Und dieser Mensch arbeitete jetzt für die Alliierten... Was mochte er denen alles erzählt haben? Welchen von seinen Geschäftspartnern, vornehmlich aus der Nazizeit, konnte er überhaupt noch trauen? Waren wirklich alle Unterlagen, die auch seine Mitwirkung bezüglich der Finanzierung Hitlers auswiesen, vernichtet worden?

Sigmund betrachtete die angespannte Miene seines Cousins und rauchte schweigend weiter.

Schließlich hob Jens den Blick.

„Was ist eigentlich aus deinem Buchmanuskript geworden?"

Müde winkte der Amerikaner ab.

„Das liegt sicher im Safe meines Vaters. Er hat sogar die Kombination geändert. Nur sein Anwalt kennt sie für den Fall seines Ablebens." Der Ausdruck auf seinem Gesicht wurde hart. „Du siehst, ich besitze nicht mal mehr sein Vertrauen..."

Trotz der beunruhigenden Nachrichten, die Jens eben von ihm erfahren hatte, verspürte er plötzlich so

126

etwas wie Mitleid für seinen Vetter, der sein ganzes Leben unter dem Kuratel seines Onkels gestanden hatte. Zu sensibel und unfähig, seinen eigenen Weg zu gehen, zu schwach, sich gegen den übermächtigen Vater abzugrenzen und durchzusetzen, war er zum Spielball seiner Interessen geworden.

Sigmund atmete den Rauch tief aus und folgte ihm mit seinen Augen.

„Weißt du eigentlich, warum das Attentat am 20. Juli mißglückte?"

Jens hob die Augenbrauen. Der abrupte Themenwechsel irritierte ihn.

Sein Cousin betrachtete sein verblüfftes Gesicht und lächelte nachsichtig.

„Entschuldige, aber diesem Punkt habe ich in besagtem Buch ein ganzes Kapitel gewidmet; ich weiß es aus zuverlässiger Quelle und finde, du solltest ein wenig davon partizipieren, wenn es schon nicht veröffentlicht wird. Mit an Sicherheit grenzender Wahrscheinlichkeit wird auch davon nichts jemals an die Öffentlichkeit gelangen...", freudlos lachte er auf. „Die Sieger schreiben die Geschichte des Krieges und werden alles weglassen, was für sie in irgendeiner Weise kompromittierend sein könnte! Und für viele Deutsche gelten diese tapferen Männer ja immer noch als Landesverräter."

Nun griff Jens nach der Zigarrenkiste, um sich eine anzuzünden. Gierig inhalierte er den Rauch. „Wenn das damals geklappt hätte, Siggi, wären Millionen von Menschen am Leben geblieben, es hätte keine Vertreibung gegeben, viele deutsche Städte wären nicht bis auf die Grundmauern zerstört und Deutschland nicht von den Alliierten ausgeplündert worden. Die Welt sehe heute anders aus..."

„Ja und genau das war das Letzte, was Roosevelt, Churchill und Stalin wollten. Im Sommer '44 hatten die drei Europa bereits vollständig unter sich aufgeteilt! Die alliierten Truppen waren gerade in der Normandie gelandet, aber sie wären noch nicht mal bis an die deutschen Grenzen vorgerückt, wenn Hitler zu diesem Zeitpunkt schon seinen letzten Atemzug ausgehaucht hätte. Die Folge: keine Teilung Deutschlands und Stalin hätte keinen Zugriff auf Osteuropa erhalten. Aus Sicht der Alliierten eine Katastrophe!" Verächtlich sackten seine Mundwinkel nach unten. „Der Krieg mußte also so lange weitergeführt werden, bis Deutschland *bedingungslos* kapitulierte!"

Sinnierend betrachtete Jens das blasse Gesicht seines Vetters. Von Delia wußte er, dass nicht nur die Widerständler des 20. Juli, sondern auch Dietrich Bonhoefer, Adam von Trott und einige deutsche Generäle hinter Hitlers Rücken ihre Friedensbemühungen während des Krieges intensiviert und immer wieder den Kontakt zur amerikanischen und britischen Regierung gesucht hatten. Alles ohne Erfolg.

Ein entsetzlicher Gedanke drängte sich in ihm auf. So unfaßbar in seinem Ausmaß, dass er ihn gar nicht zuende zu denken vermochte. Fest richtete er seine Augen wieder auf sein Gegenüber. „Ihr habt Stauffenberg und seine Leute ins offene Messer laufen lassen, nicht wahr?"

Gelassen parierte Sigmund seinen Blick.

„Nun…, ich möchte es mal so ausdrücken, Roosevelt und Churchill haben die Offiziere in ihrem Vorhaben bestärkt und darum gebeten, sie über jeden ihrer Schritte auf dem Laufenden zu halten. Gleichzeitig sorgten die Briten dafür, dass Hitler von dem Vorhaben Wind bekam. Die Verhaftungswelle am 18.

Juli setzte die Widerständler mächtig unter Druck. Sie mußten rasch handeln. Aber selbst mit dem zweiten Sprengstoffpäckchen wäre der Anschlag wohl fehlgeschlagen."

„Unmöglich, Siggi, dass hätte kein Mensch überlebt...", argwöhnisch taxierte Jens die ausdruckslose Miene seines Cousins. „...oder etwa doch?"

Sigmunds gequälter Ausdruck reichte ihm als Antwort. Mit einem schweren Aufseufzen ließ sich Jens in seinem Sessel zurückfallen und fuhr sich mit den Fingern durch die Haare.

„Sag', dass das nicht wahr ist!"

Sigmunds Züge wurden ernst, er sah jetzt regelrecht bekümmert aus. „Was hast du denn erwartet? Die Briten wollten nichts dem Zufall überlassen; sie besorgten den deutschen Offizieren den Sprengstoff!" Sein Blick glitt in unbestimmte Ferne ab. Als stünde er unter einem inneren Zwang, sprach er mit leiser Stimme weiter. „Irgendwann im Leben kommt der Punkt, wo man gezwungen wird, Rechenschaft über sein Tun abzulegen und die richtigen Konsequenzen zu ziehen."

Er richtete seinen Blick wieder auf Jens, den die Entschlossenheit in den Augen seines Vetters erschreckte. Mit einem kleinen Auflachen versuchte er die merkwürdige Stimmung zu vertreiben.

„Mensch Siggi, du willst dir doch nicht das Leben nehmen, oder?"

Eine absurde Vorstellung, liebte der Amerikaner die angenehmen Seiten, die ihm das Leben bot, doch viel zu sehr, aber Sigmund erwiderte ruhig den Blick. In seinen Augen lag ein tiefer Schmerz, der ihn schon lange quälte und der sich in den letzten Jahren schwer auf sein Gemüt gelegt hatte.

„Du wirst lachen, aber genau dieser Gedanke ist mir tatsächlich schon mal durch den Kopf gegangen", gab er offen zu. „Wenn wir ehrlich sind, haben über 50 Millionen Menschen ihr Leben verloren, weil mein Vater, der ‚Inner Circle' und andere ‚honorige' Kreise aus dem Ausland Hitler an die Macht gebracht haben. Eine schwere Bürde, die *mich* nachts kaum mehr schlafen läßt…" Seine Miene verdunkelte sich. „Mein Vater und seine Freunde sind sich dagegen keiner Schuld bewußt. Mit ihren Börsenmanipulationen und Finanzierungen der europäischen Diktatoren machten sie ja den Großteil ihrer Vermögen, und *ich,* Jens, *ich* war dabei ihr feiges Werkzeug!"

Jens schwieg betroffen, unfähig, seinen Cousin von dessen Seelenqual freizusprechen. Auch rückwirkend betrachtet empfand er selbst keine Schuldgefühle. In diesem Punkt teilte er die Ansicht seines Onkels: Geschäft ist Geschäft.

Wenn er zum damaligen Zeitpunkt allerdings den perfiden Plan des ‚Inner Circle' hinsichtlich einer Neuordnung Europas gekannt hätte, der nur mit einem hohen Blutzoll durchzusetzen war, hätte er seinen Vetter sicher nicht unterstützt. Nun aber war es das Beste, das Gewesene rasch hinter sich zu lassen und sich mit ganzer Kraft der neuen Zeit zuzuwenden. Zum Abschied versprach er seinem Vetter, ihn bald in Amerika zu besuchen, doch als Sigmund ins Taxi stieg, das ihn zum Flughafen bringen sollte, beschlich Jens das unbestimmte Gefühl, dass er dieses Versprechen wohl doch nicht so schnell einlösen würde.

23

Das Jahr 1948 hielt gleich zu Beginn für Dorothea eine unangenehme Überraschung bereit. Über den Jahreswechsel hatte sich der Gesundheitszustand ihres Mannes wieder so sehr verschlechtert, dass nach Neujahr ein Aufenthalt in der Lungenheilklinik dringend vonnöten wurde. Im vorrangegangen Jahr hatten sich die Ordnungsstrukturen im westlichen Teil des besetzten Deutschlands soweit aufgebaut, dass es nun wieder eine Polizei gab und die Gerichte ihre Arbeit aufnehmen konnten. Bernhard zögerte nicht lange, als Kommissar Grosse mit der Bitte an ihn herantrat, wieder für die Mordkommission zu arbeiten. Doch das und die tägliche, anstrengende Arbeit im Krankenhaus gingen weit über seine Kraft. Die Tbc war erneut ausgebrochen.

Diesmal fühlte sich Dorothea allerdings nicht ganz so allein gelassen, hatte sie doch Albert als Stütze. Als die Universität ihre Pforten wieder öffnete, war es ihm und seinem Kameraden Rolf Bender, der nun die Mansarde in der Trautmannvilla bewohnte, gelungen, sich für das nächste Medizinsemester einzuschreiben. Beide hatten Glück: die Semester, die sie im Kriege studiert hatten, wurden ihnen angerechnet.

131

Aber auch hier fehlte es an Unterrichtsmaterial und Fachliteratur. Nun erwies sich die Ausbildung seiner Schwester von Vorteil. Großzügig lieh Eva-Maria den jungen Männern ihre Hefte und Aufzeichnungen.

Die Stadt Hamburg stand vor großen, schweren Aufgaben. Im November 1947 war die Bürgerschaft neu gewählt worden, es gab einen neuen Senat und einen neuen Bürgermeister, der viele Probleme auf einmal zu bewältigen hatte. Vordergründig galt es, die Trümmer zu beseitigen und den Häuserbau voranzutreiben, da auch im letzten Winter in den Nissenhütten wieder etliche an Hunger und Kälte verreckt waren. An Sonn- und Feiertagen bargen im Rahmen des ehrenamtlichen Aufräumungsdienstes viele Freiwillige die erhalten gebliebenen Ziegel und Backsteine aus den Ruinen und säuberten sie von Mörtel und Zement. Meist waren es Frauen, die bald als ,Trümmerfrauen' in ganz Deutschland zum Symbol für den beginnenden Wiederaufbau wurden.

Auf den Straßen blühte unvermindert der Schwarzhandel. Zwischen dem *Dammtorbahnhof* und dem Infanterie-Regiment-Denkmal bei ,*Planten un Blomen'*, vor dem *Eppendorfer Krankenhaus* oder auf dem *Hansaplatz* gab es alles zu kaufen, was in den Geschäften fehlte. Ein Pfund Butter kostete 500 RM, ein Paar Schuhe 800 RM, ein Paar Damenstrümpfe 150 bis 200 RM und ein Ei war für 12 RM zu bekommen. Doch viele, die kein Geld und nichts mehr zu tauschen hatten, durchsuchten die Abfälle nach Eßbarem und zogen damit den Zorn der herumstreunenden, verwilderten Hunde auf sich.

Aus den Zeitungen und dem Rundfunk entnahm man besorgt das wachsende Ungleichgewicht zwischen den Besatzungsmächten. Schleichend hatte der Kalte Krieg begonnen. Es war kein Aprilscherz, als am 01. April 1948 die ,kleine' Berlin-Blockade begann. Der Verkehr wurde durch sowjetische Inspektionen und Behinderungen westalliierter Militärreisender behindert, die in den folgenden Wochen und Monaten auch auf den zivilen Personen- und Güterverkehr ausgeweitet wurden.

Dann geschah ein kleines Wunder: am 20. Juni lagen in den Schaufenstern der Geschäfte der westlichen Besatzungszonen plötzlich Dinge, von denen es tags zuvor noch geheißen hatte, dass es sie nicht gebe. An diesem Tag führten die Alliierten die Währungsreform mit der Einführung der D-Mark ein. Eine Reform, die die Erwerbskraft des Privatkapitals mit einem Schlag ausradierte, indem man dieses Privatkapital einfach völlig beseitigte.

Eva-Maria konnte sich an den Auslagen gar nicht satt sehen.

Es gab alles Mögliche wieder zu kaufen: Lebensmittel aller Art, sogar Pferdefleisch in Dosen aus den USA, Kleidung, Schuhe und Wolle. Welch ein Luxus! Nun brauchte sie nicht länger die Mullbinden aufzurippeln und mit Tee einzufärben, um einen Pullover oder eine neue Jacke daraus zu stricken. Für die Menschen im westlichen Teil Deutschlands sah die Zukunft auf einmal freundlicher, hoffnungsvoller aus.

24

Den Zeitpunkt seines Besuches bei seiner Schwester hatte Jens mit Bedacht gewählt, da er sie gern alleine antreffen wollte. Sein Schwager würde erst am Wochenende nach einem halben Jahr der Behandlung genesend aus Tönsheide zurückerwartet. Jens rief kurz vorher aus dem Büro an und teilte Dorothea mit, dass er auf dem Wege zum Club noch bei ihr kurz vorbeischauen wolle, um etwas Wichtiges mit ihr zu besprechen. Sie war angenehm überrascht, lag sein letzter Besuch schon eine Weile zurück. Nachdem er sie begrüßt und sich pflichtschuldig nach dem Ergehen seines Schwagers erkundigt hatte, bot sie ihm einen Platz an.

„Möchtest du einen Cognac oder einen Kaffee?"

Er winkte ab. „Danke, beides trinke ich gleich im Club."

Dorothea ließ sich ihm gegenüber auf der Couch nieder und blickte ihn erwartungsvoll an. „Ich muß gestehen, dein Anruf vorhin hat mich etwas überrascht. Du hast so lange nichts von dir hören lassen, dass ich annahm, du meidest uns... Was ist denn so wichtig, dass du mit mir besprechen möchtest?"

Er beugte sich im Sessel vor und setzte eine zerknirschte Miene auf. „Es tut mir leid, dich damit behelligen zu müssen, Dodo, aber die Sache bedarf leider keinen Aufschub. Durch die Währungsreform ist die Bank etwas in die Bredouille geraten. Die Steuer wird bald wieder fällig."

Verwundert hob sie die Augenbrauen.

„Ich habe noch nie irgendwelche Steuern für die *Bank* bezahlt!"

Er musterte sie mit konzentriertem Blick.

„Ja, eben, deinen Anteil hab ich bisher immer mitbezahlt, aber ich will dafür nicht mehr aufkommen!"

Kerzengerade richtete sie sich auf.

„Das hat Papa in seinem Testament aber so festgelegt!"

Für sie eine unumstößliche Tatsache, für ihn ein lästiges Übel. Mit dieser Reaktion hatte er gerechnet, doch damit würde sie nicht durchkommen, letzter Wille hin oder her!

„Ja, ja, ich weiß...", erwiderte er mit Ungeduld und Sarkasmus in der Stimme „das liebe Töchterchen soll mit nichts belastet werden, sondern nur von allem partizipieren, was die Bank an Überschüssen erwirtschaftet". Er erhob sich und schaute mit gefurchter Stirn auf ihr entrüstetes Gesicht herab. „Die Wirtschaft und das Bankenwesen befinden sich total im Umbruch, Dodo, ich kann nicht länger so großzügig sein."

Sie begleitete ihn hinaus in die Diele und verabschiedete ihn an der Haustür, doch schon als sie ins Wohnzimmer zurückkehrte und sich an den Flügel setzte, die ersten Töne einer Sonate von Bach anschlug, hatte sie den Inhalt der Unterredung wieder

135

vergessen. Was sich allerdings noch als großer Fehler herausstellen sollte. Als sie ihn in seinem ganzen Ausmaß erkannte, war es zu spät.

Gut gelaunt traf Jens wenig später im Herrenclub an der Außenalster ein, der erst kurz zuvor wieder für die honorige hanseatische Männergesellschaft seine Pforten geöffnet hatte. An diesem wolkenverhangenen Juniabend waren nur wenige Tische besetzt. Er sah sich nach einem bekannten Gesicht um; sein Blick blieb an einem Mann hängen, der sich im hinteren Teil des Raumes hinter einer Tageszeitung verschanzt hatte. Dünne Rauchwolken stiegen dahinter auf.

Jens schlenderte zum Tisch herüber und las die Schlagzeile auf der ersten Seite: *Großblockade der Berliner Westsektoren – droht eine Spaltung Deutschlands?*

„Guten Abend, Kapitän Herbach."

Der Angesprochene senkte überrascht die Zeitung.

„Oh, guten Abend, Jens, bitte, wollen Sie sich nicht zu mir setzen? Nehmen Sie Platz." Einladend deutete er auf den Ledersessel ihm gegenüber.

Jens winkte einen Kellner herbei, der sich im Nebenraum unauffällig an der Bar zu schaffen machte. „Kaffee und einen Cognac bitte."

Der Kellner entfernte sich ebenso leise, wie er an den Tisch herangetreten war.

„Katastrophal, dass es den Besatzungsmächten nicht gelungen ist, die Sowjetunion in ihre Entscheidungen besser einzubinden." Der Kapitän tippte auf die erste Seite der Zeitung.

„Jetzt riegeln die Russen Berlin total ab. Eine kriegerische Eskalation ist wohl unvermeidlich!"

Kopfschüttelnd faltete er die Zeitung zusammen, legte sie auf den Tisch und streifte seine Zigarre im Aschenbecher ab.

„Und auch alles andere, was heute so drinsteht, ist nicht gerade beruhigend. Offensichtlich haben die Mächtigen dieser Welt nach dem Zerfall des Dritten Reiches nichts dazugelernt!" Ihm war die Verstimmung über die aktuelle Politik deutlich anzumerken. „Durch die im November von der UNO beschlossene Teilung Palästinas in einen jüdischen und arabischen Staat haben sie ein neues Pulverfaß geschaffen, was in Zukunft sicher noch für viel Unruhe sorgen dürfte. Der Krieg da unten ist sicher erst der Anfang."

Der Kellner brachte auf einem Tablett die bestellten Getränke und stellte sie auf den Tisch. Jens bedankte sich mit einem flüchtigen Kopfnicken und rezitierte, während er etwas Sahne in seine Tasse goß: „Sieh zurück in die Vergangenheit, mit all ihren wechselnden Weltreichen, die aufstiegen und fielen, und du kannst die Zukunft voraussagen."

Verdutzt sah der Kapitän ihn an.

„Nicht von mir - Marcus Aurelius. Ich finde, das beschreibt überaus treffend unsere jetzige Zeit", fügte Jens schmunzelnd hinzu. Er trank einen Schluck und lehnte sich dann bequem im Sessel zurück. „Es ist doch so... wo das Kapital ist, sitzen die Strippenzieher der Macht. Amerika brauchte den zweiten Weltkrieg - und Deutschland Hitler - um sich und ganz Europa zu sanieren."

Sein Blick schweifte zum Fenster hinaus und er dachte zurück an das letzte Gespräch mit seinem Vetter. Es hatte ihn auch Tage danach noch beschäftigt. Ein ungutes Gefühl war zurückgeblieben.

Der Kapitän a.D. musterte den Freund seiner Tochter mit einem prüfenden Blick und zog nachdenklich an seiner Zigarre. In die blaue Dunstwolke eingehüllt fragte er schließlich in die eingetretene Stille: „Haben Sie eigentlich von Auschwitz und diesen... entsetzlichen Gräueltaten gewußt?"

Jens wandte seinem Gegenüber wieder den Kopf zu und schaute den alten Mann schweigend an.

25

Die angehenden Medizinisch-Technischen-Assistentinnen hatten an diesem Morgen alle schon im Hörsaal Platz genommen, als Eva-Maria völlig außer Atem als Letzte hineinhuschte und eilig in die Bankreihe neben ihre Freundin Gisela rutschte.

„Mensch, was kommst du denn so spät? Und warum bist du gestern nicht zur Vorlesung erschienen?", wurde sie von dieser vorwurfsvoll empfangen.

In diesem Augenblick betrat ein smarter, junger Arzt den Hörsaal. Er schloß die Tür und überflog, während er mit federndem Schritt zum Katheder ging, flüchtig die Anwesenden. Eva-Maria beugt sich zu ihrer Freundin und raunte ihr ein kurzes „Waschtag" als Antwort zu.

Gisela verstand, was es damit auf sich hatte und schüttelte verständnislos den Kopf.

Statt die Vorlesung zu besuchen, hatte Eva-Maria die Wäsche der gesamten Familie machen müssen. Wie jeden Monat. Jedes Mal ließ sie die Vorlesung dafür sausen, um den Stoff anschließend von Gisela abzuschreiben. Ein Ding der Unmöglichkeit, fand Gisela. Wieder und wieder hatte sie der Freundin zugesetzt, sich endlich dagegen aufzulehnen. Vergebens.

Dabei sah sie, wie sehr Eva-Maria darunter litt, die aufreibende Ausbildung und die Hausarbeit unter einen Hut zu bekommen. Ihr Bruder Albert konnte dagegen unbehelligt studieren, war doch sein Verdienst, heil und unversehrt aus dem Krieg und der Gefangenschaft heimgekehrt zu sein. Sie hatte größtes Mitgefühl für ihre Freundin, wußte aber nicht, wie sie Eva-Maria helfen sollte.

Mit finsterer Miene zischte sie: „Was läßt du nur alles mit dir machen!" Noch während sie den Satz aussprach, kam ihr eine Idee. In einem Ton, der keinen Widerspruch zuließ, fügte sie schnell hinzu: „Am Samstagabend kommst du zu uns! Es gibt eine Kleinigkeit zu essen und..." Sie verstummte, denn nun wurde es ganz still im Hörsaal.

Sechzig Augenpaare richteten sich erwartungsvoll nach unten, wo sich der schneidige Arzt, den viele der jungen Frauen insgeheim anhimmelten, inzwischen vor dem Katheder aufgebaut hatte und sie alle mit einem fröhlichen Lächeln betrachtete.

„Guten Morgen, meine Damen. Heute wollen wir uns einem kleinen, aber sehr wichtigen Organ des menschlichen Körpers widmen... der Blase." Lässig ließ er sich auf einer Ecke des Katheders nieder. „Weiß jemand von Ihnen, wie groß das Fassungsvermögen einer Blase ist?"

Erwartungsvoll richtete sich sein Blick auf die ersten Reihen, wo sich ein paar meldeten.

„Ja, bitte, Fräulein Kirchner?"

„Einen Viertelliter vielleicht?"

Schmunzelnd wog er seinen Kopf hin und her.

„Hm, dann würde wohl unser Tageswerk nur noch vom Gang zur Toilette bestimmt werden."

Alles lachte. Der Arzt rutschte vom Katheder und schlenderte vor der unteren Bankreihe auf und ab. Sein Blick glitt zu den hinteren Reihen hinauf.

„Andere Vorschläge?"

Ein paar Bankreihen über ihm rutschte Eva-Maria unruhig auf ihrem Sitz hin und her und konnte die Worte, die ihr plötzlich laut über die Lippen kamen, nicht mehr zurückhalten.

„Ich glaub', meine faßt inzwischen bestimmt schon 100 Liter!"

Lautes Gelächter erscholl im Saal.

Grinsend schaute der Arzt zu ihr hoch.

„Also gut, fünf Minuten Pinkelpause."

Die Hausaufgaben waren erledigt, die Wäsche lag frisch gebügelt in den Schränken, nichts sprach dagegen, dass Eva-Maria am darauffolgenden Samstagabend der Einladung ihrer Freundin nicht nachkam. Sie freute sich auf einen lustigen Abend mit Gisela und ihrem Verlobten, ein netter Kerl, wie Eva-Maria gleich beim ersten Kennenlernen feststellen konnte, als ihn ihr Gisela stolz mit den Worten vorstellte: „Das ist Werner, mein persönlicher Advokat für alle Lebenslagen!"

Als sie Gisela an diesem Abend aber ins Wohnzimmer schob, saß ein ihr unbekannter junger Mann lässig dahingefläzt im Sessel und schenkte den beiden Frauen keine Beachtung. Nicht weiter verwunderlich, da die Swingmusik, die aus dem Radio dudelte, so laut eingestellt war, dass er ihr Eintreten gar nicht bemerken konnte. Begeistert wippten seine Füße den schnellen Takt mit.

„Noch vor vier Jahren wärst du standrechtlich erschossen worden, wenn du diese ‚Negermusik' gehört

141

hättest", rief er gegen den Lärm Giselas Freund zu, der vor dem Radio stand und mit dem Kopf im Takt mitging.

„Hey, Jungs, geht's vielleicht auch ein bißchen leiser?!"

Erst jetzt registrierten die Männer, dass sie sich nicht mehr alleine im Raum befanden. Sofort stellte Werner den Apparat leiser und kam mit einem erfreuten Lächeln auf Eva-Maria zu.

„Hallo Evchen, wie schön, dass du kommen konntest", begrüßte er sie herzlich.

Gisela wechselte mit ihrem Verlobten einen verliebten Blick, dann deutete sie auf den schlaksigen jungen Mann, der sich mittlerweile aus dem tiefen Sessel geschält hatte und hastig mit der Hand seine sandblonden Haare glatt strich, die sich anschließend wieder widerspenstig zu allen Seiten aufstellten.

Eva-Maria mußte über das verzweifelte Unterfangen schmunzeln.

Gisela machte die beiden miteinander bekannt.

„Evchen, darf ich dir Hans Matthiesen vorstellen, Werners bester Freund und Studienkollege... und Hans, das ist meine beste Freundin Eva-Maria Trautmann!"

Hans Matthiesen ergriff Eva-Marias Hand mit beiden Händen und führte sie an seine Lippen. Mit einem bewundernden Blick schaute er ihr tief in die Augen und sagte dann galant: „Ich bin außerordentlich erfreut, Ihre Bekanntschaft zu machen, gnädiges Fräulein."

Verlegen blickte sie zu Boden.

Ungeduldig ging Gisela dazwischen. „Och, Kinder, nicht so förmlich! Ich finde, wir sagen alle ‚du', einverstanden?!"

Hans wollte seine Augen nicht von Eva-Maria lassen. Eine zarte Röte überzog ihr Gesicht. Unsicher schielte sie zu ihrer Freundin herüber, die ihr fröhlich zuzwinkerte.

„Dann hol' ich mal die Schnittchen!" Mit einer unmißverständlichen Geste bedeutete sie ihrem Verlobten, ihr zu folgen. „Werner, ich brauche dich in der Küche, du mußt noch die Weinflasche öffnen."

Eva-Maria und Hans blieben allein im Zimmer zurück. Er spürte ihre Befangenheit und deutete auf den Sessel, in dem er zuvor gesessen hatte.

„Bitte."

„Danke." Mit geradem Rücken setzte sie sich auf die äußerste Ecke, als sei sie auf dem Sprung. Das Erlebnis mit dem übereifrigen Röntgenarzt war noch nicht vergessen.

„Möchtest du was anderes hören? Werner hat ein paar sehr schöne Stücke in seiner Sammlung. Was magst du denn so?"

Er war zu der Musikanlage herübergegangen und begutachtete die Auswahl der Schallplatten, während er in einem unverfänglichen Ton einfach drauflos plauderte. Langsam entspannte sich Eva-Maria und verbannte die unangenehme Erinnerung mit dem Röntgenarzt in die hinterste Ecke ihres Kopfes.

Der weitere Verlauf des Abends gestaltete sich feuchtfröhlich. Die kleine Gesellschaft wurde immer ausgelassener. Beim Aufbruch erbat sich Hans von Eva-Maria ihre Telefonnummer, da er sich mit ihr ins Konzert oder in die Oper verabreden wollte. Gisela und Werner tauschten einen vielsagenden Blick und begleiteten ihren Besuch noch bis zur Haustür. Leicht beschwipst, wobei sie nicht sagen konnte, ob das am ungewohnten Wein oder der charmanten Art ihres neuen Bekannten lag, radelte Eva-Maria die *Eppendorfer Landstraße* hinunter nach Hause.

In den nächsten Tagen und Wochen blühte sie regelrecht auf. Alles ging ihr auf einmal leicht von der Hand. Gleich am nächsten Tag hatte sich Hans bei ihr gemeldet und sich mit ihr fürs darauffolgende Wochenende ins Kino verabredet. Dabei war es nicht geblieben. Nun trafen sie sich regelmäßig. Mal lud er sie zu einem Picknick in den Stadtpark oder an die Elbe ein, mal schlenderten sie an der Alster entlang, spielten Federball oder verbrachten einen schönen Abend in der Oper oder im Konzert in der Musikhalle. Eva-Maria lebte nur noch für diese Stunden und sehnte jedes neue Treffen ungeduldig herbei. Zum ersten Mal seit ihrer Tanzstundenzeit hatte sie sich wieder verliebt!

Gisela betrachtete die Veränderung, die mit ihrer Freundin vorging, mit großer Zufriedenheit und prophezeite ihr schon eine baldige Verlobung, doch da war sich Eva-Maria nicht so sicher. Nach wie vor war sie in Liebesdingen sehr zurückhaltend und mehr als ein paar Küsse hatte es zwischen ihr und Hans noch nicht gegeben. Aber sie vertraute ihm. Er war ein fröhlicher, aufrichtiger Mensch und schien ehrlich an ihr interessiert zu sein. Als er sie nach einem Ausflug das erste Mal bis vor die Pforte der Trautmann Villa brachte, sprach er das aus, was ihm seit Tagen im Kopf herumging.

„Ich möchte mit deinem Vater sprechen, Evchen… Sobald ich das Examen in der Tasche habe, werde ich…"

Rasch legte sie ihm den Finger auf den Mund. Ängstlich glitt ihr Blick zum Hauseingang, doch alles blieb still. Trotzdem senkte sie ihre Stimme, aus Furcht, Bernhard könne gleich die Tür aufreißen und sie ins Haus beordern. Sie hatte ihren Eltern noch nichts von Hans erzählt und ihnen stattdessen vorgeschwindelte, sich mit einer Freundin zu treffen.

„Nicht so voreilig, Hans... ich weiß nicht, ob der Zeitpunkt dafür schon gekommen ist... mein Vater..."

Erregt fiel er ihr ins Wort. „Aber wir lieben uns! Warum sollen wir länger warten?" Er zog sie fest in seine Arme und küßte sie leidenschaftlich.

Sie ahnten nicht, dass ihre kleine Unterhaltung tatsächlich belauscht wurde. An diesem lauen Sommerabend hatte es sich Albert auf dem Balkon über dem Eingang bequem gemacht und lugte nun neugierig zwischen den Steinstreben hindurch nach unten.

So, so, seine Schwester hatte also einen Verehrer, der es offensichtlich auch ernst mit ihr meinte. Was würden wohl die Eltern, insbesondere die Mutter dazu sagen, wenn sie erführen, dass ihre Tochter beabsichtigte, einen mittellosen Studenten zu heiraten, den sie ihnen noch nicht einmal vorgestellt hatte? Vorsichtig darauf bedacht, nur ja kein Geräusch zu machen, lehnte er sich im Liegestuhl zurück und blickte sinnierend in den Sternenhimmel hinauf.

26

Das kulturelle Leben in Westeuropa blühte wieder auf. Konzerte, Ausstellungen, Messen oder sportliche Ereignisse, wie der Beginn der Olympischen Sommerspiele am 29. Juli in London fanden in der Bevölkerung großen Zulauf. Nach den vielen Entbehrungen während des Krieges lechzten besonders die jungen Leute danach, die nichts weiter kannten, als Sirenenalarm und Todesängste in den Bombennächten oder in den Schützengräben, sich abzulenken und endlich das ‚wahre' Leben zu erleben.

Immer mehr Zeitungen erhielten im amerikanischen und britischen Sektor die Lizenz zur Veröffentlichung. Nach wie vor verweigerte die Sowjetunion den Westalliierten den freien Zugang nach Berlin und bezeichnete die Stadt als Teil der sowjetischen Besatzungszone. Ein Ende der russischen Blockadepolitik war nicht in Sicht.

Jens Cornelsen verlagerte seine geschäftlichen Transaktionen nach England und Übersee und hatte an Sigmund vorbei Kontakt zu dessen Vater aufgenommen, da er plante, mit der *Cornelsen Bank* an die Börse zu gehen. Er verwarf den Gedanken, Sigmund dabei um Unterstützung zu bitten, da er den Gemütszustand seines Vetters mittlerweile als für zu instabil hielt, wie ein kürzlich geführtes Telefonat gezeigt hatte, in dem Sigmund einen eigenartigen, beinah schwermütigen Eindruck auf ihn gemacht hatte.

Dietrich Cornelsen dagegen – der, obwohl schon Mitte siebzig, noch außerordentlich agil war, über einen wachen Geist verfügte und unbezahlbare Insiderkenntnisse und Kontakte besaß - erklärte sich sofort bereit, seinem Neffen aus Deutschland hilfreich unter die Arme zu greifen. Schon immer hatte er den Sohn seines verstorbenen Bruders seinem eigenen vorgezogen, da er in Jens die gleiche Skrupellosigkeit und den gleichen unbedingten Willen zur Macht entdeckte, der ihn selbst antrieb, den er aber bei Sigmund schmerzlich vermißte. Sein Sohn war für ihn zu einer großen Enttäuschung geworden.

Beflügelt durch die neuen Möglichkeiten, die sich nun für die *Cornelsen Bank* auftaten, verbrachte Jens noch mehr Zeit im Büro und vernachlässigte seine familiären Beziehungen. Seiner Schwester hatte er schon seit längerem keinen Besuch mehr abgestattet, die Telefonate waren rar und auch als Bernhard endlich wieder aus der Lungenheilstätte heimkehrte, hatte er es versäumt, anzurufen oder gar auf einen Sprung vorbeizuschauen. Es war ihm durchaus bewußt, dass Dorothea dieses Verhalten als einen Affront werten mußte und daher verschnupft reagierte, als er sie nun anrief, um sie und Bernhard mit den beiden Kindern zum Abendessen im kleinen Kreise in sein Haus an die Elbchaussee einzuladen. Mit seiner gewinnenden Art gelang es ihm schließlich, sie gnädig zu stimmen.

„So, das war der Scheck fürs Finanzamt.“

Er blickte zu Delia hoch, die neben ihm am Schreibtisch stand und ein Löschblatt auf die noch

147

feuchte Unterschrift drückte, um die nächste Seite der Dokumentenmappe umzublättern.

„Ein letztes Mal... ab sofort werde ich für Dodos Teil nicht mehr aufkommen!"

„Weiß sie das?"

Ein dünnes Lächeln umspielte seine Lippen. „Nun, aus dem, was ich ihr neulich dazu gesagt habe, hätte sie's eigentlich entnehmen können."

Befremdet sah Delia ihn an, aber sie ging nicht weiter darauf ein, sondern blätterte die nächste Seite um. Sie war verstimmt. Am Morgen hatte er sie mit einer Nachricht überrascht, die ihr ganz und gar nicht gefiel. Während er den Brief unterschrieb, fragte sie, bemüht, nicht allzu vorwurfsvoll zu klingen: „Warum mußt du unbedingt nach Amsterdam fahren?! Anna kann den Jungen doch in den Zug setzen und wir holen ihn dann hier am Hauptbahnhof ab!"

Entrüstet senkte er die Hand mit dem Füllfederhalter.

„Herman ist zehn Jahre alt! Erstens dauert die Fahrt viel zu lange und zweitens habe ich ihn monatelang nicht gesehen. Er fehlt mir und ich will verhindern, dass er mich als seinen Vater noch ganz vergißt!"

Sie unterdrückte einen ungeduldigen Laut und blätterte die nächste Seite der Mappe um. Während er das letzte Schreiben unterschrieb, bemerkte er in beiläufigem Ton: „Ich hab' Dodo und ihre Familie am Wochenende zum Essen eingeladen - veranlaßt du bitte alles Nötige?"

Er klappte den Deckel der Mappe zu, schraubte die Kappe auf den Füller und reichte ihr die Unterlagen mit einem einschmeichelnden Lächeln. Doch der alte Zauber wirkte heute nicht. Wortlos klemmte sie sich die Mappe unter den Arm und verließ das Büro.

Jens ließ ein fürstliches Mal auffahren. Er wußte, was er sich und seiner Stellung innerhalb der Familie schuldig war und hatte nur die feinsten Leckereien aufgetischt, die es zu kaufen gab. Dodos Schwäche für Austern berücksichtigte er dabei ebenso, wie Bernhards Vorliebe für Rosbeef. Dazu gab es Gemüse in Butter geschwenkt, eine Köstlichkeit für die entwöhnten Gaumen und einen zehn Jahre alten Rotwein, der allen vorzüglich mundete. Jens sonnte sich in der Rolle des großzügigen Gastgebers und ließ vom Hausmädchen den zweiten Gang auftragen.

Bernhard genoß das Stück Fleisch. Er konnte sich nicht erinnern, wann er zum letzten Mal so etwas Zartes zwischen den Zähnen gehabt hatte.

„Sag', wo hast du nur dieses köstliche Roastbeef her? Das zergeht einem ja förmlich auf der Zunge und hat bestimmt ein kleines Vermögen gekostet. Dabei sind wir durch die Währungsreform jetzt doch alle gezwungen, wieder bei null anzufangen."

Jens ließ sich ebenfalls ein paar Scheiben vom Roastbeef auf den Teller legen und blickte belustigt zu seinem Schwager herüber.

„Es ist wie mit allen Dingen im Leben, Bernhard: Man muß nur über die richtigen Kontakte verfügen..." Er wandte sich an seine Nichte, die zu seiner Linken saß. „Und Eva-Kind, wie schmeckt dir die Ausbildung?"

Die junge Frau warf ihrem Vater über den Tisch hinweg einen unsicheren Blick zu und antwortete ausweichend: „Ach, es ist alles recht umfangreich und bald ist die Abschlußprüfung." *Vor der mir entsetzlich graut*, setzte sie stumm hinzu und beschäftigte sich wieder mit ihrem Essen.

Jens musterte ihr verschlossenes Gesicht. Dann wanderte sein Blick zu seinem Schwager. „Nun, wie ich deinen umsichtigen Vater kenne, weiß er bestimmt schon, wie's danach für dich weitergeht, nicht wahr, Bernhard?"

„Selbstverständlich! Wenn sie einen guten Abschluß macht, wovon ich ausgehe, wird sie anschließend im *Hygiene Institut* in der Bakteriologie anfangen."

Dorothea sah, wie sich die Mundwinkel ihres Bruders geringschätzig verzogen. Dass Lady Langdon stillschweigend Annas Rolle als Dame des Hauses übernommen hatte, konnte sie, wenn es ihr auch schwerfiel, gerade noch so akzeptieren, da sie ihrer Schwägerin die Hauptschuld am Scheitern der Ehe gab. Dass er sich aber über das umsichtige Handeln ihres Mannes lustig machte, obwohl er nur das Wohl ihrer Tochter im Blick hatte, ging entschieden zu weit!

Demonstrativ legte sie ihre Hand auf die von Bernhard.

„Für meinen Mann ist es eben selbstverständlich, sich um das Wohlergehen seiner Familie zu kümmern, insbesondere um das seiner *Kinder*!"

Der Pfeil landete im Ziel.

Die Miene des erfolgsverwöhnten Bankiers verfinsterte sich. Er tauschte einen kurzen Blick mit Delia, die ihm gegenüber am anderen Ende der Tafel saß und sich bisher weitgehend aus der Unterhaltung herausgehalten hatte.

„Vielen Dank, Dodo, Takt gehörte ja nie zu deinen hervorstechendsten Eigenschaften", konterte er kühl. Mit einem Seitenblick auf Eva-Maria, die mit bedrücktem Gesicht schweigend in ihrem Essen herumstocherte, fragte er mit einem süffisanten Unterton in der Stimme: „Und wenn eure Tochter nun ganz andere Pläne für ihr Leben hat?"

Alberts große Stunde schlug.

„Die hat sie... Sie will nämlich heiraten!"

Ruckartig fuhr der Kopf seiner Schwester hoch. Ihrem Vater fiel klirrend das Besteck auf den Teller und die Augen ihrer Mutter starrten sie entsetzt an.

Jens schmunzelte in sich hinein.

Der Abend nahm ja eine vergnügliche Wendung…

Doch nach dieser überraschenden Neuigkeit war er eigentlich gelaufen. Eva-Marias Eltern bemühten sich redlich, die Fassung zu wahren, während Albert einer heftigen Diskussion mit ihr geschickt auswich und seinen Patenonkel stattdessen in ein intensives Gespräch über die derzeit besten Aktienanlagen an der Börse verwickelte.

Die Situation eskalierte auf dem Heimweg in der U-Bahn. Eva-Maria hatte ihr Gesicht dem Fenster zugewandt und starrte mit leerem Blick in die vorbeifliegende Dunkelheit hinaus. Den angespannten Zügen ihres Vaters war zu entnehmen, dass er nicht bis zu Hause warten konnte, um sie zur Rede zu stellen.

„Wieso hast du uns diesen... Mann nicht vorgestellt?!", platzte es aus ihm heraus. „Was ist das überhaupt für einer?! Woher kommt er und wo hast du ihn kennengelernt?!" Erregt beugte er sich vor, während sie weiter unbeteiligt aus dem Fenster starrte. Seine Stimme nahm an Schärfe zu. Er war es nicht gewohnt, dass seine Kinder ihm trotzten. „Eva-Maria, sieh mich an, wenn ich mit dir spreche!"

Langsam wandte sie ihm den Kopf zu, aber kein Wort der Verteidigung kam ihr über die Lippen.

Albert blickte mit ausdrucksloser Miene an ihr vorbei, als berühre es ihn nicht, dass er mit seiner Enthüllung eine kleine Lawine losgetreten hatte. Nur noch drei Stationen lagen vor ihnen, bis sie den Bahnhof *Kellinghusenstraße* erreichten.

Dorothea kam ihrem Mann zur Hilfe. „Kind, du kannst dich doch nicht mit irgendwelchen fremden Männern treffen, die wir gar nicht kennen! Du hast schließlich einen guten Ruf zu verlieren!"

Mit anklagendem Kopfschütteln betrachtete sie ihre Tochter, so wie man ein Kind ansieht, das sich mit Schokolade eingeschmiert hat.

Wild entschlossen schob Eva-Maria das Kinn vor. „Ich bin volljährig!"

Bernhard stand kurz davor, die Beherrschung zu verlieren. Nur mit äußerster Willenskraft gelang es ihm, seiner Stimme einen gemäßigten Ton zu verleihen.

„Solange du in deinem Elternhaus wohnst, hast du dich danach zu richten, was sich für eine Tochter aus gutem Hause geziemt und schicklich ist!"

Die U-Bahn fuhr in den Bahnhof ein und hielt. Albert strebte sofort zum Ausgang, seine Eltern folgten, nur Eva-Maria machte keine Anstalten, das Abteil zu verlassen. Verstockt blieb sie sitzen. Nur weg von den Vorwürfen und Verboten, die seitens der Eltern ganz sicher folgen würden. Weg von ihrem intriganten Bruder, der auch jetzt keine Gelegenheit ausließ, um sie bloßzustellen. Dabei besaß er die uneingeschränkte Liebe und das Vertrauen ihrer Eltern. Die ersten Wochen nach seiner Rückkehr saß er jeden Abend mit ihnen bei einer Flasche Wein im Wohnzimmer, um ihnen detailliert von seinen Kriegserlebnissen zu erzählen, während sie wie ein kleines Kind zu Bett geschickt wurde. Für Hans war sie dagegen eine erwachsene Frau. Von ihm erfuhr sie die Aufmerksamkeit und erhielt das Verständnis, was ihr von ihrer Familie verwehrt wurde. Er behandelte sie zuvorkommend, sie fühlte sich angenommen und geliebt. Ganz bewußt hatte sie den Tag hinausgezögert, an dem sie ihn ihren Eltern vorstellen wollte, da sie insgeheim befürchtete, dass er ihnen – wie seinerzeit Malte - nicht genügen würde. Und diese zarte Pflanze der Freundschaft wollte sie sich jetzt nicht kaputtmachen lassen, nur weil sie ihre Eltern für *nicht schicklich* hielten! Alles in ihr sträubte sich dagegen. Sie würde einfach nicht mehr nach Hause zurückkehren.

Abwartend verharrte ihr Vater in der Abteiltür und hielt seinen Blick fest auf sie gerichtet. Seine kerzengerade Haltung drückte Ungeduld und Ärger aus. Sie spürte, wie sich sein durchbohrender Blick auf ihrer Haut einbrannte und hob den Kopf. Sekundenlang fochten Tochter und Vater einen stummen Kampf aus. Es bedurfte keiner Worte, denn von Anfang an stand fest, wer ihn gewinnen würde. Ergeben senkte sie schließlich den Blick, erhob sich von der Sitzbank und folgte ihm nach draußen.

27

Wie befürchtet, nahmen Eva-Marias Eltern Hans Matthiesen bei seinem ersten offiziellen Besuch nun genauestens unter die Lupe und stellten ihm alle möglichen Fragen. Freimütig erzählte er, dass seine Eltern, die vor dem Krieg ein großes Pferdegut in Schlesien besessen hatten, mit so gut wie nichts geflüchtet und in Schleswig-Holstein bei Verwandten mehr recht als schlecht untergekommen waren. Sein großes Ziel sei es, sich einmal als Richter einen Namen zu machen. Bernhard und Dorothea waren angenehm überrascht von der Zielstrebigkeit des jungen Mannes und seinen guten Manieren, daher gaben sie zur großen Verwunderung ihrer Tochter auch die Erlaubnis, dass er Eva-Maria weiterhin ausführen durfte. Als potentieller Ehemann kam er in ihren Augen allerdings nicht in Betracht.

„Was kann er Evchen schon bieten? Ein mitteloser Jurastudent! Ich möchte, dass meine Tochter abgesichert ist und ein sorgenfreies Leben führen kann", kritisierte Dorothea ihn, kaum dass er sich verabschiedet hatte.

Bernhard rückte seine Brille auf der Nase zurecht und schaute seine Frau skeptisch an.

„Wir können sie nicht vor allem behüten, Dodo. Wenn sie ihn liebt...?"

„Ich bitte dich, Bernhard... *Liebe*! Sie weiß noch gar nicht, was das ist! Wir sind dafür verantwortlich, dass sie den Richtigen heiratet. Der gesellschaftliche Hintergrund ist wichtig! Schön - seine Eltern waren vermögende Gutsbesitzer. Jetzt aber gehört Schlesien den Polen und das Pferdegut samt ihrem Vermögen ist futsch!"

Wann immer nun die Sprache auf Hans kam, verstand es Dorothea geschickt, den Verehrer ihrer Tochter zu kritisieren. Sie streute Zweifel an seiner Lauterkeit, die sich wie ein langsam wirkendes Gift nach und nach im Bewußtsein ihrer Tochter festsetzten, bis Eva-Maria schließlich selbst das Gefühl hatte, dass Hans vielleicht doch nicht die beste Wahl sei.

Zunächst ging es aber darum, die Prüfung zu bestehen. Professor Breuer sah den beiden Freundinnen mit einem bedauernden Kopfschütteln entgegen, als sie am Prüfungsmorgen den Hörsaal mit einem flauen Gefühl im Magen betraten.

„Tut mir leid, meine Damen, heute muß ich Sie beide leider trennen." Er wies auf die noch leeren, oberen Reihen. „Sie haben die freie Auswahl. Suchen Sie sich einen Platz, an dem Sie sich konzentriert den Prüfungsaufgaben widmen können."

Gisela und Eva-Maria stiegen gemeinsam den Mittelgang hinauf. Gisela war sichtlich verärgert. „Ich begreife nicht, warum du dich nicht mehr mit Hans treffen willst! Der Arme ist ganz unglücklich. Ruft er bei euch an, hat er meist deine Mutter am Apparat, die ihn kurzerhand abwimmelt."

Eva-Maria blieb stehen, um sich zu verteidigen.

„Ich mußte für die Prüfung lernen!"

Unten klatschte Professor Breuer laut in die Hände.

„Meine Damen, bitte nehmen Sie Platz. Ich teile jetzt die Prüfungsbögen aus."

Bevor sie in ihre Reihe rutschte, raunte Gisela der Freundin noch zu: „Er hat sich das Bein gebrochen und liegt im Krankenhaus...," mit schrägem Blick nach unten, wo der Professor die ersten Bögen austeilte, setzte sie nachdrücklich hinzu: „... besuch' ihn wenigstens!"

Wortlos rutschte Eva-Maria auf einen freien Platz, der weit entfernt von der Freundin lag. Gisela rollte genervt mit den Augen und setzte sich.

Die Prüfung begann.

Vieles von dem, was Eva-Maria in den letzten Wochen Abend für Abend in ihren Kopf hineingepaukt hatte, wurde jetzt abgefragt. Die meisten Prüfungsaufgaben gingen ihr leichter von der Hand, als in den letzten schlaflosen Nächten befürchtet, doch im Fach Chemie erwiesen sie sich als besonders kniffelig. Aus lauter Verzweiflung überlegte sie schon, einfach ein leeres Blatt Papier abzugeben, zwang sich dann aber zur Ruhe und begann wieder von vorn. In der mündlichen Prüfung im Röntgen verhedderte sie sich bei einer Antwort, so dass sie den Prüfungsraum mit hängenden Schultern verließ.

Alles umsonst. Durchgefallen!

Das konnte sie an den Gesichtern der Prüfer ablesen. Mit Schaudern dachte sie daran, ihrem Vater am Abend unter die Augen zu treten, da er von ihr über den aktuellen Stand der Prüfung auf dem Laufenden gehalten werden wollte.

„*Herein*!"

Sie atmete einmal tief durch, drückte dann die Klinke herab und steckte den Kopf durch den Türspalt. Es war dämmrig im Zimmer. Nur die Schreibtischlampe brannte. Ihr Vater saß am Schreibtisch und füllte, wie es ihm sein Freund Gerhard schon des öfteren angeraten hatte, einen Antrag auf Wiedergutmachung aus, der ihm seine längst zustehende, aber seinerzeit von den Nazis verwehrte Professur ermöglichen sollte. Ein trockener Husten schüttelte ihn. Er griff sich mit Hand an die Brust und massierte sie leicht. Der Husten wurde stärker. Eva-Maria räusperte sich schüchtern. Er hob den Kopf und blickte mit hochgezogenen Brauen zur Tür.

„Äh, entschuldige, dass ich störe, aber du wolltest wissen, wie's bei der Prüfung gelaufen ist...?"

Der Husten beruhigte sich langsam. Er machte eine fahrige Handbewegung.

„Ach ja richtig... natürlich..."

Eva-Maria verstand es als Aufforderung, näherzutreten und blieb unschlüssig vor seinem Schreibtisch stehen.

„Und? Wie ist es gelaufen?"

Seine dunkelbraunen Augen musterten sie forschend.

Instinktiv zog sie die Schultern hoch und blickte ihn ängstlich an.

„Also... ich... ich glaube, ich bin im Röntgen durchgefallen."

Bernhard lehnte sich im Stuhl zurück und betrachtete das unglückliche Gesicht seiner Tochter, dann huschte ein Lächeln über seine müden Züge. „Ach, das ist doch nicht so schlimm, Evchen. Dann wiederholst du die Prüfung eben in einem halben Jahr."

Voller Verwunderung weiteten sich ihre Augen. Vorwürfe, Vorhaltung, ja, gar Verärgerung über ihr Versagen hatte sie erwartet. Stattdessen zeigte ihr Vater... V*erständnis*?!

Immer noch starrte sie ihn mit halbgeöffnetem Mund an. Sein Lächeln vertiefte sich, als er sich allerdings anschickte, ihre Verwunderung zu kommentieren, überfiel ihn erneut ein heftiger Hustenanfall. Leise zog sie sich zurück und konnte, als sie die Treppenstufen zu ihrem Zimmer hinaufstieg, ihr Glück kaum fassen, dass ihr gestrenger Vater so milde auf ihr Versagen reagiert hatte.

28

Es goß in Strömen. Ein scharfer Wind pfiff von der Nordsee durch die Amsterdamer Gassen der Altstadt. Die Boote an den Stegen hüpften im unruhigen Wasser auf und ab. Die Straßen an diesem ungemütlichen Dezemberabend waren wie ausgestorben.

In einer schwachbeleuchteten Seitengasse hoben sich die Silhouetten zweier Gestalten ab, die unter einem Vordach eines Hauseingangs etwas Schutz vor dem Regen suchten. Ein großer Mann in straffer, militärischer Haltung redete gedämpft auf einen kleineren, untersetzten ein. Beide hatten die Kragen ihrer Mäntel hochgestellt, die Hüte tief in die Stirn gezogen und die Hände in den Manteltaschen vergraben.

„Vertau' mir, das ist die sicherste Route! Viele unserer Kameraden konnten so Europa verlassen. Durch das Einwanderungsabkommen zwischen Italien und Argentinien ist es ganz leicht geworden. Wir haben ein paar Angestellte in der argentinischen Botschaft in Barcelona geschmiert, die gegen eine ‚kleine Aufwandsentschädigung' gerne bereit sind, die entsprechenden Papiere zu besorgen!"

Der Hochgewachsene zog einen Zettel aus seiner Manteltasche heraus. „Das ist die Adresse vom ‚österreichischen Bureau' in Rom. Du meldest dich bei Bischof Hudal. Der stellt dir dann deine ‚Carta di riconoscimento" aus."

„Meine *was*?"

Man konnte die Ungeduld in der Stimme des anderen hören. „Herrgott, bist du schwer von Begriff, deine neue *Ausweiskarte*! Sollten sie dennoch Verdacht schöpfen oder irgendetwas wider Erwarten schieflaufen, begibst du dich sofort zu einer der päpstlichen Hilfestellen, die Adressen stehen da unten…, die dann deine Identität beglaubigen und dir gegebenenfalls ein Visa beschaffen werden."

Der Untersetzte ließ den Zettel in seiner Manteltasche verschwinden.

„Und der Paß?"

„Den organisiert das italienische Rote Kreuz."

Der Untersetzte rieb sich nachdenklich das spitze Kinn.

„Und was ist, wenn sie mich trotzdem erwischen... Mein Name steht bei den Amerikanern ganz oben auf der Liste."

„Der Hudal ist auf alles vorbereitet. Er hat schon Kameraden von uns als ‚KZ-Überlebende' ausgewiesen und außer Landes geschleust."

„Und das funktioniert?!"

„Aber ja! Heutzutage brauchst du dich nur als Opfer der Nazis auszugeben und schon wirst du gerettet! Ha, ha, ha..."

Er lachte meckernd, als habe er einen guten Witz gemacht. Sein Kamerad stimmte in sein Gelächter ein. Nach Luft ringend japste er: „Es ist gut zu wissen, wie besorgt der Heilige Stuhl um unser Wohlergehen ist!"

Sein Kamerad klopfte ihm aufmunternd auf die Schulter.

„Ja, ja, der Papst rettet die Besten unseres Reiches. Seine schützende Hand vereitelt das rasende Verlangen gewisser Kreise nach Rache und Vergeltung! Adios, mein Freund."

Der Untersetzte linste über die Schulter, um sich zu vergewissern, dass die Luft rein war, dann tippte er grüßend mit der Hand kurz an den Hut und entschwand in die Dunkelheit.

29

Ein paar Straßen weiter verlief ein anderes Gespräch in einem der Geschäftsgebäude zur gleichen Zeit nicht ganz so erfreulich.

„Was heißt das, du mußt den Jungen erst auf meinen Besuch vorbereiten...?! Ich fahre morgen früh wieder zurück nach Hamburg, Anna! Ich bin sein *Vater* und habe das Recht, ihn zu sehen!"

In angespannter Haltung saß Jens noch im Mantel auf dem Sessel in der Sitzecke. Er hatte seine Frau rechtzeitig über seinen Besuch informiert und nun verweigerte sie ihm ein Treffen mit seinem Sohn! Ein unbändiger Zorn überkam ihn. Er beugte sich vor, stützte die Ellenbogen auf die Oberschenkel und betrachtete grollend ihren ihm zugewandten schmalen Rücken. Sie stand, die Arme abwehrend unter der Brust verschränkt am Fenster und blickte in den Regen hinaus. Ohne sich zu ihm umzudrehen, sagte sie: „Ich will die Scheidung."

Er richtete sich auf.

„Auf einmal? Ich dachte, wir hatten ein Arrangement getroffen, Anna!" Seine Züge gefroren zu einer eisigen Maske. „Du hast einen anderen, stimmt's?"

162

Sie löste sich vom Fenster und betrachtete ihn kühl, dann antwortete sie, ohne auf seine Frage einzugehen: „Dieses *Arrangement*, wie du es bezeichnest, will ich nicht mehr. Laß uns klare Verhältnisse schaffen, Jens! Allein schon des Jungen wegen."

Ich verliere meinen Sohn!

Nichts hielt ihn mehr auf seinem Platz. Erregt sprang er auf.

„Ich will, dass Hermann mit mir nach Hamburg kommt!"

Sie sah ihn an. Es war der Blick einer Mutter, die ihr Kind bei einer törichten Äußerung ertappte. „Wir waren uns doch einig, dass er nächstes Jahr auf ein Internat in die Schweiz geht!"

Das stimmte, so hatten sie es bei Annas letztem, überraschendem Besuch in Hamburg vereinbart, was aber auch bedeutete, dass sich der Junge noch weiter von ihm entfernen würde. Der Impuls, seine Wut auf seine Frau durch körperliche Gewalt Ausdruck zu verleihen, wurde geradezu übermächtig.

„Ist das dein letztes Wort?", preßte er mühsam zwischen den Zähnen hervor.

Sie betrachtete ihn mit einem emotionslosen Blick und war in diesem Augenblick ganz das Abbild ihres Vaters. Nüchtern, ja beinah unbeteiligt erwiderte sie: „Ich finde, wir sollten es dabei belassen, Jens. Es ist das Beste für uns alle! Bezüglich der Scheidung hörst du in den nächsten Tagen von meinem Anwalt!"

Mit zusammengekniffenen Lippen starrte er sie an, dann setzte er seinen Hut auf und stapfte grußlos aus ihrem Büro.

Wenig später nahm er an der Hotelbar Platz und ließ sich vom Barkeeper einen doppelten Whisky einschenken. Er war im *American Hotel* abgestiegen, einem der besten Häuser am Platze, das 1930 erbaut worden war und direkt im Stadtzentrum von Amsterdam lag. Ein trutziger Bau, dessen klassische Außenwände mit Türmen und Malereien versehen, dem Haus eine ganz besondere Atmosphäre verliehen. Nur noch zwei weitere Gäste hielten sich um diese späte Stunde am Tresen auf. Jens saß mit düster umwölkter Stirn vor seinem Drink und starrte in sein Glas. Im Geiste ging er die Möglichkeiten durch, um seinen Sohn nach Hamburg zurückzuholen. Aber auch ohne seinen Anwalt zu konsultieren, wußte er, dass ihm ein Gericht den Jungen niemals zusprechen würde. Das Sorgerecht lag bei der Mutter.

Die beiden anderen Hotelgäste zahlten und verließen die Bar. Jens registrierte nicht, dass er nun der einzige Gast war. Hinter vorgehaltener Hand gähnte der Barkeeper und schaute verstohlen zur Uhr. Es war kurz vor Mitternacht, dieser Herr hier schien allerdings nicht die Absicht zu haben, zu zahlen und auf sein Zimmer gehen zu wollen. Während er die letzten Gläser abwusch, bemerkte der Barkeeper den neuen Gast, der nun die Hotelbar betrat. Der Feierabend rückte in weite Ferne!

Der Mann zog seinen vom Regen durchnäßten Mantel aus und hängte ihn an der Garderobe auf, der Hut landete auf der Ablage darüber. Seine scharfen, weit auseinanderstehenden Augen glitten wie ein Sonar, das jede Regung aufspürt, durch den Raum. Mit steifem Schritt nährte er sich dem Tresen und rutschte auf den Hocker neben Jens.

„Was wünscht der Herr", fragte der Barkeeper mit einem beflissen Lächeln.

„Gin Tonic", kam es in herrischem Ton zurück.

164

Die Miene des Barkeepers blieb unbeeindruckt. Wenig später schob er das gewünschte Getränk über den Tresen. Der Mann nahm einen kräftigen Schluck. Als er das Glas wieder abstellte, verweilte sein Blick für einen kurzen Moment auf dem Profil des Gastes neben ihm.

Irritiert zog er die Brauen zusammen.

„Entschuldigen Sie... wir kennen uns?!"

Jens hob langsam den Blick und schaute seinen Tresennachbarn wie aus weiter Ferne an. Wiedererkennend blitzte es auf einmal in seinen Augen auf.

„Schon möglich…. Warten Sie…, der Ball bei Fregattenkapitän Herbach im April '41...? Gruppenführer...?!"

Der Mann sah rasch zu beiden Seiten über die Schulter, doch außer dem Barkeeper war niemand im Raum. „Nüßlein..., Ulf Nüßlein."

Unter herabgesenkten Lidern musterte Jens ihn.

„Ach ja, richtig…. Und Gruppenführer... was führt Sie nach Amsterdam?"

Die hellen, kalten Augen von Ulf Nüßlein taxieren den Hamburger Bankier, während sich seine vollen Lippen zu einem süffisanten Lächeln auseinanderzogen.

„Nun, ich denke, das Gleiche, wie Sie, Cornelsen... Geschäfte."

Jens nippte an seinem Drink. Sein offensichtlich zur Schau getragenes Desinteresse an seinem Gegenüber schien Nüßlein zu beflügeln. Stolz warf er sich in die Brust.

„Ich arbeite jetzt für die Amerikaner. Die haben ein großes Interesse an fähigen Leuten wie mir, die während des Krieges im Reich wichtige Aufgaben verrichtet haben."

Das ist mir längst bekannt, dachte Jens grimmig. Ein weiteres Mal bestätigten sich die Informationen seines Vetters. Seine Augen fokussierten das arrogante Gesicht des ehemaligen SS-Gruppenführers, in dem er keine Läuterung ausmachen konnte.

„*Wichtige Aufgaben*...?!" Seine Stimme wurde schneidend. „…wie zum Beispiel... *Juden vergasen*?! Wenn ich mich recht entsinne, planten Sie, mich und meine Familie nach Auschwitz zu deportieren."

Ein verschlagener Ausdruck zeichnete sich auf dem konturenlosen Gesicht seines Tresennachbarn ab. „Man kann halt nicht immer so viel Glück haben, wie beim Schwiegervater Ihrer werten Schwester. Der gute Pfaffe konnte meinen Befragungen nur zwei Wochen standhalten, um sich dann für immer zu seinem ‚Arbeitgeber' zu verabschieden. Glauben Sie mir, Cornelsen, es hätte mir großes Vergnügen bereitet, Sie und Ihre jüdisch versippte Familie gen Osten zu schicken, aber leider, leider ist mir da Ihre kleine Agentenfreundin dazwischen gekommen. Himmler persönlich hat mich von dem Fall abgezogen!"

Jens erbleichte. Unfaßbar, was ihm dieser Mensch mit einem feisten Grinsen da so offen ins Gesicht schleuderte: Er saß dem Mörder von Bernhards Vater gegenüber!

Nüßlein deutete das entsetzte Schweigen des Bankiers falsch und klärte Jens mit sichtlichem Vergnügen über die kleine ‚Nebentätigkeit' von Kapitän Herbachs Tochter auf.

„Wußten Sie denn nicht, dass Lady Langdon für die Alliierten spionierte? Sie war eine der meistgesuchten Doppelagentinnen. Die Gestapo war ihr dicht auf den Fersen. Aber im letzten Moment gelang es ihr, sich ins Ausland abzusetzen. Ende des Krieges hat man sie dann mit einigen anderen Agenten in Portugal geschnappt und in ein Internierungslager in Brüssel gesteckt." Der Ausdruck auf seinem Gesicht wurde noch eine Spur gehässiger. „Leider haben die Alliierten die KZ's aufgelöst, dennoch verfüge ich immer noch über die... *richtigen* Kontakte!" Ein lautloses Lachen schüttelte seinen hageren Körper.

Jens verspürte einen bitteren Geschmack im Mund. Männer wie Nüßlein hatten bei ihm schon während des Krieges tiefes Unbehagen hervorgerufen. Von niederen Instinkten getriebene Kleingeister. Führertreu bis zum Untergang, aber bei der erstbesten Gelegenheit sich zum Feind absetzen und die eigenen Kameraden ans Messer liefern. Ausgerechnet hier mußte er auf eines dieser subversiven Elemente des untergegangenen NS-Reiches treffen.

Nüßleins Ausführungen deckten sich allerdings nur zum Teil mit dem, was ihm Delia über ihre Reise nach Portugal erzählt hatte. Doch sein Bedarf an schlechter Gesellschaft und unerfreulichen Nachrichten war für diesen Tag mehr als gedeckt. Er verspürte nicht die geringste Lust, diese Unterhaltung fortzusetzen, daher legte er einen Geldschein auf den Tresen und verließ die Hotelbar, ohne den Ex-Gruppenführer noch eines Blickes zu würdigen.

Ulf Nüßlein kniff die Augen zusammen und blickte ihm sinnierend nach.

Als Jens am nächsten Tag in der Bank eintraf, wurde er schon ungeduldig von Delia erwartet. Mit düsterer Miene marschierte er an ihrem Schreibtisch vorbei in sein Büro und warf seinen Aktenkoffer auf den Schreibtisch, Hut und Mantel flogen auf den Stuhl davor. Dann öffnete er die Schrankbar und schenkte sich einen Cognac ein.

„Du hast dich also nicht mit Anna einigen können?"

Mit dem Glas in der Hand wirbelte er herum. Seine wasserblauen Augen schossen wütende Pfeile ab. „Mit dieser Frau kann man sich nicht einigen! Sie ist wie ihr Vater: Eiskalt, berechnend, nur auf ihren Vorteil bedacht..."

Er kippte den Cognac hinunter und schenkte sich sogleich den nächsten ein. Delia machte ein paar Schritte auf ihn zu und legte ihm beruhigend die Hand auf die Schulter. Ungeduldig schüttelte er sie ab und ging zurück zum Schreibtisch. Seine Hand fuhr durch die Luft.

„Sie will die Scheidung und der Junge kommt auf ein Schweizer Internat, so dass ich ihn überhaupt nicht mehr zu Gesicht bekomme!" Er warf sich in den ledernen Bürosessel und verfiel in stumpfes Brüten.

Delia stützte die Hände auf der Lehne des Stuhles ab, auf den er seinen Mantel und Hut geworfen hatte. „Aber das sind doch gute Nachrichten. Jetzt sind endlich die Fronten geklärt und was deinen Sohn betrifft, du warst dir doch mit ihr einig, dass er das Internat in der Schweiz besuchen sollte, auf das du seinerzeit auch von deinen Eltern geschickt wurdest... ich verstehe nicht deine Aufregung."

Der Blick, mit dem er sie ansah, war finster, er kippte den Rest seines Cognacs hinunter.

„Ich habe übrigens deinen Gruppenführer im Hotel getroffen. Er arbeitet jetzt für Uncle Sam, hat sich also auf die richtige Seite geschlagen", sagte er, ohne ihre vorherige Bemerkung zu kommentieren.

Verwundert weiteten sich ihre Augen.

„Du hast... *Nüßlein* in Amsterdam getroffen? Erstaunlich... der lebt...?"

„Ja, er ist sogar putzmunter, und er hat mir da einige sehr interessante Dinge von dir erzählt..." Seine Augen taxierten ihr Gesicht.

„Möchtest du dich darüber nicht etwas genauer auslassen?"

„Nun....", sein Blick wurde durchdringend, „angeblich hättest du als Doppelagentin für die Alliierten gearbeitet und seist in jener Nacht vor der Gestapo nach Portugal geflohen, um dich dort mit deinen Agentenkollegen zu treffen."

„Ich hab' dir alles erzählt, was du darüber wissen mußt…" Gelassen blickte sie ihn an. Seine Enthüllungen schienen sie in keinster Weise aus der Ruhe zu bringen. „Die Frage ist – glaubst du ihm oder mir?"

Er schlug die Beine übereinander und fixierte sie. Sie wußte sehr viel von ihm, darunter auch einige vertrauliche Geschäftsinterna.

„Hältst du noch Kontakt zu den Alliierten?"

Der Ausdruck, mit dem sie ihn ansah, war belustigt, während in ihrer Stimme ein lauernder Unterton mitschwang, den er von ihr nicht kannte.

„Wenn du wissen möchtest, ob ich hier arbeite, um zu spionieren, kann ich dich beruhigen, Jens. Es besteht keine Veranlassung, mir nicht mehr zu vertrauen. Ich bin dir gegenüber immer loyal gewesen... ebenso loyal, wie du deinem Onkel und seinen Wall Street-Freunden gegenüber gewesen bist, als ihr Hitlers Machtergreifung unterstütztet."

Bei dieser Bemerkung entgleisen ihm seine Gesichtszüge. Er schoß vor und preßte seine Handflächen auf den Schreibtisch.

„Was weißt du darüber?!"

169

Ihre Miene blieb unverändert ruhig und gelassen.

„Oh, nur das, was ich wissen muß, um mir auch deiner Loyalität ganz sicher zu sein!" Damit drehte sie sich um und verließ das Büro.

30

Eva-Marias Befürchtungen, durch die Prüfung gefallen zu sein, erwiesen sich zu ihrem großen Erstaunen und Erleichterung als völlig unbegründet. Als nach vier Wochen endlich das Ergebnis bekannt gegeben wurde, fand sie sich unter den fünfzehn Besten wieder! Alle anderen, die in Maschineschreiben und Stenografie, was mit in die Benotung mit einfloß, durchgefallen waren, mußten die Prüfung ein halbes Jahr später wiederholen. Es betraf die Hälfte des ersten Ausbildungsjahrgangs.

Gisela hatte die Prüfung ebenfalls bestanden, letztendlich auch deswegen, weil ihr Eva-Maria die Übersetzung des Stenotextes so unauffällig wie möglich rübergeschoben hatte, so dass sie ihn noch abschreiben konnte. Übermütig das Diplom in der Hand schwenkend lud sie Eva-Maria zur Feier des Tages in ein Café ein. Geschickt lenkte sie das Gespräch auf Hans Matthiesen, doch die Freundin würgte ihren Versuch schroff ab und drängte zum Aufbruch. Enttäuscht zahlte Gisela und nahm sich fest vor, von sich aus das Thema ‚Hans' nie wieder zur Sprache zu bringen.

Bernhard lobte seine Tochter und war sehr zufrieden über das gute Prüfungsergebnis. Soweit Eva-Maria zurückdenken konnte, war es das erste Mal überhaupt, dass sie von ihrem Vater wegen einer Sache gelobt wurde. Nach dem Abendessen nahm er sie beiseite und verkündete stolz: „Ich habe eine Überraschung für dich! Dank meiner Beziehungen zur Gesundheitsbehörde ist es mir gelungen, dich in der Bakteriologie des Hygiene Instituts unterzubringen. Enttäusche mich bitte nicht! Sei fleißig und lerne von deinen Kollegen, dann wirst du dich dort schnell zurechtfinden."

Sie hörte, was er sagte, konnte aber seine Begeisterung nicht teilen. Weder hatte er mit ihr vorher darüber gesprochen, noch den Versuch unternommen, in Erfahrung zu bringen, was denn ihre weiteren Pläne für die Zukunft waren. Sie war seinem Wunsch gefolgt, hatte die Ausbildung zur MTA abgeschlossen, jetzt wäre der richtige Zeitpunkt gewesen, sich ihren künstlerischen Neigungen zuzuwenden. Aber wieder einmal schien das Leben – respektive ihr Vater – ihr eine andere Richtung vorzugeben. Sie fühlte sich vollkommen fremdbestimmt und wollte diese Stelle nicht annehmen, wagte aber nicht, gegen die väterliche Entscheidung zu protestieren. Es hätte ja sowieso nichts geändert.

Am Morgen des 02. Mai 1949 stieß sie kurz vor acht Uhr mit gemischten Gefühlen die schwere Holztür zum Eingang des *Hygiene Instituts* auf, ein dreigeschossiger roter Backsteinbau aus dem 18. Jahrhundert, der sich gegenüber den Wallanlagen am *Gorchfockwall* befand. Es dauerte eine Weile, bis sie sich zur richtigen Abteilung durchgefragt hatte. Von ihren neuen Kollegen wurde sie allerdings nicht gerade freudig erwartet. In der Umkleidekabine tauschten zwei ältere MTAs ihre Straßenkleidung gegen weiße Kittel, ihre Arbeitskleidung im Institut. Sie hatten gehofft, dass die freigewordene Stelle mit einer Kollegin aus dem Haus besetzt würde.

„Aber gegen Vitamin B ist man halt machtlos!"

Die dunkelhaarige Enddreißigerin stand nur in Unterwäsche bekleidet vor einem schmalen Schrank und hängte ihre Kleidung auf einen Bügel.

Ihre Kollegin nickte bekräftigend und knöpfte den Kittel zu. „Und ich hatte mich schon so darauf gefreut, dass die Inge hier bei uns in der Bakteriologie anfängt. Jetzt dürfen wir so 'n junges Ding einarbeiten, das von nichts 'ne Ahnung hat!"

Die Dunkelhaarige stieß die Schranktür mit dem Ellenbogen zu und ließ den Schlüssel in ihrer Kitteltasche verschwinden.

„Tja, da müssen wir uns den Mund fusselig reden, bis die uns was abnehmen kann. Am besten, sie fängt erst mal mit den elementarsten Dingen an... da kann sie nix falsch machen."

Die beiden stimmten ein gehässiges Gelächter an.

„Es wird mir eine besondere Freude sein, Professors Töchterchen in die Geheimnisse der Nährbodenherstellung einzuweisen", feixte die andere und folgte ihrer Kollegin immer noch lachend auf den Flur hinaus. Bernhards Antrag auf Wiedergutmachung war inzwischen bewilligt worden und man hatte ihm rückwirkend seine Professur zugestanden.

Nichts ahnend, welch steife Brise ihr da entgegenwehte, begrüßte Eva-Maria ihre neuen Kollegen etwas später freundlich und voller gutem Willen, das Beste zu leisten. Immerhin besaß sie einige praktische

173

Erfahrungen in der Bakteriologie, hatte ihr der Vater doch für die Zeit, bis sie die Stelle im *Hygiene Institut* antreten konnte, noch eine Urlaubsvertretung im *Tropeninstitut* besorgt. Doch die beiden gestandenen MTAs hatten eine andere Vorstellung davon, wo sie ihre neue Kollegin einsetzen wollten.

Unschlüssig verharrte Eva-Maria am Labortisch und wußte nicht recht, womit sie beginnen sollte. Ihre Kolleginnen gaben vor, sehr beschäftigt zu sein und nahmen keine Notiz von ihr. Nach einer Weile blickte die Dunkelhaarige flüchtig hoch und deutete mit dem Kopf auf eine Ansammlung schmutziger, leerer Glaskolben, Petrischalen und diverse Glasröhrchen, die am Ende des Labortisches aufgebaut waren.

„Nun stehen Sie nicht so untätig rum! Machen Sie sich nützlich! Bringen Sie die Glaskolben in die Nährbodenküche und lassen Sie sich bei der Gelegenheit gleich mal zeigen, wie die Nährböden hergestellt werden!"

Praktikantenarbeit! Sie war als *Medizinisch-Technische-Assistentin* eingestellt worden!

Herausfordernd schob Eva-Maria ihr Kinn vor.

„Ich habe schon bei meinem Vater im Hafenkrankenhaus und im Tropeninstitut bakteriologisch gearbeitet..."

Die Kollegin rollte mit den Augen und äffte Eva-Marias Tonfall nach. „Ich habe schon bei meinem Vater im Hafenkrankenhaus bakteriologisch gearbeitet... Wir wissen, dass Ihnen der Herr Papa den Weg geebnet hat, Fräulein Trautmann, aber hier müssen Sie sich Ihre Sporen schon selbst verdienen!"

Erschrocken über diese harsche Zurechtweisung schaute Eva-Maria von einer zur anderen. Zaghaft versuchte sie sich, zu verteidigen. „Aber ich..."

174

Die andere MTA erhob sich vom Drehhocker, nahm zwei der riesigen Glaskolben und drückte sie Eva-Maria in den Arm. „Wenn Sie die jetzt bitte in die Küche bringen würden... ja?!"

Der restliche Tag verlief nicht minder unerfreulich. Am Ende war Eva-Maria ganz mutlos und verzagt. Den beiden neuen Kolleginnen, denen sie im Labor zur Einarbeitung zugeteilt war, konnte sie nichts recht machen. An allem und jedem hatten sie etwas auszusetzen. Eva-Maria graute vor dem nächsten Tag. Als endlich Feierabend war, huschte sie vor ihnen in den Umkleideraum und konnte das Institut nicht schnell genug verlassen. Mit gesenktem Kopf stürmte sie auf die Straße hinaus und prallte prompt mit einem Passanten zusammen.

"Oh, Pardon...", fahrig blickte sie hoch und erstarrte. „Oh.., Hans, *du*...?! Was… was machst du denn hier?!"

Hans Matthiesen blickte mit gefurchter Stirn auf sie herab. Sein Beinbruch war längst ausgeheilt. Offensichtlich kam er gerade aus dem Urlaub, denn sein sonst so fröhliches Gesicht war braungebrannt. Ernst schaute er auf sie herab.

„Na, was werde ich hier schon machen?! Wenn der Prophet nicht zum Berg kommt, muß der Berg eben zum Propheten kommen!"

Schuldbewußt wich sie seinem Blick aus und sah zu Boden. Der Tag hatte schon genug an ihren Nerven gezerrt, einer Diskussion mit ihm fühlte sie sich nicht mehr gewachsen. Doch da umfaßte er schon ihre Schultern und zwang sie, ihn anzusehen. In seinen Augen lag ein Flehen, dem sie sich schwer entziehen konnte.

„Habe ich irgendetwas falsch verstanden? Oder bin ich dir irgendwie zu nahe getreten? Warum willst du nichts mehr mit mir zu tun haben, Evchen? Was habe ich dir getan?!"

„Du hast mir überhaupt nichts getan, ich...," sie biß sich auf die Unterlippe und wich seinem bittenden Blick aus. Er ließ sie los, trat einen Schritt zurück und vergrub seine Hände in den Hosentaschen. Die Verletzung über ihre Zurückweisung stand ihm ins Gesicht geschrieben. Mit tonloser Stimme hörte sie ihn sagen: „Es stimmt also, was Gisela sagt: ich bin deinen Eltern nicht gut genug. Ein armer Schlucker, der sich erst seine Existenz aufbauen muß, ist natürlich nichts Anständiges für Professors Töchterchen!"

Entgeistert starrte sie ihn an. Mit seiner Vermutung hatte er genau ins Schwarze getroffen. Sie fühlte, wie ihr die Röte ins Gesicht schoß.

„Aber so ist es nicht...", stotterte sie hilflos.

Traurig verzog er den Mund. „Bitte, Evchen..., wenn du mich wirklich lieben würdest, wäre das alles kein Problem. Mach's gut..., ich hoffe, du findest jemanden, der deinen Eltern paßt!" Er drehte sich um und lief mit steifen Schritten davon.

Ihre Lippen zuckten, sie kämpfte gegen die aufsteigenden Tränen an, da vernahm sie hinter sich die Stimmen der beiden MTAs, die beschlossen hatten, ihr das Leben zur Hölle zu machen. Zum Weglaufen war es zu spät.

„War das Ihr Freund, Fräulein Trautmann? Schade, Sie hätten uns doch bekannt machen können! Na, das lernen Sie noch, wie alles andere auch!"

Mit einem hämischen Auflachen schritten die beiden Frauen an ihr vorbei und bogen am Institut in eine kleine Seitengasse ein, die zum *Valentinskamp* führte.

Eva-Maria schossen die Tränen in die Augen. Wie gehetzt lief sie den *Gorchfockwall* hinunter, bis sie schließlich völlig außer Atem die U-Bahn-Station erreichte. Auf der ganzen Fahrt kreisten ihre Gedanken um das kurze Treffen mit Hans. Seine verletzte Stimme hallte ihr noch im Ohr und sie sah sein trauriges, enttäuschtes Gesicht vor sich. Was hatte er ihr an den Kopf geworfen? *Ein armer Schlucker, der sich erst seine Existenz aufbauen muß, ist natürlich nichts Anständiges für Professors Töchterchen!*

Die vielen kritischen, manchmal recht abfälligen Bemerkungen, die ihre Mutter über ihn gemacht hatte, fielen ihr wieder ein. Klar erkannte sie nun, dass das der eigentliche Grund gewesen war, weshalb sie sich von ihm abgewandt hatte. Und dabei hatte sie sich so glücklich in seiner Nähe gefühlt. Selbstkritisch gestand sie sich ein, dass sie ihn aufgegeben hatte, weil die Angst vor ihren Eltern größer gewesen war, als ihre Liebe zu ihm! Und nun war es zu spät! Aufschluchzend preßte sie das Taschentuch vor den Mund. Sie weinte immer noch leise vor sich hin, als sie die Haustür aufschloß und in die Diele trat. Ihre Mutter hatte wohl den Schlüssel gehört, jedenfalls rief sie aus dem Wohnzimmer: „Evchen, bist du das? Dein Bruder ist auch gerade nach Hause gekommen. Er hat bestimmt Hunger... machst du ihm was zu essen?!"

Als sei der Teufel hinter ihr her, rannte Eva-Maria die Treppe hinauf in ihr Zimmer, knallte die Tür hinter sich zu und warf sich schluchzend auf ihr Bett. Sie wollte jetzt keinen Menschen sehen und schon gar nicht für ihren blöden Bruder das Abendessen machen. Im Grunde genommen trug er doch die Schuld daran, dass mit Hans alles so gekommen und sie jetzt so unglücklich war! Aber ihr fehlte der Mut, ihm das ins Gesicht zu sagen und so gab sie sich ihrer Verzweiflung hin.

Aller Anfang ist bekanntlich schwer, besonders dann, wenn man wie Eva-Maria ohne es zu wissen, die Wünsche der neuen Kollegen durchkreuzte. Nur sehr langsam gelang es ihr, sich in der Bakteriologie einzugewöhnen. Nicht alle Kollegen waren ihr gegenüber so feindselig gesinnt, wie die beiden MTAs, aber der Makel der blutigen Anfängerin, die nur durch Protektion seitens des in Medizinerkreisen bekannten und geachteten Vaters an diese Stelle gelangt war, klebte an ihr wie Pech. Zunächst blieb ihr nichts anderes übrig, als die niedersten Laborarbeiten zu verrichten. So lernte sie in der Nährbodenküche selbige herzustellen, die benötigt wurden, um die verschiedenen Bakterienstämme zu züchten. Oftmals wurden dafür Rinderknochen verwendet, aus denen eine Kollegin anschließend eine herrliche Suppe kochte, da die Verpflegung, die aus der *St. Georger* Krankenhaus-Kantine jeden Mittag angeliefert wurde, recht kümmerlich ausfiel.

Nach und nach lernte Eva-Maria die Eigenarten ihrer neuen Kollegen kennen. So fungierte die eine als eine Art ‚Privatbank' und lieh jedem großzügig Geld, eine andere sammelte reinen Alkohol, um daraus einen Kirschlikör zu brennen, den sie dann auf der Weihnachtsfeier kredenzte. Er schmeckte köstlich.

Eva-Maria, mit alkoholischen Getränken unerfahren, trank auf der Weihnachtsfeier rasch ein paar Gläschen zu viel davon und spazierte selig beschwipst und laut singend am Arm der ‚Schwarzbrennerin' zur letzten U-Bahn.

„Geh'n wir mal nach Hagenbeck, Hagenbeck,
Hagenbeck und nehmen alle Affen weg, Affen weg!"

Gott sei Dank saßen sie allein im Zugabteil, aber sie sangen das Lied wieder und wieder, bis Eva-Maria aussteigen mußte. Sie sang es immer noch, als sie die Haustür zur elterlichen Villa aufschloß und anschließend in der Diele versuchte, ihren Mantel auf einen Bügel an die Garderobe zu hängen, was ihr einfach nicht gelingen wollte.

„Huch, was machst du denn da unten, du dummes Ding, du sollst hängen bleiben!"

Sie bückte sich, um den Mantel aufzuheben und sang dabei kichernd: *„Geh'n wir mal nach Hagenbeck, Hagenbeck, Hagenbeck und nehmen alle Affen weg, Affen weg..."*

„Was in aller Welt ist denn hier los?!"

Bernhard war aus seinem Arbeitszimmer gekommen und hatte sich, die Hände in die Hüften gestemmt, hinter seiner Tochter aufgebaut, der es endlich gelungen war, den Mantel auf einen Bügel aufzuhängen.

„Oh, guten Abend, Vati... hi hi hi, wir haben im Institut Weihnachten gefei..."

Seine Hand schloß blitzschnell vor und klatschte auf ihre Wange. „Du bist betrunken! Das ist ja ekelhaft! Wenn dich Mutti so sieht... Geh sofort auf dein Zimmer! Aber sei leise, die anderen schlafen schon."

Die Ohrfeige hatte sie mit einem Schlag nüchtern gemacht. Ihre Wange glühte. Seine fünf Finger zeichneten sich deutlich ab, so hart hatte er zugeschlagen. Wortlos wandte sie sich zur Treppe. Sie hatte ihre Ausbildung abgeschlossen, verdiente ihr erstes, eigenes Geld, aber ihr Vater maßregelte sie wie ein kleines Kind!

179

31

Das Jahr 1949 brachte so manche Veränderung. Zur Erleichterung aller hob die Sowjetunion endlich die Berlin-Blockade auf, doch die Amerikaner versorgten die Berliner noch bis Ende September mit Hilfsflügen via Luftbrücke. Ein großer Moment für den westlichen Teil der deutschen Bevölkerung war die feierliche Verkündung des neuen Grundgesetzes am 23. Mai in Bonn, das an diesem Tage in Kraft trat. Papst Pius XII machte wieder von sich reden, in dem er sich in die Politik einmischte und allen Katholiken mit der Exkommunikation drohte, die Mitglieder oder Sympathisanten kommunistischer Parteien waren.

Die Bevölkerung in den Westsektoren wählte am 14. August den ersten deutschen Bundestag. Die Wahlbeteiligung lag bei 78,5 %. Einen Monat später hatte die Bundesrepublik Deutschland mit Konrad Adenauer ihren ersten Bundeskanzler.

Albert bestand sein Staatsexamen mit Auszeichnung und saß nun an seiner Doktorarbeit. Ohne Protektion seitens des Vaters bekam er sofort eine Assistenzarztstelle im *Barmbeker Krankenhaus* und peilte zielstrebig seinen Facharzt als Internist an.

Und auch für Eva-Maria ergab sich an ihrem Arbeitsplatz eine willkommene Änderung; Anfang 1950 wurde sie in die Serologie versetzt. Erleichtert, den Attacken ihrer beiden Kolleginnen entkommen zu sein, mußte sie sich nun allerdings an andere Dinge gewöhnen, die ebenfalls alles andere als angenehm waren. Zu ihren neuen Aufgaben gehörte es, die Tiere zu versorgen, die im Keller des Institutes zu Forschungszwecken gehalten wurden. Vorzugsweise Mäuse, Frösche und Kaninchen, denen regelmäßig verschiedene Seren gespritzt wurden, damit sie Antikörper bildeten. Jedes Mal, wenn Eva-Maria in den Tierkeller mußte, graute ihr davor, da ihre ‚Patienten' wenig erfreut über die Spritzen waren und zum Teil schrecklich unter den Nebenwirkungen litten. Es kostete sie große Überwindung, in die Ställe hineinzugreifen und einen Probanden herauszuholen. Die flinken Mäuse entwischten ihr immer wieder. Noch bis in den Schlaf hinein verfolgten sie die Angstschreie der Kaninchen.

Zu den nicht weniger unangenehmen Aufgaben gehörte auch das Pipettieren mit dem Mund von hochinfektiösem Material wie Typhus- oder Hepatitis B-Erregern. Eine verkehrte Handhabung und man zog die Erreger direkt in den Mund. So gut es ging sah sich Eva-Maria vor, bestrebt, dass ihr dieses Mißgeschick nicht passieren würde, aber eines Morgens geschah es. Aufgrund eines defekten Mundstückes der Pipette gelangte etwas von dem Serum in ihren Mund. Erschrocken zuckte sie zurück, ließ die Pipette fallen und beugte sich panisch über das Waschbecken, um sofort alles wieder auszuspucken.

Irritiert blickte ihre Kollegin, eine freundliche, hilfsbereite Frau, auf.

„Was haben Sie denn, Fräulein Trautmann?"

Eva-Maria hustete und spuckte, obwohl ihre Mundhöhle längst trocken war. „Ich glaube, ich hab' was von dem Serum in den Mund bekommen."

Ihre Kollegin schaute auf die Aufschrift des Röhrchens, mit dem Eva-Maria zuletzt gearbeitet hatte, und sah bestürzt zu ihr herüber. „Oh, nein... Hepatitis-B-Serum! Schnell, schnell... Sie müssen Ihren Mund sofort mit Alkohol auswaschen!"

Die anfängliche Panik, die Eva-Maria befallen hatte, als ein paar Tropfen des Serums in ihren Mund gelangten, wich in den nächsten Tagen etwas. Wie die Kollegin ihr geraten, hatte sie den Mund kräftig mit Alkohol ausgespült und fühlte sich anschließend einigermaßen beruhigt, noch mal mit einem blauen Auge davon gekommen zu sein. Auch nach einer Woche zeigten sich keinerlei Anzeichen einer Infektion, so dass sie die beunruhigenden Gedanken langsam zur Seite schob.

Ostern stand vor der Tür, dieses Jahr würde es allerdings ein ruhiges Fest werden, denn Dorothea hatte sich mit einer fiebrigen Erkältung ins Bett gelegt. Ihr Mann war sehr besorgt um sie und trug seiner Tochter auf, sich um alles im Haushalt zu kümmern und was immer die Mutter zu essen wünschte, ihr zuzubereiten. Am Abend des Ostermontags fiel es Eva-Maria schwer, die einfachsten Arbeiten zu verrichten. Sie hatte sich schon den ganzen Tag schlecht gefühlt und schleppte sich die Treppenstufen in den ersten Stock zum elterlichen Schlafzimmer hinauf. Ihr Kopf fühlte sich an wie Watte, die Beine wollten ihr nicht mehr richtig gehorchen und der Hals schmerzte entsetzlich.

Das fehlte noch, sie hatte sich bei ihrer Mutter angesteckt!

Als sie das Schlafzimmer betrat, horchte ihr Vater gerade die Bronchen der Mutter ab und bedeutete ihr mit einer flüchtigen Geste: „Deine Mutter braucht jetzt eine kräftige Hühnerbrühe!"

Sie nickte kraftlos und ließ die Eltern wieder allein.

Dorothea, von einem heftigen Hustenanfall geschüttelt, sank erschöpft in die Kissen zurück. Bernhard verstaute das Stethoskop in seiner Arzttasche.

„Liebes, du wirst wohl noch ein paar Tage das Bett hüten müssen... Ach, da fällt mir ein... ich habe einen Brief von meinem Vetter erhalten. Demnach scheint der Heidehof in ernsten Schwierigkeiten zu stecken. Es gab in diesem Jahre eine schlechte Ernte, und bei den vielen Leuten, die immer noch auf dem Hof leben, bleibt nicht genug für den Verkauf übrig."

Seine Frau schnäuzte in ihr Taschentuch und winkte mit einer schwachen Geste ab.

„Ich spreche mit meinem Bruder", krächzte sie heiser und nieste vier Mal hintereinander.

Er betrachtete sie mit sorgenvoller Miene. Das Fieber war immer noch nicht gesunken.

„Ja, ja, sicher, aber erst, wenn du wieder ganz auf dem Damm bist. Ich schau' mal, wie weit Evchen mit deiner Suppe ist und du bleibst schön liegen, ja?"

Sie nickte kaum merklich und schloß die Augen. Nun meldete sich bei Bernhard der Husten. Rasch verließ er den Raum.

Eine halbe Stunde später servierte Eva-Maria ihrer Mutter die bestellte Hühnersuppe, von der Dorothea allerdings kaum etwas anrührte und sich nur auf Drängen ihres Mannes hin zwang, ein paar Löffel in den Mund zu schieben. Bernhard rief nach seiner

Tochter, damit sie das Tablett wieder abräumte und blieb am Bett seiner Frau sitzen.

Wie in Trance wankte Eva-Maria mit dem Tablett in der Hand zur Treppe. Vor ihren Augen verschwammen die Stufen. Sie schwankte und mußte sich mit einer Hand an der Wand abstützen, sonst wäre sie kopfüber die Treppe hinabgestürzt. Unsicher tat sie ein paar Schritte nach unten, doch in der Mitte der Treppe versagten ihre Beine den Dienst.

Zitternd sank sie auf dem Treppenabsatz nieder. Das Tablett rutschte ihr aus der Hand. Klirrend ergoß sich das Geschirr und die Reste der Suppe über den Fußboden. Sie registrierte es wie aus weiter Ferne. Unfähig, sich zu bewegen, lehnte sie ihre heiße, pochende Stirn gegen das Treppengeländer.

In diesem Augenblick kehrte ihr Bruder heim. Flüchtig begrüßte er sie und hängte seine Jacke an der Garderobe auf.

„Hallo Evchen, geht's Mami besser?"

Als keine Antwort kam, wandte er sich verwundert um und sah das zerbrochene Geschirr am Boden liegen. Nur mit äußerster Willensanstrengung gelang es Eva-Maria, den Kopf zu heben und ihn anzusehen. Aber sie brachte keinen Laut über ihre Lippen. Kleine Schweißperlen glänzten auf ihrer Stirn. Er bemerkte den fiebrigen Glanz in ihren Augen.

In zwei Sätzen war er bei ihr.

„Ja, Evchen, wie siehst du denn aus?!" Entsetzt betrachtete er das Gesicht seiner Schwester. „Du bist ja quittegelb! Hast du dich im Institut etwa mit Gelbsucht infiziert?"

Ihre Stimme war nur noch ein schwaches Flüstern. „Eine der Pipetten war defekt... ich... ich hab' aber meinen Mund sofort mit Alkohol ausgespült..."

Ungeduldig winkte er ab.

„Ach, das nützt doch nichts...," er richtet sich wieder auf. „Ich rufe jetzt einen Krankenwagen. Du mußt sofort ins Tropenkrankenhaus!"

Als der Wagen kurze Zeit später vorfuhr, informierte Albert seine Eltern und packte ein paar Sachen für seine Schwester in eine Tasche, dann begleitete er sie ins Krankenhaus.

Bei der Einlieferung blickte der diensthabende Arzt nur in Eva-Marias quittegelbes Gesicht und sagte zur Schwester „Ab mit ihr ins ‚Fürstenzimmer'", und zu Albert gewandt, „unsere Quarantäne-Station." Der Ausdruck auf dem Gesicht des Arztes war ernst. „Sie wissen es vielleicht nicht, Herr Kollege, aber durch Ihr schnelles Eingreifen haben Sie Ihrer Schwester wohl das Leben gerettet. Allerdings muß sie jetzt eine Weile bei uns bleiben. Gruß an Ihren Herrn Vater!"

32

Es sollte eine sehr lange Weile dauern, bis Eva-Maria das *Tropenkrankenhaus* wieder verlassen konnte. Die ersten Tage dämmerte sie in ihrem Zimmer vor sich hin. Wilde Fieberträume quälten sie. Sie sah sich im Tierkeller nach einem weißen Kaninchen greifen, dem sie ein Serum spritzen sollte, doch es entwischte ihr. Sie jagte hinterher, bis sie es endlich an den Ohren zu fassen bekam. Als sie die Spritze setzte, stieß das verängstigte Tier einen so klagenden Laut aus, dass sich ihr der Magen umdrehte. Die Spritze glitt ihr aus der Hand und sie stürzte aus dem Raum, verfolgt von dem Klagelaut des Tieres, der anschwoll, bis sie glaubte, ihr müßte der Kopf zerplatzen. Sie preßte beide Hände auf die Ohren, aber nun hörte sie das Schreien direkt in ihrem Kopf. Laut und anklagend. Es gab kein Entrinnen. Unruhig wälzte sie sich in ihrem Krankenbett hin und her und flüsterte heiser: „Es tut mir leid, es tut mir so leid."

Sie nahm nicht wahr, dass eine Schwester an ihrem Bett saß und ihr mit einem feuchten Lappen über die schweißnasse Stirn wischte. Besorgt schaute sie jede Stunde nach der schwerkranken Patientin, ohne dass Eva-Maria aus ihren Fieberträumen erwachte.

Die Tage gingen in Wochen über, während draußen das Leben weiterlief. Dorothea überstand dank der aufopfernden Pflege ihres Mannes die Bronchitis relativ schnell und kam bald wieder zu Kräften. Mit Bestürzung nahm sie zur Kenntnis, dass ihre Tochter mit einer schweren Gelbsucht im Krankenhaus lag.

„Berufsrisiko. Man kann nicht vorsichtig und sorgfältig genug mit dem infektiösen Material umgehen", hatte ihr Bernhard auf ihre Frage, wie denn so etwas überhaupt möglich sei, lapidar geantwortet. Inzwischen galt aber ihre ganze Sorge ihrem Mann, denn sein harter, trockener Husten hatte sich extrem verschlimmert. Besonders nachts ließ er ihn kaum noch durchschlafen, was sie sehr störte.

Er beruhigte sie damit, alles unter Kontrolle zu haben und zog vorübergehend ins Zimmer seiner Tochter, damit seine Frau eine ungestörte Nachtruhe hatte. Aufgrund seines schlechten Gesundheitszustandes und der Tatsache, dass Eva-Maria auf der Quarantänestation lag, war es Bernhard und seiner Familie nicht erlaubt, sie zu besuchen, so stand er mit dem behandelnden Arzt in ständigem telefonischen Kontakt, um sich nach dem Genesungsverlauf seiner Tochter zu erkundigen.

Dorothea war es ganz recht; Krankenhausbesuche widerstrebten ihr generell. Sie verabredete sich mit Jutta Poeppel zum Tee oder schlenderte mit ihr über den *Jungfernstieg,* auf dem jetzt fast wieder ein so geschäftiges Treiben herrschte, wie vor Kriegsbeginn und veranstaltete regelmäßig ihre Bridgenachmittage. Mittlerweile führte sie wieder das Leben, das sie auch vor dem Kriege geführt hatte, nur der Umstand, dass der zweite Stock der Villa immer noch von einer Einquartierungsfamilie und Alberts Studienkollegen belegt war, empfand sie zunehmend als lästig. Als Ende März die Nachricht durch die Zeitung ging, dass der Bundestag das erste Gesetz über den Sozialen Wohnungsbau verabschiedet hätte, atmete sie erleichtert auf. Endlich würden neue Wohnungen entstehen und die geduldeten ‚Mieter' hoffentlich bald ausziehen.

Und noch eine andere Sache belastete sie.

Nach ihrer Genesung hatte sie sich mit ihrem Bruder getroffen und ihm von der Verschuldung des Heidehofes erzählt. Daraufhin bot er ihr an, sich selbst einen Einblick in die Bücher zu verschaffen, was sie erleichtert annahm. Nach einer eingehenden Prüfung selbiger gab er ihr den Rat, ihn schnellstens zu veräußern. Der Hof war von Bernhards Vetter total heruntergewirtschaftet und sei hoch verschuldet. Bestürzt über diese Nachricht hatten sie und ihr Mann tagelang hin- und herüberlegt und sich schließlich dazu durchgerungen, einen Anwalt mit dem Verkauf des Heidehofes zu beauftragen.

33

Zu diesem Zeitpunkt steckte Jens in eigenen Schwierigkeiten. Genauergesagt - die *Cornelsen Bank* steckte in Schwierigkeiten. Seit kurzer Zeit kaufte jemand in großem Stil Aktien seiner Bank auf. Um dem entgegenzusteuern, fehlte Jens derzeit jedoch das notwendige Kapital, da er sich bei einem vermeintlich todsicheren Geschäft an der Börse bös verspekuliert hatte.

„Ich weiß, dass das leichtsinnig war, Siggi! Aber ich hab' deinem alten Herrn vertraut. Leider hat er mich zu spät darüber informiert, dass er aus dem Geschäft aussteigen und der Kurs ins Bodenlose fallen würde! Und jetzt erzählst du mir, dass ein anonymer Makler noch mal 1.000 Stück gekauft hat... Ja, sicher weiß ich, was das bedeutet... wenn das so weitergeht, verliere ich meine Bank!"

Er stand am Schreibtisch und preßte den Telefonhörer ans Ohr. Seine Gesichtszüge waren verzerrt. Er hatte die Hemdsärmel hochgerollt, die Krawatte gelockert, die ersten beiden Kragenknöpfe geöffnet, das Jackett hing über der Stuhllehne. Seine Selbstsicherheit und Beherrschtheit, die ihn in Krisensituationen stets auszeichnete, waren verflogen. Fahrig strich er

189

sich mit den Fingern durch die kurzen, grauen Haare. Die Bürotür öffnete sich und Delia kam mit einer Unterschriftenmappe herein.

Ungeduldig winkte er sie näher.

„Gut, Siggi, ich verlaß mich auf dich! Melde dich, sobald du mehr darüber in Erfahrung gebracht hast... Ich muß wissen, wer dahintersteckt! Bye, bye."

Er warf den Hörer auf die Gabel und stemmte die Hände in die Hüften.

Delia legte die Mappe auf seinen Schreibtisch und blickte prüfend zu ihm auf.

„Du siehst scheußlich aus!"

Er begegnete ihrem Blick. In seinen Augen las sie - *Panik*?

„Ich hab' gerade mit Siggi gesprochen. Ein anonymer Käufer hat wieder ein großes Aktienpaket meiner Bank erworben." Er ballte eine Hand zur Faust. „Wenn ich diesen Schweinehund zu fassen bekomme, mach' ich ihn fertig!"

„Tja, das ist das große Spiel an der Börse: kaufen, verkaufen, Übernahmen, Fusionen, um sich dann die Filetstücke herauszupicken und den Rest mit Gewinn wieder zu verkaufen... Mein Mann sagte immer: Du mußt deine Gegner kennen, sonst verlierst du alles."

Finster betrachtete er ihr Gesicht.

„Ach, was du nicht sagst!"

Plötzlich begannen ihre Augen zu leuchten. „Wie wär's, wenn ich mal ein paar meiner alten New Yorker Kontakte reaktiviere?"

Er taxierte sie mit seinem Blick und schwieg. Nach wie vor teilten beide Tisch und Bett, aber seit dem Gespräch damals nach seiner Rückkehr aus Amsterdam hatte sich ihr Verhältnis in einem schleichenden Prozeß verändert. Der unbeschwerte Umgang miteinander war zu einem lauernden Abtasten geworden, begleitet von einer ständigen Unsicherheit, ob der eine sein Wissen über den anderen auch weiterhin für sich behalten würde. Doch die Lage seiner Bank war derzeit zu prekär, als dass er es sich leisten konnte, ihre Hilfe auszuschlagen. Mit einem knappen Kopfnicken gab er schließlich seine Zustimmung.

„Also gut, es kann nicht schaden, wenn du dich mal unverbindlich umhörst." Er schlüpfte in sein Sakko und lief mit den Worten „Ich hab' noch was zu erledigen", an ihr vorbei zur Tür hinaus.

Eine Viertelstunde später hielt sein schwarzer Mercedes vor der Trautmannvilla. Dorothea war mehr als überrascht über das unangemeldete Erscheinen ihres Bruders, doch sie bat ihn ins Wohnzimmer und kochte Kaffee. Während sie ihm eine Tasse einschenkte, musterte sie ihn argwöhnisch.

„Du erwähntest vorhin etwas von Schwierigkeiten in der Bank… Was für Schwierigkeiten sind das denn?"

Er nahm die Kaffeetasse entgegen und lehnte sich im Sessel zurück. Bedingt durch den Aufkauf seiner Bankaktien war in ihm in den letzten Tagen ein Plan gereift, mit dem er glaubte, ein anderes, nicht minder lästiges Problem gleich mit aus der Welt schaffen zu können. Sie würde es schlucken, da war er sich sicher. Er schlug die Beine übereinander und blickte sie mit Sorgenfalten umflorter Stirn an.

„Jemand kauft im großen Stil Aktien unserer Bank auf."

Er sagte bewußt ‚unsere Bank', da er den verbindenden Aspekt hervorheben wollte, er hätte seiner Schwester allerdings auch die Tageskurse der Börse vorlesen können, ihre Augen hätten ihn nicht verständnisloser angesehen.

„In wieweit kann das der Bank schaden?"

Wie unbedarft sie doch in diesen Dingen war!

Er sah sie mit einem Blick an, als würde er ein kleines Kind vor sich haben.

„In wieweit das der Bank *schaden* kann?! Herrgott, Dodo! Je mehr Anteile ein Einzelner an meiner Bank erwirbt, desto größer ist die Gefahr einer feindlichen *Übernahme*!"

„*Unserer!*"

"Wie bitte?"

"Du sagtest eben ‚meiner Bank', es ist aber *unsere* Bank! Ich bin Kommanditistin, hast du das vergessen?"

Säuerlich verzog er den Mund. „Wie könnte ich... Die Bank wird ja wohl auch wieder für euren nächsten Umzug aufkommen dürfen, oder irre ich mich?"

Eine mehr rhetorische Frage die ihr keine Antwort wert war. Eine Selbstverständlichkeit, dass solche Posten von der Familienbank übernommen wurden. Das war schon zu Zeiten ihres Vaters und Großvaters so gewesen.

Jens verzichtete darauf, ihren Einwand zu kommentieren und kam zum eigentlichen Grund seines Besuches.

„Falls ich diese Aufkäufe nicht stoppen kann, Dodo, bist du die längste Zeit Kommanditistin einer Bank gewesen. Dann gehört uns nämlich bald gar nichts mehr!"

Ungläubig sah sie ihn an. Sie war unfähig, den tieferen Sinn hinter dieser, wie sie fand, rein hypothetischen Aussage zu erkennen, schließlich gelang ihrem Bruder immer alles, was er wollte und dass er eine Übernahme der Bank verhindern würde, lag doch wohl auf der Hand. Warum sich also darüber den Kopf zerbrechen?

Sie griff nach einem Briefumschlag, der neben ihrer Tasse lag.

„Ach, ehe ich's vergesse... beim Aussortieren habe ich das hier gefunden." Sie öffnete den Umschlag und zog einen kleinen, schmalen Schlüssel heraus. „Ich glaube, er stammt noch aus Mutters Nachlaß." Sie überreichte ihm den Schlüssel.

Verwundert betrachtete er ihn in seiner Hand.

„Nanu, der gehört ja zu einem Depot unserer Bank? Eigenartig... wir hatten den Safe der Eltern doch geleert... von einem weiteren Depot ist mir nichts bekannt."

Er ließ den Schlüssel in der Westentasche seines Anzuges verschwinden und erhob sich. „Ich kümmere mich darum... Wann zieht ihr denn nun nach Wellingsbüttel?"

Dem Anwalt, den sie mit dem Verkauf des Heidehofes betraut hatten, war es schließlich gelungen, das Anwesen samt Felder und Wald für einen Spottpreis von 50.000 Mark zu verkaufen. Dorothea konnte ihren Mann davon überzeugen, dass die Villa am *Loogeplatz* viel zu groß für sie war und sie unbedingt raus ins Grüne ziehen wollte. So hatten sie sich vor ein paar Wochen am Stadtrand in *Wellingsbüttel* einige Objekte angesehen und waren schließlich fündig geworden. Ein Eckgrundstück mit einem kleineren, zweigeschossigen Haus mit Spitzdach, einem nicht mehr ganz so großen Garten mit Obstbäumen ein paar Schritte entfernt von der S-Bahn-Station gelegen. Einige Geschäfte und eine Apotheke waren in der Nähe. Dorothea hatte sich sofort in das Anwesen verliebt, und Bernhard wollte ihr diesen Wunsch nicht abschlagen. Es machte ihn glücklich, seine Frau glücklich zu sehen und es bot ihnen die Gelegenheit, endlich dieser Einquartierungssituation zu entkommen und endlich wieder eine Privatsphäre zu haben.

Dorothea stand ebenfalls auf.

„Sobald Evchen entlassen wird."

Seine Lippen lächelten süffisant. „Warum solltest du auch einen Handschlag alleine tun?"

„Es ist selbstverständlich, dass die Kinder helfen!", entgegnete sie spitz und rechtfertigte sich dann doch. „Albert hat gerade seine Assistenzarztstelle in Barmbek angetreten. Da brauche ich Evchens Unterstützung!"

„Habt ihr sie denn schon besucht und ihr die freudige Botschaft überbracht?"

Sie überhörte seine Ironie und sagte mit Nachdruck: „Bernhard darf heute das erste Mal zu ihr!"

34

Durch ihr Krankenfenster, von dem sie auf den *Hamburger Hafen* herunterblicken konnte, beobachtete Eva-Maria, dass der Frühling in der Hansestadt Einzug gehalten hatte. Die Bäume zeigten ihr erstes zartes Grün. Nach einem warmen Landregen platzen überall die Knospen auf und die Natur präsentierte aufs Neue stolz ihr blühendes Kleid. Darüber war es Sommer geworden. Inzwischen ging es ihr sehr viel besser. Sie durfte bereits aufstehen, doch immer noch fühlte sie sich recht schlapp und ermüdete schnell, was nicht zuletzt an der strengen Diät lag, die sie nun einhalten mußte. Da half auch das fröhliche Gesicht von Schwester Lieselotte nicht, die sie stets aufzumuntern suchte.

„Mahlzeit, junge Dame! Hier kommt Ihr Menu Deluxe!"

Eva-Maria setzte sich auf. Schwester Lieselotte rollte den schmalen Beistelltisch über das Bett und stellte das Tablett darauf ab.

Mißmutig betrachtete sie ihr Essen. „Mhm, lecker... trockenes Brot mit Gemüsebrei und Kräutertee... welch Delikatesse."

Tadelnd schüttelte die Schwester den Kopf. Ihr sonst so fröhliches Gesicht wurde ernst.

„Aber Kindchen, Sie wissen doch, dass Sie ab jetzt strengste Leberdiät halten müssen: Das heißt - keine gebratenen Sachen, keine Schokolade, kein Spritzgebäck, keinen Kaffee, wenig Fett und keinen Alkohol!" Mit einem kleinen Augenzwinkern fügte sie hinzu: „Wir wollen doch wieder ganz gesund werden!"

Lustlos stocherte Eva-Maria in ihrem Essen herum.

„Sie sind gesund! Und ob ich wieder gesund werden will, weiß ich nicht... Keiner hat mich in den letzten Wochen hier besucht."

Ein belustigter Ausdruck erhellte Schwester Lieselottes ernste Miene.

„Sie standen unter Quarantäne!"

In diesem Augenblick öffnete sich die Tür einen Spalt und Bernhard steckte wie auf Stichwort seinen Kopf herein. „Darf ich eintreten?"

Die Krankenschwester strahlte ihn an.

„Selbstverständlich!"

Eva-Maria hatte aufgehört zu essen und blickte überrascht ihrem Vater entgegen. Fünf Wochen war es her, dass sie ihn zuletzt gesehen hatte. Außer dem Pflegepersonal durfte in dieser Zeit niemand zu ihr. Zwar trafen regelmäßig Briefe von Gisela ein und auch der Vater hatte ihr ein oder zwei Mal geschrieben, aber das war nicht dasselbe. Die Tage zogen sich endlos in die Länge und wollten einfach nicht vergehen. Und jetzt, kurz vor ihrer Entlassung, da besuchte er sie!

Schwester Lieselotte fiel sofort die Ähnlichkeit zwischen der Patientin und dem Besucher auf.

„Sie müssen der Vater dieser widerspenstigen, jungen Dame sein!" Herzlich streckte sie Bernhard die Hand entgegen. „Guten Tag, Professor Trautmann, ich bin Schwester Lieselotte und kümmere mich um Ihre Tochter, der es von Tag zu Tag besser geht."

Galant ergriff Bernhard ihre Hand und erwiderte mit einem charmanten Lächeln: „Guten Tag, Schwester Lieselotte. Wie ich von Professor Adam hörte, sollen Sie sich ganz reizend um das Wohlergehen meiner Tochter gekümmert haben. Vielen Dank!"

„Das gehört zu meinen Aufgaben." Die Schwester wandte sich zum Gehen. „Sie können sie bestimmt davon überzeugen, dass sie alles aufessen muß!"

Kaum dass sie das Krankenzimmer verlassen hatte, schob Eva-Maria den Teller beiseite. Bernhard zog sich einen Stuhl an ihr Bett heran und betrachtete seine Tochter eingehend.

„Ich habe gerade mit dem Professor gesprochen. Er sagt, dass du nächste Woche nach Bad Bevensen verlegt wirst. Deine Werte seien noch nicht ganz so zufriedenstellend."

Sie nickte und trank einen Schluck Tee.

Bernhard redete weiter. „Zu Hause wird sich übrigens eine Veränderung ergeben, wenn du aus der Reha zurückkehrst."

Ihre Augen blickten ihn schräg von unten an.

„Heiratet Albert?"

Die Frage entlockte ihm ein amüsiertes Lächeln.

„Oh, nein, nein, er hat die Richtige, glaube ich, noch nicht gefunden... nein, wir mußten den Heidehof verkaufen und werden aus der Villa am Loogeplatz ausziehen."

Erstaunt weiteten sich ihre Augen.

„Wir ziehen um? Aber warum denn?"

Bernhard legte seine Hand auf die Brust und massierte eine Stelle, als ob sie ihn schmerzte. „Deiner Mutter ist das Haus einfach zu groß... Und dazu die Einquartierung... In Wellignsbüttel haben wir ein sehr schönes, etwas kleineres Haus gefunden."

Sie tauschten noch ein paar Belanglosigkeiten aus, dann machte sich der Vater wieder auf den Heimweg.

Eva-Maria fiel ins Kissen zurück und starrte aus dem Fenster in den Himmel hinauf. Ihre Gedanken kreisten um die Neuigkeit. Sie konnte nicht sagen, ob sie sich nun darüber freute oder nicht. Am *Loogeplatz* hatte sie sich nie so richtig heimisch gefühlt. Heimat - das war für sie immer noch die *Heimhuder Straße Nummer 42*. Und nun sollten sie nach *Wellingsbüttel* umziehen... Das bedeutete mindestens eine halbe Stunde Bahnfahrt samt Umsteigen in die U-Bahn inklusive einem kleinen Fußmarsch, bis sie zum *Hygiene Institut* gelangte. Aber wie es schien, war daran nichts mehr zu ändern. Noch nie hatten die Eltern sie und Albert bei solchen schwerwiegenden Dingen um ihre Meinung gefragt. Sie würde sich also auch diesmal dem Entschluß ihrer Eltern fügen müssen. Der letzte Gedanke, der ihr durch den Kopf ging, bevor ihr die Lider schwer wurden und zufielen, war: *Hoffentlich gibt es mit Albert keinen Streit um die Zimmer.*

Ein schwaches Lächeln stahl sich auf ihre Lippen. Dieses Mal würden sie sich deswegen hoffentlich nicht in die Haare bekommen. Sie war ihrem Bruder dankbar, schließlich hatte er ihr durch sein beherztes Eingreifen das Leben gerettet. Seitdem hatte sie aber auch von ihm nichts mehr gehört, was sie beinah ein wenig verletzte.

35

Es gab einen triftigen Grund, weshalb sich Albert noch nicht bei seiner Schwester gemeldet hatte. Das erste Mal in seinem Leben war er verliebt und zwar in Stationsschwester Marion Fuchs, eine bildhübsche, sehr selbstsichere Brünette, die sich ihrer weiblichen Reize sehr bewußt war und diese entsprechend einzusetzen wußte. Hinter vorgehaltener Hand tuschelte man auf der Station, dass da was zwischen ihr und dem verheirateten Oberarzt laufen solle. Ein paar Mal hatte Albert die beiden verstohlen in der Kantine oder bei der Visite beobachtet. Ihm waren die innigen Blicke und die scheinbar zufälligen Berührungen ihrer Hände nicht entgangen, aber bedeutete das auch, dass sie eine Affäre miteinander hatten?

Albert vertraute sich seinem ehemaligen Offizierskameraden und Studienfreund Rolf Bender an, der mit ihm Examen gemacht hatte und anschließend eine Stelle an der Universitätsklinik *Eppendorf* in der Chirurgie gefunden hatte.

Belustigt betrachtete Rolf das verlegene Gesicht seines in diesen Dingen etwas unbeholfenen Freundes. In Liebesfragen hatte Rolf die Nase vorn.

„Herrje, Berti, wenn die tatsächlich was mit dem Oberarzt hat, ist das 'ne Totgeburt! Ich kenne 'ne Menge Schwestern ", er grinste vielsagend, „die wollen alle heiraten und 'ne Familie gründen, aber das alles hat der Kerl doch längst. Der wird den Teufel tun und seine Frau samt der vier Kinder verlassen. Der will nur seinen Spaß." Er stieß Albert seinen Ellenbogen in die Rippen. „Also, worauf wartest du, ran an den Speck. Du bist auch ein Arzt und zwar einer mit einer großen Zukunft, und du hast einen ganz entscheidenden Vorteil gegenüber deinem vermeintlichen Rivalen..."

„So, und der wäre?"

„Na, du bist *ledig*!"

Die aufbauenden Worte des Freundes im Ohr nahm sich Albert vor, die nächstbeste Gelegenheit beim Schopfe zu ergreifen und die attraktive Schwester in ein persönliches Gespräch zu verwickeln.

Schon am nächsten Tag sollte sich die Gelegenheit ergeben. Er hatte sich in der Kantine mit seinem Tablett in der Schlange vor der Essensausgabe eingereiht und überlegte gerade, was er wählen sollte, als er die Stimme der Stationsschwester vernahm. Verblüfft stellte er fest, dass er genau hinter ihr stand. Sie fühlte seinen Blick im Nacken und warf ihm ein kokettes Lächeln über die Schulter zu. Seine Augen klebten an ihrem hübschen Gesicht, doch sein Mund war trocken, kein Wort kam über seine Lippen. Schließlich sah er verlegen zur Seite. Sie lächelte geschmeichelt und suchte sich mit ihrem Tablett einen freien Tisch.

Kurz darauf spazierte Albert mit seinem Tablett durch die Tischreihen und wollte sich schon irgendwo dazusetzen, als er an ihrem Tisch vorbeikam. Sie strahlte ihn an und machte eine einladende Geste.

„Ach, bitte, Doktor Trautmann, setzen Sie sich doch zu mir... ich esse ungern allein."

Verlegen blickte er auf sie herab. „Äh... ja, also, ich weiß nicht... äh, aber, gut, wenn Sie darauf bestehen."

In diesem Moment entdeckte er den Oberarzt, der zielstrebig mit seinem Tablett auf den Tisch zusteuerte.

Marion bemerkte es auch und wandte sich demonstrativ an Albert.

„Und ob ich darauf bestehe! Och, nun setzten Sie sich doch!"

Albert rutschte ihr gegenüber auf den freien Stuhl und registrierte aus den Augenwinkeln, dass der Oberarzt irritiert im Schritt verharrte, die Brauen anhob, dann aber mit versteinerter Miene an ihnen vorbeiging, ohne die Stationsschwester eines Blickes zu würdigen. Marion Fuchs tat, als habe sie diesen kleinen Affront nicht bemerkt und beugte sich vor. Der Ausschnitt ihres Kittels rutschte auseinander und gab den Blick frei auf ihren füllgen Brustansatz. Für den Augenblick verlor sich Alberts Blick in den ausladenden Wölbungen ihres Dekolletés.

Ein zufriedenes Lächeln huschte über ihr Gesicht.

„Sind Sie eigentlich... vergeben, Doktor Trautmann?"

Verwirrt hob er den Blick.

„Äh... wie...? Vergeben...?"

„Na ja… ich meine…. Sind Sie verheiratet?"

„Äh... nein..., das bin ich nicht."

Ihre Augen wanderten zum Oberarzt, der ein paar Tische von ihnen entfernt scheinbar in sein Essen vertieft war. Sie wandte sich wieder Albert zu.

„Tanzen Sie eigentlich gern, Doktor Trautmann?"

Verblüfft blieb ihm der Mund offenstehen. Na, die ging ja ran! Offensichtlich kein Kind von Traurigkeit. Wenn er ihr Verhalten und das des Oberarztes richtig deuten sollte, war die Affäre der beiden wohl beendet. Der gute Ratschlag seines Freundes fiel ihm wieder ein. *Ran an den Speck!* Unwillkürlich mußte Albert lächeln. Ja, der Rolf, der ließ nie was anbrennen. Mit Frauen, da kannte der sich aus.

„Darf ich wissen, was Sie an dieser Frage so erheitert, Doktor Trautmann?"

Er schreckte aus seinen Gedanken auf und schaute schuldbewußt in ihr Gesicht. Diese Augen! Katzengrün und gefährlich... Ihm wurde ganz heiß.

Er schluckte und stotterte: „Äh, wie war noch mal die Frage... ach, ja, tanzen, ähm, nun ja…, natürlich tanze ich gern. Vielleicht gehen wir mal... tanzen, Fräulein Fuchs? Ich meine, nur wenn Sie mögen", schob er unbeholfen nach.

Ihre Lippen zogen sich zu einem verführerischen Lächeln auseinander. Unter herabgesenkten Lidern gurrte sie: „Und wie ich mag, Doktorchen!"

36

„Wartet Dorothea nicht längst mit dem Essen auf dich?"

Professor Poeppel stand in der Tür von Bernhards Büro, die Fäuste in die wieder etwas fülliger gewordenen Hüften gestützt und betrachtete kopfschüttelnd den ihm zugewandten, geraden Rücken seines Freundes, der versunken vor der erleuchteten Fotowand stand und ein Röntgenbild studierte.

Die laute Stimme des Neurochirurgen riß Bernhard aus seinen Überlegungen.

Flüchtig blickte er über die Schulter.

„Ah, Gerd..., na, sitzen die Handgriffe für die morgige OP?"

Sein Freund nahm die Frage als Aufforderung, näherzutreten.

„Ja, man könnte sagen, ich beherrsche sie jetzt aus dem Effeff. Hoffentlich gehen sie mir morgen früh um acht auch genauso leicht von der Hand."

Er stellte sich neben den Pathologen und warf einen interessierten Blick auf das Röntgenbild. Die Aufnahme zeigte einen Brustkorb. Deutlich waren die krankhaften Veränderungen der Lunge zu erkennen.

Nachdenklich kratzte sich Gerhard Poeppel am Kopf.

„Uijuju, das sieht aber gar nicht gut aus! Die Lunge ist zwar nicht mein Spezialgebiet, aber wenn du mich fragst, kannst du für den schon mal 'ne Kühlbox in deinem Keller reservieren ...", er musterte seinen Freund prüfend. „Seit wann praktizierst du wieder als Lungenarzt?"

Bernhard schaltete den Leuchtschirm aus und nahm das Röntgenbild ab.

„Das ist meine Lunge", sagte er in einem sachlich unbeteiligten Ton und ging zurück zum Schreibtisch, wo eine aufgeschlagene Krankenakte lag.

Poeppel entgleisten die Gesichtszüge. Mit belegter Stimme sagte er dann: „Mein Gott, Hardy, es tut mir leid, ich..." Hilflos ruderten seine Hände durch die Luft.

Bernhard betrachtete ihn mit einem traurigen Lächeln.

„Früher oder später wartet auf uns alle die Grube, mein Freund", konstatierte er trocken, „aber mir bleibt hoffentlich noch ein bißchen mehr Zeit, als du eben diagnostiziertest, denn für die Kühlbox bin ich noch nicht bereit. Außerdem kann ich das meiner Frau nicht antun!"

Schwer ließ er sich auf seinen Bürostuhl fallen und starrte mit leerem Blick auf die Krankenakte, aus der er eben das Röntgenbild entnommen hatte. Seine Krankenakte, die er wieder und wieder studierte.

Aufseufzend fiel der Professor auf einen Stuhl und betrachtete seinen Freund mit sorgenvoller Miene. „Es ist nicht gut, dass du dich so quälst..."

Bernhard hob den Blick. Seine Augen waren hart.

„Ich will vorbereitet sein."

Er senkte die Lider und starrte auf die Akte.

„Das verstehe ich ja, Hardy, aber es ist auch eine enorme Belastung für dich. Noch dazu die anstrengende Arbeit für die Mordkommission, die dir deine Nachtruhe raubt, so häufig, wie man dich in letzter Zeit zu einem neuen Fall gerufen hat..." Sein Blick war fast flehentlich. „Ich weiß, dass du eine anerkannte Koryphäe auf diesem Gebiet bist, Grosse wäre wahrscheinlich ohne dich total aufgeschmissen, aber es kostet dich einfach zu viel Kraft, die du jetzt dringend für deine Genesung brauchst!"

Freudlos lachte Bernhard auf.

„*Genesung*, ich bitte dich, Gerd… Wir beide sollten uns nicht belügen! Du hast das eben sehr treffend erkannt - eine Heilung wird es nicht geben. Höchstens ein... Hinauszögern", in seinen Augen lag jetzt ein wildentschlossener Ausdruck, den Poeppel nur allzu gut kannte. Aufgeben, sich in sein Schicksal fügen, war ein Charakterzug, der dem Pathologen vollkommen abging. Pflichterfüllung und Disziplin waren die beiden Eckpfeiler, auf denen sein Leben beruhte und an denen er auch andere maß. Nur selten gestand er sich eine Schwäche ein.

„Die Arbeit für die Gerichtsmedizin macht mir nun mal großen Spaß", fuhr er gelassen fort. „Es ist immer wieder faszinierend, wenn ich anhand des Zustandes einer Leiche die Lügen eines Mörders, der seine Unschuld beteuert, entlarven kann. Glaub' mir, ich werde alles unternehmen, was in meiner Macht steht, um mein Leben so lange wie möglich zu verlängern."

Er sackte in sich zusammen. Auf einmal wirkte er verletzlich und schutzlos. Es schmerzte Gerhard Poeppel, seinen sonst so energiegeladenen Freund plötzlich verzagt zu erleben, ohne ihm wirklich eine Hilfe sein zu können. Es war sein schwerster Kampf, den er nur mit sich allein ausfechten konnte, von dem er aber wußte, dass er ihn – wenn nicht noch ein Wunder geschah - letztendlich verlieren würde.

„Weiß Dodo, wie ernst es ist?"

Bernhard warf ihm einen schrägen Blick zu, dann schüttelte er kaum merklich den Kopf. „Wozu wäre das gut? Sie mußte schon genug Widrigkeiten durchstehen. Der Verkauf des Heidehofes, die angespannte Situation zwischen ihr und ihrem Bruder und jetzt auch noch der Umzug ins neue Haus...," er straffte die Schultern und schüttelte entschieden den Kopf, „nein, nein, ich will sie damit nicht unnötig belasten."

Er legte das Röntgenbild zurück in die Mappe, klappte den Deckel zu und schloß sie in der oberen Schublade seines Schreibtisches ein. Mit beinah heiterer Miene wandte er sich wieder an seinen Freund. „So, und jetzt laß uns endlich gehen. Wir werden sicher schon von unseren Frauen zuhause ungeduldig erwartet!"

37

Die Wochen vergingen. Eva-Marias Genesung schritt nur langsam voran. In Bad Bevensen verbrachte sie viel Zeit in der Natur und las das ein oder andere Buch. Mit einem älteren Herrn, der ebenfalls im Sanatorium kurte, hatte sie sich ein wenig angefreundet. Er begleitete sie häufig auf ihren Spaziergängen durch den nahegelegenen Wald und saß während der Mahlzeiten an ihrem Tisch. Voller Interesse lauschte sie seinen vergnüglichen Berichten aus fernen Ländern. China, Indien, Japan oder Thailand - alle hatte er in seinem bewegten Leben bereist. Er besaß einen trockenen Wortwitz, mit dem er seine abenteuerlichen Anekdoten spickte und sie damit zum Lachen brachte. In Momenten wie diesen vergaß sie ihre Einsamkeit, denn obwohl der kleine Ort in Niedersachsen nur eine Stunde Bahnfahrt von Hamburg entfernt lag, fand aus ihrer Familie auch diesmal niemand die Zeit, sie zu besuchen. Dafür schauten Gisela und ihr Verlobter an einem Sonntag vorbei, um sie für die Hochzeit im Herbst einzuladen.

„Dann bist du längst wieder auf den Beinen. Du bist meine Trauzeugin!" Gisela gab sich zuversichtlich, doch sie war erschrocken, wie abgemagert und blaß Eva-Maria war.

Dann endlich stand die Abreise an. Am nächsten Morgen sollte es mit dem Zug zurück nach Hamburg gehen. Eva-Maria konnte nicht sagen, ob sie sich auf zuhause freute oder nicht. Es war ja nicht mehr lange ihr Zuhause. In seinem letzten Brief hatte der Vater ihr den Termin für den Umzug mitgeteilt. Also würde jetzt sicher viel Arbeit auf sie warten.

‚Wahrscheinlich haben sie das extra so gelegt, damit ich helfen kann', dachte sie grimmig, während sie das letzte Abendessen allein einnahm. Der nette Tischherr war vor ein paar Tagen abgereist, nicht ohne ihr vorher noch alle erdenklich guten Wünsche für die Zukunft mit auf den Weg zu geben. Er fehlte ihr, sie hatte seine umsorgende väterliche Art sehr genossen. So hätte es zwischen ihr und ihrem Vater sein sollen. Stattdessen bestand ihr Verhältnis aus Schlägen, Vorwürfen und Verboten. Soweit sie zurückdenken konnte, hatte sie immer nur Angst vor ihm gehabt, dabei sehnte sie sich nach seiner Liebe. Wie eine schwere Last lag es auf ihrem Herzen: Ein liebender, verständnisvoller Vater... Dieser Traum würde sich in diesem Leben wohl nicht mehr erfüllen.

Die Befürchtungen hinsichtlich der vielen Arbeit erwiesen sich als vollkommen richtig. Eva-Marias Mutter wies ihre Tochter, kaum dass sie ihren Koffer ausgepackt und die Sachen im Schrank eingeordnet hatte, in eine lange Liste von Aufgaben ein, die alle erledigt werden wollten. Leicht fiel es der jungen Frau nicht, allem gerecht zu werden, da sie zeitgleich auch ihre Arbeit im *Hygiene Institut* wieder aufnahm.

Aber irgendwie klappte alles. Als der Umzugswagen vor der Tür stand, konnten die gepackten Kisten und Kartons samt der Möbel eingeladen werden. Die Räume im neuen Haus am *Rabenhorst Nummer 2* waren kleiner und zählten nur sieben an der Zahl. Eva-Maria bezog die beiden Mansardenzimmer direkt unter dem Dach mit den schrägen Wänden; richtig wohl fühlte sie sich auch in diesem Haus nicht.

Ihr Bruder Albert fehlte am Umzugstag. Er hatte Dienst im Krankenhaus, also blieb das Aus- und Einräumen weitgehend an ihr und der Mutter hängen, während ihr Vater die Möbelpacker beaufsichtigte und dafür sorgte, dass sie die Sachen in die richtigen Räume brachten.

Die kräftigen Männer schnauften mächtig unter dem Gewicht der massiven Holzmöbel. Eva-Maria kochte für sie in der Küche eine große Kanne Kaffee. Mit halbem Ohr hörte sie dem Gespräch der beiden zu.

„Eine tolle Frau! Und die Figur… Aber ich kann die ganze Aufregung nicht verstehen. Die war doch nur Sekunden nackt auf der Leinwand zu sehen!"

„Tja, die Spießer führen sich auf wie die Moralapostel. Ich begreife das ganze Gezeter auch nicht. Mir hat der Film gefallen!"

Eva-Maria wußte sofort, worauf die beiden anspielten. Der Kinofilm „*Die Sünderin*" mit Hildegard Knef sorgte in den ersten Tagen des Jahres 1951 für einen handfesten Skandal in der noch jungen Republik. Die Presse überschlug sich mit heftiger Kritik wegen einer kurzen Nacktszene der Berliner Schauspielerin. Neugierig geworden, nahm sich Eva-Maria vor, ihre Freundin Gisela so bald wie möglich zu fragen, ob sie sich den Film nicht ansehen wollten, bevor er womöglich noch wegen ‚Verwerfung der Moral' abgesetzt würde.

Als in der Küche alles eingeräumt war, begab sie sich ins Wohnzimmer, um dort die Kartons auszupacken. Sie hatte den ersten bis zur Hälfte geleert, als ihre Hand auf ein Päckchen zusammengebundener Briefe stieß. Sie nahm sie heraus und las verwundert die Anschrift.

Fräulein Eva-Maria Trautmann
Loogeplatz 18

Sie erkannte sie sofort wieder. Diese Briefe hatte sie schon einmal in der Hand gehabt, nur damals wurde sie von ihrer Mutter gestört, bevor sie den Absender lesen konnte. Sie sank auf einen Stuhl, löste das Band und drehte den ersten Brief um. Ihr Herz setzte einen Schlag aus, dann pumpte es das Blut aufgeregt durch ihre Venen. Atemlos las sie den in krakeliger Jungenhandschrift geschriebenen Absender.

Malte Jansen...

Also hat er doch geschrieben!, schoß es ihr durch den Kopf. Hastig riß sie den Umschlag auf. Ihre Finger zitterten, als sie den Briefbogen herausnahm, das Herz klopfte ihr bis zum Halse. Aufgeregt las sie die ersten Zeilen und glaubte fast, seine Stimme zu hören.

Liebste Eva-Maria, dies ist nun schon der zweite Brief, den ich dir in der Hoffnung auf eine Antwort schicke... Nun kann ich es dir ja sagen, da die Zeitungen in der Heimat längst darüber berichten... wir sind in Rußland...

Nein, das konnte nicht, das durfte nicht wahr sein! Nicht einen dieser Brief hatte sie erhalten.

Sie öffnete den nächsten Umschlag.

... ich begreife nicht, warum ich keine Antwort von dir erhalte. Du hattest es mir doch fest versprochen! Seit Tagen liegen wir unter schwerem russischen Beschuß. Zudem plagt mich ein unangenehmer Ausschlag am Bein... die hygienischen Verhältnisse sind hier katastrophal...

Fassungslos starrte sie auf die Zeilen und begriff langsam, dass man ihr diese Briefe bewußt vorenthalten hatte. Weil auch er nicht der ,Richtige' war? So wie Hans...?

Tränen schossen ihr in die Augen. Malte hatte sein Versprechen gehalten, mußte aber zurecht an ihrem zweifeln, da er von ihr nie eine Antwort erhalten hatte. Und nun gab es keine Möglichkeit mehr, ihm alles zu erklären!

Malte gilt seit Stalingrad als vermißt.

Ein tiefer Schmerz ergriff ihr Herz.

Zu spät, zu spät.

Ihre Verzweiflung schlug um in blinde Wut. Ein weiteres Mal hatten sie ihre Eltern um ihr Glück gebracht! Sie raffte die Briefe zusammen, schnellte vom Stuhl hoch und stürzte aus dem Raum. Sie rannte die Treppenstufen hinauf ins Schlafzimmer der Eltern. Ihre Mutter stand vor dem Schrank, den die Möbelpacker eben erst aufgebaut hatten, und räumte die Kleidungsstücke ein.

„Warum habe ich die hier nie bekommen?!"

Verdutzt drehte sich Dorothea zu ihrer erregten Tochter um und blickte gleichgültig auf die Briefe, die ihr Eva-Maria mit zittrigen Fingern entgegenhielt. Sie zuckte mit den Schultern und hängte ihre Kleider weiter in den Schrank.

„Dein Vater und ich waren der Meinung, dass du damals noch viel zu jung für so was warst. Es hätte dich nur von deinen Pflichten abgelenkt!"

„Von meinen... PFLICHTEN?!" Eva-Marias Stimme wurde laut und schrill. „Ihr hattet kein Recht, mir diese Briefe vorzuenthalten!"

Dorothea nahm das nächste Kleid aus dem Koffer und runzelte ungehalten die Stirn.

„Mäßige bitte deinen Ton! Als Eltern hatten wir nicht nur das Recht, sondern auch die Pflicht, dich vor Unheil zu bewahren!"

Wild stampfte Eva-Maria mit dem Fuß auf.

„Unheil?! Was denn für ein Unheil?! Ich wollte Malte nur schreiben..."

Sie war so in Rage, dass sie nicht bemerkte, dass ihr Vater hinter ihr in der Tür stand. Mit einem Blick erfaßte er die Situation.

Außer sich vor Wut brüllte sie ihre Mutter an.

„Was bin ich eigentlich für euch... eine Leibeigene?!"

Blitzschnell packte er seine Tochter am Arm und zerrte sie zu sich herum.

„So, das reicht!"

Im nächsten Moment klatschte seine Hand auf ihre Wange. Unter der Wucht des Schlages stolperte sie rückwärts gegen die Wand. Der Schlag war so überraschend gekommen, dass ihr der Aufschrei im Halse steckenblieb.

Bebend vor Empörung über das ungehörige Verhalten seiner Tochter hob Bernhard drohend den Zeigefinger.

„Nie wieder, hörst du, nie wieder sprichst du so respektlos mit deiner Mutter!" Ein heftiger Hustenanfall verhinderte eine längere Strafpredigt.

Die Hand auf die schmerzende Wange gepreßt, stolperte Eva-Maria aus dem Zimmer.

38

Und auch für Jens Cornelsen hielt das Schicksal eine Überraschung bereit, die die Grundfeste seines Lebens aufs Tiefste erschüttern und alles auf den Kopf stellen sollten.

Als er an diesem Morgen sein Büro betrat und Delia ihm den Kaffee mit der Morgenzeitung brachte, schien es ein Tag wie jeder andere zu werden. Das Geheimnis, um wen es sich bei diesem anonymen Aktienkäufer handelte, war immer noch nicht gelüftet und bereitete ihm großes Kopfzerbrechen. Zudem hatte es den Anschein, als würde sein Vetter dieser Sache nicht intensiv genug nachgehen. Bei ihrem letzten Telefonat hatte er den Eindruck gewonnen, dass Sigmund irgendwie abwesend und unkonzentriert wirkte.

Wohl etwas verschroben geworden, der alte Knabe, dachte Jens bei sich. Was die Erzählungen von Sigmunds Frau Ruth noch untermauerten. Allerding schob sie das merkwürdige Verhalten ihres Mannes der Tatsache zu, dass er sich an den Ruhestand, in den er sich vor gut einem Monat hatte versetzen lassen, erst eingewöhnen müsse. Stundenlang säße er in seinem Arbeitszimmer und starre mit leerem Blick vor sich hin. Sie fände kaum mehr einen Zugang zu ihm. Jens versuchte sie aufzumuntern und meinte, dass sich sein Vetter erst ans Nichtstun gewöhnen müsse.

Nun hoffte er auf Delias Verbindungen. Es konnte doch nicht so verflixt schwer sein, in Erfahrung zu bringen, wer da versuchte, ihm seine Bank unterm Hintern wegzukaufen!

Rasch überflog er die Schlagzeilen der Tagespresse.

In Washington hatte die Außenministerkonferenz der drei Westmächte zur Deutschlandpolitik begonnen. Man beschloß, die Bundesrepublik auf Grundlage der Gleichberechtigung in eine kontinentaleuropäische Gemeinschaft zu integrieren. Ferner sollte die BRD an der westlichen Verteidigung beteiligt und das Besatzungsstatut durch einen Deutschlandvertrag so lange ersetzt werden, bis eine Friedensregelung mit einem geeinten Deutschland möglich sei.

Als Jens das las, sackten seine Mundwinkel verächtlich nach unten.

„Ein geeintes Deutschland, dass ich nicht lache. Rußland und Polen werden sich nicht *freiwillig* aus Berlin und den besetzten deutschen Ostgebieten zurückziehen, obwohl sich die Alliierten dazu verpflichtet haben", murmelte er vor sich hin. Damit spielte er auf die Zusatzerklärung zur Kapitulation vom 05. Juni 1945 an, in der u.a. festgelegt worden war, dass die alliierten Streitkräfte sämtliche außerhalb der deutschen Grenzen (nach dem Stand vom 31.07.1937) liegenden Gebiete räumen würden. Was auch beim ‚Potsdamer Abkommen' auf der Drei-Mächte-Konferenz am 02. August 1945 von den Alliierten noch einmal bekräftigt wurde, den Staat "Deutsches Reich" nach einer Besatzungszeit und nach der

Schließung eines Friedensvertrages zu einem von den Alliierten zu bestimmenden Datum als souveränen Staat in den Grenzen vom 31.12.1937 wiederherzustellen. Nur danach sah es sechs Jahre nach Kriegsende immer noch nicht aus. Weder gab es einen Friedensvertrag noch Verhandlungen über einen selbigen.

Jens legte die Zeitung beiseite und begann sich auf seine Termine vorzubereiten. Ein Meeting mit allen Abteilungsleitern, das Geschäftsessen mit dem Bausenator; der Tag war bis zur letzten Stunde verplant.

Spät abends, die Straßenlaternen waren draußen schon angegangen, saß er immer noch im Büro und arbeitete. Delia hatte sich von seinem Chauffeur in die Elbvilla fahren lassen und wartete mit dem Abendessen auf ihn.

Müde kniff er die Augen zusammen, klappte den Aktendeckel zu, steckte den Füller zurück ins braune Lederetui und wollte eben aufstehen und seinen Aktenkoffer schließen, als sein Blick auf die kleine Silberschale fiel, in der Gummibänder, Stifte und Büroklammern lagen, sowie der Depotschlüssel, den ihm seine Schwester vor Monaten anvertraut hatte. Er griff nach dem Schlüssel und betrachtete ihn sinnierend in seiner Hand. Zu keinem der Safes im Kellergewölbe der Bank hatte er gepaßt. Doch er stammte aus dem Geldinstitut, soviel stand fest, also mußte es auch irgendwo dafür einen Safe geben.

Sein Blick wanderte zur Schrankwand, die sich über die gesamte Wandlänge des Raumes erstreckte. Er rollte seinen Bürostuhl zurück, stand auf und schritt sie systematisch ab. Immer wieder blieb er stehen, nahm einen Gegenstand heraus und tastete mit den Fingern das Innere ab. Nichts.

*Wenn überhaupt, dann muß der Safe hier einge-
baut sein,* überlegte er. Ihm fiel ein, dass sein Vater
die Schrankwand seinerzeit genau nach seinen Vorstellungen bei einem Tischler in Auftrag gegeben
hatte. Und er erinnerte sich an dessen Vorliebe für
spezielle Aufbewahrungsorte besonders ,geheimer'
Sachen.

Sein Spürsinn war geweckt. Instinktiv fühlte er,
dass er kurz davor war, den versteckten Safe zu finden. Er nahm ein paar Bücher aus dem Regal und fuhr
mit der Handfläche über die Holzwände. In einer Ecke
ertasteten seine Finger plötzlich einen winzigen Hebel. Rasch räumte er die restlichen Bücher aus, die
ihm die Sicht versperrten und betrachtete den Hebel
genauer. Unauffällig und kaum sichtbar zeichneten
sich die Umrisse einer kleinen Tür ab.

„Na, sieh mal einer an..."

Er zog am Hebel, die Holztür sprang auf und ein
Safe dahinter kam zum Vorschein. Jens stieß einen
triumphierenden Laut aus. „Du alter Fuchs! Da such'
ich wochenlang den Keller ab und dann hast du dir
hier ein Geheimfach einbauen lassen, von dem ich
nichts weiß."

Er steckte den Schlüssel ins Schloß. Er paßte.

Jens öffnete den Safe. Er wußte nicht genau, was
er erwartet hatte, aber irgendwie war er enttäuscht, nur
einen braunen, unscheinbaren DIN-A4-Umschlag
vorzufinden. Was konnte in diesem Umschlag so
Wichtiges sein, dass es sein Vater hier zur Aufbewah-
rung verschlossen und ihn nicht seinem Testament
beigelegt hatte?

Mit wachsender Ungeduld riß er den Umschlag
auf und zog ein offiziell beglaubigtes Schreiben und

einen von seinem Vater an ihn adressierten Brief heraus.

Verwundert betrachtete er das Dokument und begriff immer weniger.

Eine auf ihn ausgestellte... *Adoptionsurkunde*?!

Er öffnete den Brief und begann zu lesen. Mit jeder Zeile, die er las, entgleisten ihm die Gesichtszüge.

Wenn du diesen Brief liest, mein lieber Junge, sind deine Mutter und ich beide tot. Wie du aus den Unterlagen entnehmen kannst, haben wir dich kurz nach deiner Geburt adoptiert. All die Jahre haben wir nicht den Mut gefunden, aber auch keine Veranlassung gesehen, dir das zu sagen. Nach einigen Fehlgeburten versicherten uns die Ärzte, dass deine Mutter keine eigenen Kinder mehr bekommen könne. Daher entschlossen wir uns zu diesem Schritt.

Du warst fünf Jahre alt, als sich überraschend deine Schwester Dorothea ankündigte. Natürlich waren wir überglücklich, dennoch wir haben dich stets wie unseren eigenen Sohn geliebt. Übe bitte Nachsicht in unserer Schwäche, dir das zu Lebzeiten verschwiegen zu haben, aber nach Hitlers Machtergreifung und dem Erlassen der Rassengesetze hielt ich es für besser, diese Unterlagen in einem separaten Safe aufzubewahren, da ich in diesen unruhigen Zeiten noch nicht mal meinem Anwalt traue. Aus den beiliegenden Unterlagen geht hervor, dass deine leiblichen Eltern Juden waren, die sich kurz vor deiner Geburt trennten. Deine Mutter war ein blutjunges Ding und wollte, weil die beiden nicht verheiratet waren, keine Schande über die Familie bringen. Sie brachte dich in einer Einrichtung auf dem Land zur Welt und gab dich sofort zu Adoption frei. Soweit ich weiß, hat sie zwei

Jahre später einen anderen geheiratet und ist nach Südamerika ausgewandert. Vom Schicksal deines leiblichen Vaters ist uns nichts bekannt.

Bitte vergiß nie - wir sind deine Familie und diese Familie lebt mit Dorothea und dir weiter. Seit einander eine verläßliche Stütze. Ich bitte dich herzlich, hab' immer ein Auge auf deine Schwester. Ihr fehlt manchmal der rechte Sinn für die Realität. In aufrichtiger Liebe, Dein Vater

Jens hatte das Gefühl, als würde der Boden unter ihm nachgeben. Unsicher tastete seine Hand nach einem Halt; zitternd sank er auf einem Stuhl nieder.

Adoptiert, adoptiert, adoptiert, hämmerte es gegen seine Stirn. Du bist kein ‚geborener' Cornelsen!

Seine wohlgeordnete Welt zerfiel in tausend kleine Stücke. Die Gedanken überschlugen sich. Darum also wurde Dorothea nach Strich und Faden verwöhnt, während sich seine Eltern bei ihm in allem viel strenger und unerbittlicher zeigten. Die Nachsicht, die seine Mutter bei der jüngeren Schwester übte und die Tatsache, dass der Vater Wachs in Dorotheas Händen war, hatten ihn Zeit seines Lebens gewurmt. Rebellisch war er dagegen angegangen und hatte einen unbändigen Ehrgeiz entwickelt, gerade seinem Vater zu beweisen, dass *er* das ‚bessere' Kind sei. Und nun erfuhr er, dass er nie den Hauch einer Chance gehabt hatte.

Alles in ihm wehrte sich gegen diese Neuigkeit. Doch es gelang ihm nicht, dieses Wissen in die hinterste Ecke seines Hirns zu verbannen. Seine Hand zerknüllte den Brief.

219

39

Als er an diesem Abend in der Elbvilla eintraf, eilte Delia ihm in der Halle entgegen. An ihrer besorgten Miene konnte er ablesen, wie erleichtert sie war, dass er zu später Stunde wohlbehalten heimkehrte. Sie vergaß ganz, ihm Vorhaltungen zu machen, als sie in sein aufgewühltes Gesicht blickte.

„Neue Hiobsbotschaften von der Börse", fragte sie ahnungsvoll. Wortlos reichte er ihr seinen Hut und Mantel zum Aufhängen und marschierte an ihr vorbei ins Wohnzimmer zur Hausbar. Als sie den Raum betrat, kippte er den ersten Drink hinunter und schenkte gleich den zweiten ein. Sanft legte sie ihm die Hand auf die Schulter.

„Kann ich irgendwie helfen?"

„*Helfen...?* Hach, dabei kann mir niemand helfen." Blitzschnell holte er aus und warf das geleerte Glas krachend gegen den Kaminrost.

Erschrocken sah Delia in sein wutverzerrtes Gesicht. Solche unkontrollierten Ausbrüche kannte sie von ihm gar nicht. „Was hat dich denn bloß so aus der Fassung gebracht?"

Ihr nüchterner Ton brachte ihn wieder zur Besinnung. Fahrig fuhr er sich mit beiden Händen durch die

Haare und ließ sich auf einen Sessel am Kamin fallen. Stumpf stierte er in die Flammen, dann sagte er mit tonloser Stimme: „Ich habe eben erfahren, dass meine Eltern mich ein Leben lang angelogen und diese Lüge mit ins Grab genommen haben."

Sie setzte sich auf die Couch und wartete auf eine erhellende Erklärung von ihm, denn noch ergaben seine düsteren Worte für sie keinen Sinn.

Leise, mit brüchiger Stimme sprach er weiter. Es war ihm auf einmal ein Bedürfnis, sich einem Menschen anzuvertrauen.

„Ich habe den Safe für den Schlüssel gefunden… Ein Brief von meinem Vater und ein DIN A4-Umschlag lagen drin. Demnach bin ich nicht ihr... *leiblicher* Sohn, sie haben mich... *adoptiert*!" Voller Haß sprach er das Wort aus, als handle es sich um das Verwerflichste auf der Welt.

Verwirrung und Unglauben lagen in ihrem Blick.

Das war in der Tat eine erstaunliche Neuigkeit.

Es war, als sei ein Damm gebrochen.

„Meine leibliche Mutter war noch ein halbes Kind, als sie sich mit meinem leiblichen Vater einließ. Kurz vor der Geburt ließ er sie sitzen. Aus Angst vor ihrer Familie hat sie mich irgendwo auf dem Land zur Welt gebracht und zur Adoption freigegeben. Was haben sich meine Elte... ich korrigiere, diese Leute, die ich für meine Eltern hielt, nur dabei gedacht, mir so eine wichtige Information all die Jahre vorzuenthalten? Herrgottnochmal, wie konnten sie mir das antun?!"

Die Verzweiflung in seiner Stimme überraschte ihn selbst. Er stützte die Ellenbogen auf den Oberschenkeln auf und vergrub sein Gesicht in den Handflächen.

Delia konnte seine aufgewühlte Gemütsverfassung nur bedingt nachvollziehen.

„Ich bitte dich, Jens, sie haben dir überhaupt nichts *angetan*... Im Gegenteil - du wurdest von ihnen geliebt und bist in ihrem Hause wie ihr eigenes Kind in allem Überfluß aufgewachsen. Dein Vater, ob nun adoptiert oder leiblich, war stolz auf dich und hat in dir immer seinen Nachfolger gesehen, der du ja auch geworden bist und..."

Er richtete seinen Blick auf ihr Gesicht. In seinen Augen las sie ein wildes Aufbegehren und... Haß.

„In dieser Stadt ist es ein Makel, kein ‚Geborener' zu sein... Verstehst du nicht, Delia... ich bin *kein Cornelsen*!" Die letzten Worte schrie er ihr fast ins Gesicht.

Sie zuckte zusammen und starrte ihn entgeistert an. „Aber das ist doch absurd! In der Hamburger Geschäftswelt hast du dir längst einen Namen gemacht. Kein Mensch wird sich von dir abwenden! Abgesehen davon, dass es auch kein Mensch erfahren muß! Und auf dem internationalen Finanzparkett zählt sowieso nur das *Geld*!"

Seine Pupillen verengten sich.

„Vielleicht ist das ja der Grund - oder meine jüdische Abstammung, weshalb jetzt jemand die Aktien meiner Bank aufkauft..."

Ungeduldig winkte sie ab. „Ich bitte dich, Jens, denk doch mal nach: Ohne es zu wissen, schwebtest du während des Dritten Reiches in großer Gefahr. Aber der Krieg ist vorbei! Außerdem glaube ich nicht, dass deine Eltern irgendjemandem von deiner Adoption erzählt haben. Sicher hat auch deine Schwester keine Ahnung davon! Im übrigen hab' ich inzwischen etwas über diesen anonymen Aktienkäufer in Erfahrung bringen können...", sie machte eine kleine Pause, um sicherzustellen, dass er ihr auch seine volle Aufmerksamkeit schenkte, dann fuhr sie fort: „Ich erhielt vorhin eine Nachricht bezüglich meiner Nachforschungen... demnach gibt es da jemanden, der noch eine alte Rechnung mit dir offen hat und dich an deiner verwundbarsten Stelle treffen will."

„Wer sollte das sein?!"

Ihre Lippen lächelten grimmig. „Wie wär's mit einem dir nicht ganz so wohlgesonnenen ‚Freund' aus alten Kriegstagen...?"

„Da gibt's einige... zum Beispiel Ex-Gruppenführer Nüßlein?"

Sie schüttelte den Kopf.

„Du hast ihn hin und wieder im Club getroffen."

Er überlegte einen langen Moment, dann hellte sich seine finstere Miene etwas auf.

„Du meinst... „Baron von Weidenfeld...?!"

Sie nickte.

Wie elektrisiert fuhr er aus seinem Sessel hoch. Sein Blick war wieder klar und scharf.

„Aber natürlich, jetzt ergibt alles einen Sinn... Nüßlein drohte mir in Amsterdam und Sigmund erwähnte, dass eine der größten und einflußreichsten Banken Amerikas an einer Übernahme meiner Bank interessiert sei."

„Was hat das mit Baron von Weidenfeld zu tun? Sagtest du nicht, dass er für die ITT arbeitet?"

Gequält verzog er das Gesicht. „Ja, aber sein Bruder ist der Vizepräsident und Direktor der Hamburg-Amerika-Line, an der besagte Bank beteiligt ist." Er musterte sie mit einem intensiven Blick, dann sagte er langsam: „Deine Kontakte sind ausgezeichnet, meine Liebe... Dieselben Quellen, aus denen du von meiner…", seine Mundwinkel sackten herab, „Kooperation mit Hitler und der Wall Street erfahren hast?"

Sie verschränkte die Arme unter der Brust und hielt seinem Blick stand.

„Ist das noch wichtig?"

Seine Augen bohrten sich in ihr Gesicht.

„Ich wüßte es nur gern!"

Ihre Miene wurde abweisend.

„Laß die Vergangenheit ruhen, Jens."

Seine Augen verengten sich zu schmalen Schlitzen.

„Ich entscheide, was ruhen kann und was nicht! Wie in aller Welt bist du an diese geheimen Informationen gekommen..."

„So *geheim* können sie nicht gewesen sein, da sie einigen Leuten außer euch auch noch bekannt gewesen sein mußten. Wurde Georg Strasser in der ‚Nacht der langen Messer' nicht mit einigen anderen Mitwissern liquidiert?"

Er erbleichte. Sie wußte wesentlich mehr, als er angenommen hatte. „Dann stimmt also Nüßlein's Version... du hast als Doppelagentin gegen dein Vaterland gearbeitet..."

„Das paßt alles wunderbar zusammen, nicht wahr...," in ihren Augen glomm ein spöttisches Glitzern. Als er sie das erste Mal mit dem Vorwurf des Ex-Gruppenführers konfrontierte, hatte sie sich geschworen, dass dieses Thema zwischen ihnen nie wieder eine Rolle spielen sollte, doch nun forderte er es mit seinen bohrenden Fragen geradezu heraus. Sie kannte ihn gut genug, um einschätzen zu können, dass er in der Stimmung, in der er sich gerade befand, nicht mit einer ausweichenden Erklärung abspeisen lassen würde.

Also flüchtete sie sich in Sarkasmus.

„Da wären wir dann schon zwei ‚Vaterlandsverräter‘, denn du hast dein Land durch deine Unterstützung Hitlers ja ebenfalls verraten!"

Er preßte die Lippen aufeinander.

Der Blick ihrer Augen war kühl und reserviert. Offenbar war heute Abend der Abend der klaren Worte.

„Das Internierungslager war eine perfekte Informationsbörse. Irgendwann fiel Sigmunds Name. Da wurde ich hellhörig und hakte nach. Und so erfuhr ich, wie es einem kleinen, mittellosen Gefreiten aus dem I. Weltkrieg gelingen konnte, innerhalb von nur vier Jahren in Deutschland an die Macht zu gelangen. Auch dein Name fiel in diesem Zusammenhang... Ihr beide habt wohl nie bemerkt, dass ihr bei den Treffen im *Adlon* und auf dem Weg zu Hitlers Privatvilla unter Beobachtung standet? Sowohl von deutscher als auch von amerikanischer Seite."

„Wer..?"

„Sigmunds alter Herr wollte sichergehen, dass sein Sohn die Mission auch richtig erfüllt."

„Onkel Dietrich hat uns... *beschatten* lassen?!"

Sie mußte über seinen verdutzten Gesichtsausdruck lachen.

„Herrje, Jens, bist du wirklich so naiv? Ihr wolltet mit dem Geld der Wall Street in Deutschland eine *Revolution* anzetteln! Das bleibt von keinem Geheimdienst der Welt unbemerkt! Amerika war nicht das einzige Land, das ein Interesse daran hatte, Hitler an die Macht zu bringen. Gewisse Kreise in England und Frankreich schmierten ‚den Führer‘ noch bis ’44 mit Hunderten von Millionen Reichsmark, damit er das tat, was sie ihm befahlen – nämlich Deutschland zu schaden! Hätten die Amerikaner '42 Deutschland nicht mit Waffen versorgt, um den russischen Vormarsch zu stoppen, hätte Rußland gesiegt! Es hätte keine ‚Endlösung' und keinen Nürnberger Prozeß gegeben, den die Amerikaner geschickt dazu benutzten, alle Schuld auf die Deutschen abzuwälzen. Unser Land wäre nicht zerstört worden und wir bräuchten jetzt nicht nach amerikanischen Gnaden und Willen ‚umerzogen' und ‚demokratisiert' zu werden." Befremdet sah sie ihn an. „Was in aller Welt hat dich nur geritten, da mitzumachen? Im Gegensatz zu Sigmund lebtest du in diesem Land und konntest den schleichenden Prozeß in die Diktatur direkt miterleben?"

Ein bitterer Zug hatte sich bei ihren letzten Worten um seine Lippen eingegraben. Diesen Vorwurf hatte ihm zuletzt sein ‚Vater' gemacht und dieser Frage wollte er sich jetzt immer noch nicht stellen. Was in aller Welt gab Delia das Recht, ihn zu verurteilen? Sie war auch nicht besser als er!

Steif richtete er sich in seinem Sessel auf. „Was soll das? Du weißt selbst, wie zerrissen Deutschland seinerzeit war. Ich wollte eine Perspektive für unser Land und sah wie viele andere in Hitler die einzige Chance."

„Ein tödlicher Irrglaube, der am Ende über 50 Millionen Menschen das Leben kostete!" Ihre Augen blickten ihn voller Verachtung an. „Wie kannst du damit leben?"

Er lächelte abgeklärt. „Jetzt klingst du wie Siggi, der quält sich mit der gleichen Frage." Seine Augen sahen sie unerbittlich an. „Es ist, wie es ist, Delia. Wir sollten, wie du es eben selbst vorgeschlagen hast, die Vergangenheit ruhen lassen und uns auf das Hier und Jetzt konzentrieren."

„Wie wunderbar einfach. Schnell den Schalter umlegen…", sie schnippte mit dem Finger, „und die Gunst der Stunde nutzen. Das machen jetzt ja viele und den meisten gelingt es ganz vortrefflich. Die lukrativsten Jobs vergeben die Amerikaner an die schlimmsten Verbrecher des Nazi-Regimes aus purer Dankbarkeit für die gute Zusammenarbeit, schließlich wurden sie ja auch von der SS-Führung mit Hitlers Uran-Atombombe ‚beschenkt'. Das schafft natürlich Verbundenheit, die ein paar Millionen Japaner halt mit ihrem Leben bezahlen mußten..." ihre Stimme troff vor Sarkasmus. „Und nun hat das besiegte Deutschland gefälligst über seine ‚Befreiung' zu jubeln, ungeachtet der Tatsache, dass die Amerikaner unsere Kultur zerstören, unsere Sprache vergewaltigen und sich in unsere Politik und Wirtschaft soweit einmischen, bis sie sie schließlich ganz beherrschen..." Anklagend sah sie ihn an. „In was habt ihr euch da nur hineinziehen lassen?!"

Das alles wollte er jetzt nicht hören, zu sehr beschäftigten ihn seine persönlichen Belange. Er beugte sich vor; der Ton seiner Stimme war eindringlich.

„Delia, bitte, versteh' doch, ich hab' jetzt andere Sorgen, bei denen ich dringend deine Hilfe brauche! Wir sind doch ein eingespieltes Team..." Er mobilisierte seinen Charme und fügte mit einschmeichelnder Stimme hinzu: „Wir werden diesen feinen Herren, die sich da an meiner Bank vergreifen wollen, die Suppe gründlich versalzen! Und wenn die gesamten Rücklagen dabei draufgehen. Ich werde meinen Onkel bitten, unsere Anteile über Strohmänner zurückzukaufen."

Es war typisch für ihn, dass er das Thema wechselte, sobald es unangenehm wurde. Eine Eigenschaft, die sie an ihm schon immer gestört hatte, die aber noch nie so deutlich wie in diesem Moment zutage getreten war: Er war unfähig, Fehler einzugestehen. Bisher war es ihr ganz gut gelungen, über diesen Charakterzug hinwegzusehen. Nun aber erkannte sie, wie weit sie sich schon voneinander entfernt hatten. Auf einmal war sie sich gar nicht mehr sicher, ob sie ihn auch weiterhin unterstützen wollte.

Und er appellierte an ihre Solidarität!

Ihre Miene verschloß sich.

„Solltest du das nicht besser mit deiner Schwester besprechen? Immerhin ist sie gleichberechtigte Teilhaberin der Bank!"

Ungeduldig winkte er ab

„Ebensogut könnte ich's dem Wind erzählen!" Seine Stirn umwölkte sich. „Ich hab' noch nie eine geschäftliche Transaktion mit Dodo besprochen. Warum sollte ich jetzt damit anfangen?!"

40

Der Herbst zeigte sein schönstes Gesicht. Die Temperaturen waren mild. Die Hamburger strömten in die Wallanlagen, zur Außenalster und in den Stadtpark, um jede freie Minute in der Natur zu verbringen und die warmen Strahlen der Herbstsonne bis zum Letzten auszukosten. Auch Eva-Maria und Gisela spazierten an diesem Nachmittag durch den Stadtpark, dessen Bäume in kräftigen, rotbraun goldenen Farbtönen leuchteten. Gisela schob stolz den Kinderwagen vor sich her. Vor ein paar Wochen war ihr erster Sohn zur Welt gekommen.

Mit sehnsüchtigem Blick schielte Eva-Maria in den Wagen, aus dem sie das Kind vergnügt anlächelte. „Dein Kleiner ist goldig!"

Gisela musterte sie schräg von der Seite, dann platzte es aus ihr heraus.

„Wie lange willst du dir eigentlich noch von deinen Eltern vorschreiben lassen, wie du Dein Leben zu leben hast?! Erst bist du zu jung, um Malte Briefe an die Front zu schreiben, dann war ihnen Hans nicht gut genug und dein Vater schlägt dich, weil du dich gegen sie auflehnst! Menschenskind, Evchen, du bist fünf-

229

undzwanzig, also eine erwachsene Frau! Nimm dein Leben endlich selbst in die Hand!"

Eva-Maria blieb stehen und sah die Freundin entrüstet an.

„Was soll ich denn tun, Gila?! Am liebsten würde ich sofort ausziehen, aber von meinem mageren Gehalt kann ich mir keine Wohnung leisten! Abgesehen davon, dass es nicht genügend neue Wohnungen in der Stadt gibt, in die man ziehen könnte…"

„Weißt du, was ich glaube...? Dir fehlt einfach der Mut dazu!"

Empört schnappte Eva-Maria nach Luft und wollte schon heftig dagegen aufbegehren, dann aber ließ sie mit einer resignierten Geste nur die Schultern fallen. Gisela hatte das ausgesprochen, was sie in ihrem Inneren umtrieb. Es war nicht das erste Mal, dass sie ihr die Leviten las. Und Gisela hatte recht - sie mußte sich endlich von ihrem Elternhaus und der ständigen Bevormundung lösen! Nur wie?

Schweigend spazierten die jungen Frauen weiter. Es wollte kein rechtes Gespräch mehr aufkommen. Bald darauf verabschiedeten sie sich voneinander, da Giselas Junge gestillt werden wollte.

Es war noch früh am Nachmittag, als Eva-Maria die Stufen zum U-Bahnhof *Saarlandstraße* hinaufstieg. Die Straßen waren wie ausgestorben. Jeder verbrachte den Sonntagnachmittag mit seinen Lieben. Man traf sich zum Kaffeetrinken oder zum Spaziergang. Sie schaute in die glücklichen Gesichter der Leute, die aus der Bahn strömten und fröhlich schwatzend an ihr vorbei zum Ausgang liefen.

Sie stieg in die U-Bahn und setzte sich ans Fenster. Die Landschaft flog an ihr vorbei, doch sie achtete nicht darauf, sondern hing ihren Gedanken nach. Sie beneidete ihre Freundin um ihr Familienglück mit Mann und Kind und dem Leben als verheiratete Frau. So oft es ging, luden sie Eva-Maria ein, aber seit der Kleine auf der Welt war, fühlte sie sich manchmal wie das fünfte Rad am Wagen.

Ihre Gedanken wanderten zu den Vorwürfen, die ihr die Freundin gemacht hatte. In ihrer direkten Art hatte Gisela das Problem auf den Punkt gebracht, dennoch fühlte sich Eva-Maria ohnmächtig der eigenen Lebenssituation ausgeliefert. Die Aussicht, den Rest des Nachmittags nun mit den Eltern zu verbringen, hob ihre Stimmung keineswegs. Aus den Augenwinkeln beobachtete sie ein junges Pärchen, das ihr schräg gegenübersaß und verliebt herumalberte. Sie wandte den Blick ab und starrte aus dem Fenster. Es kam ihr vor, als seien alle anderen glücklich, nur sie lebte unter einer Käseglocke, die niemand anhob, um sie ins Leben zu schubsen.

Als der Zug im *Ohlsdorfer Bahnhof* einfuhr, stand ihr Entschluß fest. Sie verließ das Abteil und eilte die Treppe zum Ausgang hinunter. Minuten später fand sie sich am Grab der Großeltern auf dem *Ohlsdorfer Friedhof* wieder. Die Stille und das Vogelgezwitscher wirkten wie Balsam auf ihre aufgewühlten Gefühle. Im Blumenladen am Eingang hatte sie einen Strauß dunkelroter Rosen gekauft, den sie nun gegen die vertrockneten in der Vase am Grabstein austauschte. Sie kam regelmäßig hierher, um ein stummes Zwiegespräch mit den Großeltern zu halten. Das gab ihr Trost und Kraft. Besonders an Tagen wie diesen, wenn sie sich vollkommen mutlos und von aller Welt verlassen fühlte.

Mit den Fingern strich sie sacht über den kalten, schlichten Marmorstein, in dem die Namen sowie die

Geburts- und Sterbetage ihrer Großeltern eingraviert waren.

Ein Stein, ein paar Buchstaben und Zahlen, das ist alles, was von einem bleibt!

Vor ihrem geistigen Auge stieg Ranghilds liebes, gütiges Gesicht auf. Sie sah sich wieder im hellen, lichtdurchfluteten Wohnzimmer der Großmutter sitzen und hörte deren liebevollen Ermahnungen.

Sitz gerade, mein Kind. Man spricht nicht mit vollem Mund, die Kinder reden bei Tisch nur, wenn sie gefragt werden...

Ihre Erinnerungen drifteten ab zu den vergnüglichen Ruderbootfahrten auf der Alster. Der Großvater mit seinem lustigen Schnurrbart und dem verschmitzten Augenzwinkern. Ach, die beiden Alten fehlten ihr entsetzlich. Schmerzlich wurde ihr bewußt, dass sie nie wieder in ihrem Leben diese Geborgenheit und bedingungslose Liebe gespürt hatte, die ihr von den Großeltern entgegengebracht worden war.

Sie würgte den dicken Kloß im Hals hinunter.

„Ihr könntet mir bestimmt einen Rat geben", flüsterte sie mit erstickter Stimme und wandte sich rasch ab.

Als sie zur Bahnstation zurückgekehrte, meinte sie für einen flüchtigen Moment ihren Bruder Albert in einem Mann von ungefähr gleicher Statur auszumachen, der eine dunkelhaarige Frau im Arm hielt und sie küßte. In aller Öffentlichkeit! Also konnte es nicht Albert sein, der so etwas nie tun würde, da er stets darauf bedacht war, nirgendwo anzuecken. Einige Passanten drehten sich um und schüttelten den Kopf, andere schimpften laut vor sich hin, doch das schienen die Verliebten gar nicht wahrzunehmen.

Eva-Maria eilte an dem Paar vorbei in den Bahnhof hinein, um noch die nächste S-Bahn zu erreichen, die sie nach *Wellingsbüttel* brachte. Als sie oben auf dem Bahnsteig ankam, fuhr der Zug gerade ein. Sie wollte einsteigen, da hörte sie, wie jemand laut ihren Namen rief.

Verwundert drehte sie sich um.

„Evchen, juhu, hier."

Sie entdeckte... *Albert*, der die Treppe heraufhetzte, um noch in ihr Abteil zu springen!

„Na, das ist ja 'n Ding, da treffen wir uns hier. Ich dachte, du bist mit Gisela im Stadtpark."

„War ich auch, aber der Kleine mußte gestillt werden." Argwöhnisch betrachtete sie das erhitzte Gesicht ihres Bruders. „Was machst du denn hier?"

Verlegen schlug er die Augen nieder.

„Ich hab' mich mit einem Kollegen getroffen."

Auf einmal wußte sie, dass er der Mann gewesen war, den sie unten vor dem Bahnhof gesehen hatte. „Wer ist die junge Frau, die du da eben in aller Öffentlichkeit so leidenschaftlich geküßt hast?"

Ihre direkte Frage überrumpelte ihn, so dass er vollkommen vergaß, alles abzustreiten.

„Äh, das ist..., nun ja... ähm..."

„Besagter Kollege", kam sie ihm mit diebischer Schadenfreude, ihn bei einer Lüge ertappt zu haben, zu Hilfe.

Er errötete bis zur Haarwurzel.

„Evchen, sag' bitte nichts den Eltern, ja? Wir haben uns auf der Station kennengelernt..."

„Also was Ernstes? Wissen es die Eltern schon? Nein, natürlich nicht", beantwortete sie sich selbst die Frage, „sonst hättest du mich ja nicht darum gebeten, ihnen nichts davon zu erzählen, stimmt's?"

Er nickte. Bitter stieg die Erinnerung in ihr hoch, was ihr Bruder damals mit seiner unbedachten Äußerung über Hans' Absicht, sie zu heiraten, angerichtet hatte.

Er erahnte ihre Gedankengänge und griff beherzt nach ihrer Hand. Seine Augen flehten.

„Bitte, Evchen. Es tut mir leid... ich hätte das damals mit Hans nicht erzählen dürfen, aber sei so gut, und sag' nichts. Ich möchte es den Eltern gern selbst erzählen..."

„Wann?"

„Wenn der rechte Zeitpunkt da ist."

41

Der rechte Zeitpunkt für Alberts Geständnis schien genau eine Woche später gekommen zu sein. Nach dem sonntäglichen Mittagessen faßte er sich ein Herz und bat seinen Vater hinaus in den Garten, um etwas Wichtiges mit ihm zu besprechen.

„Vati, ich habe mich verliebt", begann er das Gespräch ohne Umschweife.

Überrascht blieb Bernhard stehen und musterte das Gesicht seines Sohnes prüfend.

„So, so, du hast dich also verliebt? Und in wen, wenn ich fragen darf?"

Albert wich dem durchdringenden Blick seines Vaters aus und schaute betreten zu den Blumenbeeten, auf denen die Astern in voller Blüte standen.

„Ich hatte dir schon neulich von ihr erzählt... Sie..., sie arbeitet als Schwester auf meiner Station..."

Ungehalten schüttelte Bernhard den Kopf. „Doch nicht diese Person, die mit deinem Oberarzt angebändelt hat?!"

Albert setzte eine entrüstete Miene auf und wollte seinem Vater harsch entgegentreten, doch dieser ließ ihn gar nicht erst zu Wort kommen.

„Junge, laß die Finger davon! Das ist gebrauchte Ware! Ich weiß doch, wie's auf den Stationen zugeht! Die sucht nur einen Arzt, der sie heiratet. Das ist nichts für dich!"

Beleidigt preßte Albert die Lippen aufeinander und ließ seinen verdutzten Vater einfach stehen. Mit großen Schritten marschierte er zurück zur Terrasse und traf auf seine Mutter, die gerade herauskam. In der Hand hielt sie einen Brief und blickte ihrem Sohn irritiert entgegen, der aber ohne ein Wort der Erklärung an ihr vorbei ins Haus lief.

„Berti, was ist denn?", rief sie ihm noch hinterher; er gab keine Antwort. Fragend wandte sie sich an ihren Mann. „Was hast du denn dem Jungen gesagt, was ihn so verärgert?!"

Bernhard machte eine ungeduldige Handbewegung.

„Ach nichts, Männergespräche...", er deutet auf das Schreiben in ihrer Hand. „Was ist das?"

Sie reichte ihm den Brief. „Mein Bruder zitiert mich vor Gericht!"

Ohne Vorankündigung stürmte Bernhard am nächsten Morgen in das Büro seines Schwagers. Delia versuchte noch, ihn aufzuhalten, da hatte er schon die Tür aufgerissen und sich vor Jens' Schreibtisch aufgebaut. Erregt hielt er seinem verdutzt dreinblickenden Schwager das amtliche Schreiben unter die Nase.

„Wie kannst du das deiner Schwester nur antun, Jens?! Du zitierst sie vor Gericht, um sie aus der Bank zu drängen und sie um ihr Erbe zu bringen?!"

Flüchtig überflog der Bankier den Schrieb und zuckte gleichgültig mit den Achseln.

„Die Bank steckt in großen Schwierigkeiten." Er musterte den Mann seiner Schwester schräg von unten. „Hat dir Dodo denn nichts davon erzählt?!"

Nun war es am Professor, verwundert dreinzublicken; hilflos ruderte er mit den Händen.

„Sie wollte mich wohl schonen." Seine braunen Augen nahmen das Gesicht seines Schwagers wieder ins Visier. „Aber so schlimm kann's doch nicht sein, oder? Ich meine, du bist bestens durch die Kriegsjahre gekommen und konntest bei deinen Geschäften sicher genügend Rücklagen bilden, nicht wahr?"

Seelenruhig steckte sich Jens eine Zigarette zwischen die Lippen. Während er den Rauch zur Seite blies, musterte er den Pathologen kühl. „Der Krieg ist lange vorbei, Bernhard. Wir haben uns an der Börse verspekuliert, sowas kann vorkommen... Aber die Verluste sind so hoch, dass wir an allen Ecken und Enden sparen müssen. Deswegen will ich Dorothea mit einer entsprechenden Summe abfinden."

Ungeduldig rollte Bernhard mit den Augen.

„Euer Vater hat in seinem Testament verfügt, dass Dodo als Kommanditistin ..."

„Wenn wir jetzt nicht das Ruder rumreißen, wird es bald keine Bank mehr geben!", fiel ihm Jens unwirsch ins Wort. „Wir stehen kurz vor einer Pleite und es interessiert mich herzlich wenig...", die folgenden Worte spuckte er verächtlich aus, „was meine *Eltern* irgendwann einmal verfügt haben."

Unverrichteter Dinge verließ Bernhard ein paar Minuten später die *Cornelsen Bank*. Unmißverständlich hatte ihm Jens zu verstehen gegeben, dass er nicht beabsichtigte, sich mit seiner Schwester gütlich zu einigen. Bernhard war entsetzt über die Entschlossenheit seines Schwagers, fand aber keine plausible Erklärung für dessen rücksichtsloses Bestreben, seine Frau aus der Familienbank herauszudrängen.

So suchte er mit Dorothea einen Anwalt auf, dieser konnte ihnen jedoch wenig Hoffnung machen. „Wenn Ihr Herr Schwager nachweisen kann, dass die Bank kurz vor der Insolvenz steht, lieber Herr Professor, hat Ihre werte Gattin keine Chance, das zu verhindern. Ich würde ihr raten, die Abfindungssumme anzunehmen, sonst geht sie bei einer Insolvenz womöglich leer aus."

Davon wollte jedoch Dorothea nichts wissen.

„Mein Bruder kann mich nicht einfach aus *unserer* Bank rauswerfen!"

Der Anwalt lächelte nachsichtig. „Verehrte, gnädige Frau, was ich aus den Unterlagen entnehme, die uns sein Anwalt zur Einsicht geschickt hat, deutet derzeit leider alles daraufhin, dass Ihr Bruder Konkurs anmelden muß."

42

Einige Wochen gingen ins Land, bis sich die inzwischen verfeindeten Geschwister vor Gericht wiedertrafen. Die Begrüßung zwischen ihnen fiel kühl aus und anschließend würdigte Jens seine Schwester mit keinem weiteren Blick. Er machte einen sehr selbstsicheren Eindruck, während sie noch immer darauf hoffte, dass sich alles als ein großes Mißverständnis herausstellen würde. Doch er hatte den besten Anwalt auf diesem Gebiet engagiert, der es meisterhaft verstand, mit allerlei Unterlagen und Belegen der Bilanzen dem Richter glaubhaft darzulegen, dass die solide *Cornelsen Bank* kurz vor dem Bankrott stünde und sein Mandant wirklich untröstlich sei, seiner geliebten Schwester das antun zu müssen. Jens gelang es sogar, bei diesen Worten eine betrübliche Miene aufzusetzen. Dorothea lehnte eine gütliche Einigung ab. Im Februar 1953 flatterte dann ein Schreiben ihres Anwalts ins Haus.

Bernhard las es als erster und versuchte, den Inhalt seiner Frau so schonend wie möglich beizubringen, aber sie war außer sich.

„Ich soll einem *Vergleich* zustimmen?! Mit der lächerlichen Summe von 25.000 DM will sich mein

Bruder bei mir *freikaufen!*" Voller Entrüstung blickte sie zu ihrem Mann auf. „Das ist einfach absurd! Soviel verstehe selbst ich davon, dass meine Teilhaberschaft weit mehr wert ist! Das kann alles nicht rechtens sein!"

Aufseufzend faltete Bernhard das Schreiben zusammen.

„Ich habe mit unserem Anwalt gesprochen... Er meinte, es sei die einzige Chance, dass du überhaupt noch etwas Geld bekommst, bevor alles in die Konkursmasse fließt." Mit einem liebevollen Blick schaute er sie an, seine Stimme wurde weich. „Dodo, du solltest zustimmen. Damit wäre die Sache endgültig ausgestanden."

Seine letzten Worte gingen in einem schweren Hustenanfall unter, der beinah in einem Erstickungsanfall überging und ihn kaum noch Luft holen ließ. Es wurde immer schlimmer. Schließlich stand er auf und verließ das Wohnzimmer. In den letzten Wochen hatte sich sein Gesundheitszustand dramatisch verschlechtert. Ein erneuter Aufenthalt in der Lungenheilstätte Tönsheide schien unumgänglich.

Bedrückt sah ihm seine Frau nach. Sie wußte nicht, was sie mehr belastete, der Verlust ihrer Teilhaberschaft in der Bank oder die Sorge um ihren kranken Mann. Mit Grauen dachte sie an die vielen Stunden, Tage und Wochen, die sie wieder ohne ihn zubringen würde. Albert war längst keine große Stütze mehr, da er sich kaum noch zu Hause blicken ließ. Das Verhältnis zwischen Vater und Sohn war seit ihrem letzten Gespräch sehr angespannt. Albert mied das Thema und für Bernhard war die Sache damit erledigt. Sein Sohn würde eine Frau finden, die besser zu ihm paßte, als eine Krankenschwester, die mit jedem Arzt auf der Station anbändelte. Er ahnte nicht, dass sich sein Sohn auch weiterhin mit besagter Dame traf.

Und wieder war es Eva-Maria, die zufällig hinter das wohlgehütete Geheimnis ihres Bruders kam. Eine schwere Mumps-Erkrankung hatte sie wochenlang ans Bett gefesselt. Erst vor wenigen Tagen war sie aus dem *Tropenkrankenhaus* entlassen worden, in dcm sie wieder von Schwester Lieselotte liebevoll umsorgt worden war. Ansonsten verlief ihr Leben in den gewohnten eingefahrenen Bahnen. Obwohl sie in diesem Jahr mittlerweile ihren siebenundzwanzigsten Geburtstag feiern sollte, bewohnte sie nach wie vor die beiden Mansardenzimmer im Hause ihrer Eltern. Wohnraum in Hamburg war nach wie vor knapp bemessen und obendrein teuer. Ihr mageres MTA-Gehalt reichte nach wie vor immer noch nicht für eine eigene Wohnung, so sehr sie sich auch danach sehnte, ihrem Leben endlich eine andere Richtung zu geben. Abgesehen von einigen unbedeutenden Treffen mit dem einen oder anderen Kollegen aus dem Institut, hatte sie noch keinen Mann kennengelernt, mit dem sie sich vorstellen konnte, eine eigene Familie zu gründen.

Und genau das wünschte sie sich wie nichts anderes auf der Welt – einen liebevollen Mann und Kinder! Es war ihr ein Rätsel, wie es die anderen Frauen machten. Nach der gescheiterten Verbindung mit Hans war es ihr in all den Jahren nicht gelungen, auf jemanden zu treffen, der ihr Herz berührte. Vielleicht wehrte sich aber auch ihr Unterbewußtsein mit aller Macht dagegen, weil sie nichts mehr fürchtete, als diesen Mann dann dem gestrengen Urteil ihrer Eltern auszusetzen.

Erschwerend kam noch die Sache mit Malte hinzu. Wieder und wieder hatte sie seine Briefe gelesen und sich mit Selbstvorwürfen gequält, sich ihm nicht mehr erklären zu können.

Schließlich sorgte Gisela dafür, dass sie wieder mal auf andere Gedanken kam, in dem sie. darauf bestand, dass Eva-Maria sie in die *Kunsthalle* zu einer Ausstellung begleitete. Die Freundinnen schlenderten an den Bildern entlang. Vor einem riesigen Gemälde blieb Eva-Maria fasziniert stehen.

„Sieh nur, Gila, was für eine interessante Technik…" Sie trat näher an das Bild heran, um es genauer zu studieren.

„Ich find's schade, dass du nicht mehr malst."

Eva-Maria lächelte traurig. „Aber das tu ich doch..., meine Mikroskopzeichnungen sind im Institut sehr begehrt."

Ein verliebtes Pärchen betrat den Raum und blieb engumschlungen vor dem Gemälde gleich neben der Tür stehen. Eva-Maria warf ihnen einen flüchtigen Blick zu. Ein sehnsuchtsvoller Seufzer entwich ihrer Brust.

Mitfühlend legte Gisela ihr den Arm um die Schultern. „Nicht die Hoffnung aufgeben. Du findest auch noch deinen passenden Deckel."

Die Mundwinkel der Freundin verzogen sich bitter. Sie wollte ihre Augen schon von dem Paar abwenden, als sie stutzte, dann stupste sie Gisela aufgeregt in die Seite.

„Gila... das ist... *Albert*..?!"

In diesem Moment drehte sich das Paar zu ihnen um. Es war tatsächlich Eva-Marias Bruder und ... die junge Frau, mit der er vor dem *Ohlsdorfer Bahnhof* so ausgiebig herumgeknutscht hatte! Alberts Blick streifte durch die Halle und entdeckte sie. Er erstarrte, dann beugte er sich hastig zu seiner Begleiterin und sagte etwas zu ihr, was sie daraufhin veranlaßte, neugierig zu den beiden Frauen herüberzusehen. Sie gingen den Freundinnen entgegen.

Albert machte einen verunsicherten, nervösen Eindruck.

„Hallo Evchen, was für ein Zufall…äh…, darf ich bekannt machen? Das ist Marion Fuchs, wir arbeiten zusammen auf Station und das ist meine Schwester Eva-Maria und ihre Freundin Gisela."

Man nickte einander freundlich zu. Albert zog seine Schwester am Arm beiseite. Mit gedämpfter Stimme redete er auf sie ein: „Dass du uns hier getroffen hast, erzählst du bitte auf keinen Fall den Eltern, ja? Die haben mit Vaters Erkrankung und den Schwierigkeiten mit Onkel Jens schon genug Sorgen."

Verwundert blickte Eva-Maria ihn an.

„Ich dachte, es ist längst aus zwischen euch... Hatte Vati nicht ..."

„Es ist mir egal, was Vati sagt. Ich werde ihn nicht um Erlaubnis bitten, in wen ich mich verlieben darf! Hauptsache, du erwähnst nicht, dass du uns hier getroffen hast, ja?"

Ihre Augen wurden schmal.

„Im Gegensatz zu dir verpetze ich dich nicht bei den Eltern! Ich wundere mich nur, dass sich deine Freundin darauf einläßt. Warum bekennst du dich nicht offen zu ihr, dann wäre endlich Schluß mit den Heimlichkeiten?"

Betreten senkte er den Blick und starrte auf seine Schuhspitzen. „Ich will mir eben ganz sicher sein...

Schließlich ist es eine Entscheidung für den Rest meines Lebens."

Sie brachte für sein Zaudern kein Verständnis auf. Entweder liebte man sich und wollte zusammenbleiben oder eben nicht. „Dann vertrau' dich wenigstens Mutti an. Sie wird es bestimmt verstehen... sie versteht ja immer alles, was dich betrifft."

Der letzte Satz war ihr so herausgerutscht, aber Albert nahm die Verbitterung, die darin mitschwang, nicht wahr. Zweifelnd schüttelte er den Kopf. „Ich warte lieber, bis sie sich mit Onkel Jens geeinigt haben."

„Worum geht es bei diesem Prozeß eigentlich?", wollte sie noch von ihm wissen. Die Eltern besprachen diese Dinge nicht mit ihnen.

Gleichgültig zuckte er mit den Achseln.

„So genau weiß ich es auch nicht. Sie müssen sich irgendwie einigen. Onkel Jens soll da wohl ziemlich rücksichtslos sein. Es raubt Mami jedenfalls den Schlaf... Versteh' doch, ich will sie jetzt nicht auch noch mit meinen Sachen belasten!"

43

Ende Februar erfuhr man aus der Zeitung und dem Rundfunk, dass das Londoner Abkommen über die Regelung der deutschen Auslandsschulden unterzeichnet worden war. Darin erklärte sich die Bundesrepublik Deutschland bereit, die Auslandsschulden – inklusive der Reparationszahlungen aus dem ersten Weltkrieg, die Hitler nach seiner Machtergreifung einstellte - zu übernehmen. Am 06. April 1953 brach der erste deutsche Bundeskanzler der Nachkriegszeit Konrad Adenauer erstmalig zu einem Besuch in die USA auf.

Aufmerksam verfolgte Jens diese Nachrichten, um die Zeichen der Zeit abzulesen und richtig einordnen zu können, welche Vorteile sich daraus für seine Geschäfte ergaben. Die wichtigste Nachricht des Tages erhielt er kurz vor Büroschluß durch den Boten seines Anwalts. Ein paar Zeilen nur, jedoch von folgenschwerem Inhalt.

In absoluter Hochstimmung ließ er sich von seinem Chauffeur nach Hause fahren, wo Delia ihn erwartete. Er freute sich auf ihr Gesicht, wenn er ihr mitteilte, dass nun alles ausgestanden war. Mit federndem

Schritt lief er ins Wohnzimmer und schwenkte vergnügt das Schreiben in seiner Hand.

Fragend blickte sie ihm entgegen.

„Jetzt ist es amtlich! Die Bank gehört mir allein! Hier, lies."

Triumphierend überreichte er ihr den Brief.

Sie überflog ihn kurz und gab ihn wieder zurück.

Er las Abwehr in ihren Augen.

„Deine Schwester hast du damit jedenfalls verloren!"

Verärgert zog er die Brauen zusammen. „Im Laufe eines Lebens muß man sich von vielem trennen, was sich für den weiteren Weg als hinderlich erweist."

Befremdet blickte sie zu ihm auf. Wie sehr er sich in den letzten Wochen und Monaten verändert hatte. Oder hatte sich nur ihre eigene Wahrnehmung zu verschiedenen Dingen verschoben? Seit dieser unsäglichen Adoptionsgeschichte war er wie ausgewechselt. Geradezu besessen von dem Gedanken, dass ihm das Bankhaus alleine gehören mußte, damit er seinen gesellschaftlichen und geschäftlichen Status halten und sich noch im Nachhinein an seinen Eltern für deren Unaufrichtigkeit rächen konnte, hatte Jens durch seinen Anwalt jeden Winkelzug genutzt, den das Gesetzbuch hergab. Delia verabscheute dieses harte Vorgehen gegen seine Schwester, bedeutete ‚Familie' für sie noch ein hohes, unantastbares Gut, welches man nicht durch blinden Egoismus und verletzter Eitelkeit zerstörte. Zumindest hatten sie ihre Eltern so erzogen, und auch Jens entstammte einem liebevollen Elternhaus. Offenbar zählte das nicht mehr; die Erinnerungen daran schien er jedenfalls aus seinem Gedächtnis ausgelöscht zu haben.

Sie holte tief Luft und sprach dann das aus, was ihr seit geraumer Zeit auf der Zunge lag. „Wie kannst du dich nur über dieses Ergebnis freuen? Mit einem ganz miesen Trick hast du deine Schwester um ihr Erbe gebracht! Dodo ist die einzige Familie, die du hast, Jens! Ob nun adoptiert oder nicht – du hast keine andere! Ich verstehe sowieso nicht, warum das ein so großes Problem für dich ist! Aus blinder Wut auf deine Eltern... oder ist es Habgier...?, zerschneidest du das Band, was euch dein ganzes Leben lang verband! Was dich gehalten und dir deinen Erfolg überhaupt erst ermöglicht hat und du trittst es mit Füßen!"

Sie senkte die Augenlider, ertrug seinen kalten, emotionslosen Blick nicht länger und fuhr mit rauer Stimme fort: „Wir scheinen nicht mehr die gleichen Lebensziele zu verfolgen." Ihre Augen richteten sich auf sein Gesicht; sie sah Unverständnis über ihre Kritik. „Ich habe in letzter Zeit viel über uns nachgedacht, Jens, und finde, wir sollten uns eine Weile trennen."

Es klang, als hätte sie diese Entscheidung bereits vor längerer Zeit getroffen und würde ihn nun nur noch davon in Kenntnis setzen. Er öffnete den Mund, doch sie hob abwehrend die Hand.

„Es ist mein Ernst! Wir brauchen dringend Abstand voneinander. Ich fliege morgen nach England." Sie stand auf und verließ den Raum.

Verblüfft sah er ihr nach und begriff in diesem Augenblick nicht, dass sie mit dieser Entscheidung auch ihre Liaison beendet hatte.

Man verließ ihn nicht!

Ihr würde es in London bald zu langweilig werden; reumütig würde sie zu ihm zurückkehren. Dann würde er sie eine Weile zappeln lassen. Strafe muß sein, dachte er grimmig, griff zum Telefonhörer und wählte Sigmunds Nummer. Irgendjemandem mußte er jetzt von seinem Triumph erzählen. Ein flüchtiger Blick zur Uhr sagte ihm, dass es in Washington früher Nachmittag war. Er ließ es lange klingeln und wollte schon enttäuscht auflegen, als er plötzlich die leise, verstört klingende Stimme von Sigmunds Frau vernahm.

„Hi Ruth, ich bin's, Vetter Jens aus Hamburg... ich hoffe, es geht euch gut, kannst du mir mal Siggi ans Telefon holen... Ruth?" Die Verbindung war schlecht, doch meinte er, ihr unterdrücktes Schluchzen zu hören. „Ruth, was ist denn?! Rede doch lauter, ich kann dich nicht verstehen…"

Was er nun erfuhr, erschütterte ihn zutiefst. Es war so unfaßbar, dass es ihm seinen Triumph über seine Schwester mit einem Schlag verdarb.

Stockend berichtete Sigmunds Frau, dass sie ihren Mann vor einer Stunde blutüberströmt zusammengesunken an seinem Schreibtisch vorgefunden hatte. Er habe sich in den Kopf geschossen und sei auf der Stelle tot gewesen. Sie hätte den Schuß draußen im Garten gehört und sei sofort in sein Arbeitszimmer geeilt, aber es war zu spät. Ob es einen Abschiedsbrief gäbe? Ja, der hätte neben seinem Kopf auf dem Schreibtisch gelegen.

Auf Jens' drängende Frage hin nach dem Inhalt bekam sie einen Weinkrampf. Es dauerte einige Minuten, bis sie sich soweit wieder gefangen hatte, dass sie weitersprechen konnte. Ihrem wirren Gestammel entnahm er, dass Sigmund seinen Freitod damit begründete, dass die Schuld, die er auf sich geladen habe, so erdrückend für ihn geworden sei, dass er damit nicht länger leben könne. Sie möge ihm verzeihen, er trage auch die Schuld am Tode ihres Bruders und dessen Familie.

Jens wich alle Farbe aus dem Gesicht.

„Von welcher Schuld spricht er da, Jens? Was hat er denn getan und wieso trägt *er* die Schuld am Tod meines Bruders und seiner Familie? Ich verstehe das nicht, sie wurden doch in Auschwitz vergast. Was hat mein Mann damit zu tun?", bedrängte ihn die verzweifelte Witwe.

Er wollte, nein, er *konnte* ihr darauf keine Antwort geben.

„Ich weiß es nicht, Ruth…er… er muß in letzter Zeit wohl vollkommen den Bezug zur Welt verloren haben…. Mein allerherzlichstes Beileid... und… wann soll die Beerdigung sein... in zwei Wochen... ja, selbstverständlich, ich werde es irgendwie einrichten... bye, Ruth, bye-bye."

Der Hörer glitt ihm aus der Hand. Kraftlos sank er auf den Sessel. Sein Verstand hatte Schwierigkeiten, das eben Gehörte zu verarbeiten. Sein Vetter Siggi, von Geburt an privilegiert und dem Leben stets nur die angenehmen Seiten abringend, jagte sich eine Kugel in den Kopf, weil er an der Rolle, die ihm sein Vater in der Weltgeschichte zugedacht hatte und an seinen Schuldgefühlen darüber zerbrach.

Ein heftiger Schmerz in der Herzgegend, der bis in den linken Arm zog, durchfuhr Jens. Er hatte das Gefühl, keine Luft mehr zu bekommen. Er zwang sich, ruhig ein- und auszuatmen.

44

Die Hiobsbotschaften im Hause Trautmann wollten einfach nicht abreißen. Einige Wochen nach dem Vergleich versetzte die Nachforderung des Finanzamtes Dorothea in helle Aufregung. Als ihr Mann spät abends aus der Gerichtsmedizin heimkehrte, erwartete sie ihn aufrecht im Bett sitzend mit der Benachrichtigung.

„Das kam heute mit der Post." Sie hielt ihm das Schreiben entgegen. „Hast du dafür eine Erklärung?"

Müde und erschöpft stellte Bernhard seine Arzttasche ab. Wann hatte der Ärger um die Bank endlich ein Ende? Es zehrte an seiner Kraft, seiner Frau den Rücken zu stärken, die er dringend für sich selbst brauchte, zu groß die Belastung seiner nicht ausheilenden Lungenkrankheit, über die er aber nie mit ihr sprach.

Er rückte seine Brille zurecht und begann, zu lesen.

„Ich verstehe nicht... das Finanzamt fordert für die Jahre 1948 bis 1952 von dir als Kommanditistin eine Nachzahlung von... *80.000 Mark*?!" Die Verblüffung auf seinem Gesicht hätte nicht größer sein können.

„Aber wie kann das sein?! Laut Aussage deines Bruders stand die Bank doch kurz vor der Insolvenz?!"

Erregt entriß sie ihm das Blatt Papier.

„Offensichtlich hat uns Jens da etwas vorgemacht. Ich werde ihn gleich morgen aufsuchen. Dann soll er mir das hier persönlich erklären!"

Auch am nächsten Morgen war ihr Zorn nicht verraucht, daher nahm Dorothea gar nicht wahr, das statt Lady Langdon eine neue Sekretärin im Vorzimmer ihres Bruders saß. Ein junges, unbedarftes Ding, das noch versuchte, sie aufzuhalten, aber Dorothea schritt einfach an ihrem Schreibtisch vorbei geradewegs auf die Bürotür.

„Entschuldigen Sie, Frau...?"

„Trautmann!"

„Frau Trautmann, Sie können nicht einfach..."

Dorotheas Hand lag bereits auf der Türklinke. Mit hoheitsvoller Miene wandte sie sich zu der sichtlich verzweifelten Vorzimmerdame um.

„Bitte stellen Sie jetzt keine Gespräche durch!"

Der ganze angestaute Frust über den an ihr begangenen Verrat brach aus Dorothea heraus. Mit überschlagender Stimme konfrontierte sie ihren Bruder mit den neuen Fakten. Ihn schien ihre Verärgerung zu amüsieren. Zurückgelehnt hörte er ihr mit herabgesenkten Lidern zu, bis sie mit ihrer Rede zum Ende kam.

„Wie konntest du nur so etwas Abscheuliches tun, Jens?! Was habe ich dir denn getan?! Wir sind eine Familie!"

Bei den letzten Worten fuhr er im Stuhl hoch. Der Ausdruck auf seinem Gesicht hatte sich verändert. Die zur Schau getragene gelangweilte Überheblichkeit war einer Härte gewichen, die sie erschreckte.

„Da irrst du dich, meine Liebe! Genaugenommen sind wir noch nicht einmal miteinander *verwandt*!"

Verwirrt betrachtete sie sein wutverzehrtes Gesicht.

„Was soll das jetzt wieder heißen? Ich verstehe nicht..."

Er stieß ein gehässiges Lachen aus und beugte sich vor. „Genau das ist ja das Problem, Dodo, du verstehst nie etwas. Einen Vergleich kann man nicht anfechten!" Seine wasserblauen Augen funkelten haßerfüllt. „Ich wollte, dass die Bank mir alleine gehört!"

„Warum....?! Vater hat in seinem Testament verfügt..."

„*Vater*...," verächtlich spuckte er das Wort aus. In seinem Blick lag etwas Lauerndes. „Du scheinst es tatsächlich nicht zu wissen... Ich bin nicht dein leiblicher Bruder, Dodo, deine Eltern haben mich... *adoptiert*!" Noch immer, wenn er dieses Wort aussprach oder nur daran dachte, verspürte er einen Stich in der Magengegend.

Sie wich zurück und starrte ihn ungläubig an. Wieder eine neue Lüge, mit der er seinen Verrat vor ihr rechtfertigen wollte? Langsam schüttelte sie den Kopf. Nein, so etwas dachte man sich nicht aus, darüber mußte es entsprechende Dokumente geben, die auch einer Prüfung vor Gericht standhielten. Sie nahm allen Mut zusammen und hakte nach.

„Vater und Mutter haben dich... *adoptiert*?! Dann gibt es darüber ja sicher eine Adoptionsurkunde?"

Als Antwort ihrer Fragen zog er aus der obersten Schreibtischschublade einen Umschlag heraus, öffnete ihn und überreichte ihr die Urkunde.

Mit vor Staunen geöffnetem Mund überflog sie das Dokument, dann gab sie es ihm zurück, straffte die Schultern und heftete ihren Blick auf sein Gesicht.

„Also gut..., dann bist du eben mein *adoptierter* Bruder, nur dadurch ändert sich nichts! Vater und Mutter haben dich wie ihren eigenen Sohn großgezogen und dich großzügig in ihrem Erbe bedacht! Nach dem Gesetz sind wir eine Familie! Also, warum hast du vor Gericht gelogen?"

Er zündete sich eine Zigarette an und musterte sie durch den Rauch hindurch mit einem abschätzenden Blick. „Solange ich zurückdenken kann, wurdest du von allen verhätschelt und in Watte gepackt. Du weißt überhaupt nicht, wie es sich anfühlt, für etwas hart *arbeiten* zu müssen. Ich aber habe hart gearbeitet, damit aus der Bank das wurde, was sie heute ist! Und somit habe ich es auch verdient, dass sie mir alleine gehört!"

Fassungslos hatte sie seiner Anklage zugehört. Wie er so dasaß, satt und selbstherrlich und stritt noch nicht einmal ab, dass er dem Gericht und ihr etwas vorgemacht hatte!

Ihr fröstelte, ihre Hände waren eiskalt. Die nüchterne Erkenntnis durchdrang sie, wie ein scharfes Schwert: Er war systematisch vorgegangen, um sie um ihr Erbe zu bringen, ungeachtet dessen, wieviel Gutes ihm in und durch ihre Familie widerfahren war.

Ein unbändiger Zorn überkam sie. All die Liebe und das Vertrauen, das ihre Eltern ihm entgegengebracht hatten, trat er mit Füßen und brachte sie, seine Schwester, damit in eine äußerst prekäre Lage! Mit leiser, bebender und dennoch entschlossener Stimme sagte sie: „Und woher sollen wir die 80.000 Mark nehmen? Du weißt genau, dass Bernhards Gehalt nicht ausreicht und wir keine hohen Rücklagen angespart haben, um diesen Betrag auf einmal bezahlen zu können."

Ein zynisches Lächeln huschte über seine Züge. „Dann verkauft doch das Grundstück in Wedel und das in der Görnestraße."

Ihr entgleisten die Gesichtszüge. Nein, so herzlos konnte er nicht sein! Der distanzierte Ausdruck seiner Augen, der ihr signalisierte, sie sei nur eine lästige Klientin, die er jetzt unbedingt loswerden wollte, sagte ihr etwas anderes.

„Vater hat seinerzeit diese Grundstücke für seine Enkelkinder gekauft. Ich kann doch nicht das Erbe meiner Kinder veräußern!"

Auch dieses Argument zeigte keine Wirkung. Er hätte nicht desinteressierter dreinblicken können. „Dann laß dir was anderes einfallen, von mir bekommst du jedenfalls keinen einzigen Pfennig mehr!"

Alle Farbe wich aus ihrem Gesicht, ihre Stimme vibrierte vor Zorn und Enttäuschung: „Was bist du nur für ein egoistischer und habgieriger Mensch! Ich will dich nie mehr wiedersehen!"

Krachend fiel die Tür hinter ihr ins Schloß. Unbeeindruckt von ihrem Gefühlsausbruch lehnte er sich entspannt im Stuhl zurück und blickte mit ausdrucksloser Miene dem Rauch seiner brennenden Zigarette hinterher.

Voller Verzweiflung berichtete Dorothea am Abend ihrem Mann von dem unerfreulichen Gespräch. Resigniert betrachtete er sie über sein Brillengestell und hob dann in einer hilflosen Geste beide Hände.

„Sowas Ähnliches hab' ich schon befürchtet, aber wir können es drehen und wenden, wie wir wollen, Dodo... wir müssen die Steuerschuld begleichen." Er nahm seine Brille ab und putzte sie mit dem Einstecktuch aus seinem Jackett. Dann setzte er sie wieder auf und betrachtete seine Frau gefaßt durch die Gläser. „Es tut mir in der Seele weh, Dodo, aber Jens hat recht: Uns bleibt tatsächlich nichts anderes übrig, als die beiden Grundstücke möglichst schnellst zu veräußern."

„Aber, Bernhard! Das ist das Erbe unserer Kinder! Sollten wir das nicht mit ihnen besprechen?"

Entschieden schüttelte er den Kopf. „Ich bitte dich, Dodo, so etwas bespricht man nicht mit seinen Kindern!" Nachdrücklich setzte er hinzu: „Es muß sein, Liebes, anders können wir das Geld nicht aufbringen!"

45

Es sollte keine Ruhe einkehren. Kaum waren die Grundstücke verkauft und mit dem Geld die Steuerschuld beglichen, wartete der nächste Schicksalsschlag auf Dorothea und ihre Familie. Im Sommer 1954 erhielt ihr Mann die Diagnose, dass er auf beiden Augen am Grünen Star erkrankt sei, eine späte Folgeerscheinung seiner Tuberkulose. Man konnte nicht mehr viel tun, um sein Augenlicht zu retten. Eine niederschmetternde Diagnose für den Professor und Wissenschaftler, der allein schon durch seinen Beruf, den er nach wie vor noch ausübte, auf alle seine fünf Sinne angewiesen war. Als er nach dem Termin vom Augenarzt zurückkehrte, verzog er sich in sein Arbeitszimmer und wollte nicht gestört werden. Er mußte alleine damit fertig werden und wollte seine Frau mit seinen Ängsten nicht belasten. Sein Freund Gerhard Poeppel befand sich seit einigen Wochen im Ruhestand und war erst vor ein paar Tagen zu einer längeren Reise an die Adria aufgebrochen, um sich und seiner Frau einen langgehegten Wunschtraum zu erfüllen.

Dorothea trug nach dem Abendessen das schmutzige Geschirr in die Küche, damit es Eva-Maria abwusch. „Du mußt mir jetzt noch mehr abnehmen, Evchen! Ich muß für euren Vater da sein, er braucht mich!"

Eva-Maria hielt mit dem Abwaschen inne und schaute ihrer Mutter nach. Die Neuigkeit über die Diagnose des Vaters hatte auch sie sehr betroffen gemacht. Zu erleben, wie das Augenlicht Tag für Tag ein kleines bißchen mehr erlosch, mußte entsetzlich sein. Besonders für ihren umtriebigen Vater, schrieb er doch nach wie vor wissenschaftliche Abhandlungen für medizinische Zeitschriften und Bücher. Er tat ihr leid. Schon die Tbc hatte ihm viel Kraft gekostet, aber die drohende Erblindung mußte entsetzlich für ihn sein. Ihr Blick glitt über das verkrustete Geschirr und die Unordnung in der Küche. Ihre Mutter hatte alles einfach den Tag über stehen lassen, weil sie ja wußte, dass ihre Tochter am Abend alles wieder in Ordnung bringen würde.

Du mußt mir jetzt noch mehr abnehmen!

Was, bitteschön, sprach eigentlich dagegen, dass ihre Mutter wenigstens morgens das Frühstücksgeschirr und das vom Mittagessen selbst abwusch? Schließlich lag auch hinter ihr ein langer Arbeitstag, wenn sie aus dem Institut heimkehrte. Wütend schleuderte sie die Abwaschbürste ins Wasser, die Wassertropfen spritzen ihr ins Gesicht. Ungeduldig wischte sie sie mit dem Handrücken weg.

„Und was ist mit Albert?!", murmelte sie grimmig vor sich hin. „Der liebe Junge darf sich wohl nie die Hände schmutzig machen! Aber der dummen, kleinen Haustochter kann man ja alles aufladen!"

Doch niemand hörte ihr Aufbegehren. Stattdessen kaufte sie nun auch noch auf dem Heimweg fürs Abendessen ein, dann ging es im Galopp nach Hause, um aufzuräumen, zu saugen, den Boden in der Küche aufzuwischen, gegebenenfalls Fenster zu putzen und die Wäsche zu waschen. Das Leben schien nur aus Arbeit zu bestehen. Die wenigen Male, die sie sich mit Gisela traf, brachte etwas Abwechslung in ihren durchorganisierten, eintönigen Alltag, anschließend drückten die vielen Pflichten aber nur umso schwerer auf ihrer Seele. Sie wurde immer verschlossener und schien sich mit ihrem Schicksal abgefunden zu haben.

Albert hatte andere Dinge im Kopf, als seiner Schwester im Haushalt zu helfen. Seine Beziehung mit Marion steckte in einer kleinen Krise. Sie arbeiteten immer noch auf derselben Station zusammen. An diesem Abend waren beide für den Nachtdienst eingeteilt.

Ein ruhiger Abend ohne besondere Vorkommnisse.

Albert hatte sich ins Arztzimmer zurückgezogen und versah die Krankenakten mit einigen Einträgen. Marion setzte frischen Kaffee auf. Als er durchgelaufen war, schenkte sie zwei Tassen ein und kam damit an den Tisch. Eine stellte sie neben der Krankenakte ab und sagte in beiläufigem Ton, während sie sich neben ihm auf dem Stuhl niederließ: „Hast du eigentlich schon mit deinen Eltern gesprochen?"

Flüchtig blickte er auf und antwortete vage: „Ich hab' meinem Vater von dir erzählt..."

Sie warf ihm einen langen, prüfenden Blick zu.

„Und er hat dir von einer Heirat abgeraten."

Es klang wie eine Feststellung.

Entrüstet hob er die Brauen. „Aber nein, wie kommst du darauf?! Das hat er nicht getan."

Unverwandt schaute sie ihn über den Rand ihrer Kaffeetasse hinweg an.

„Du hast es ihm gar nicht gesagt, stimmt's?" Ihre Stimme klang ernüchtert.

Angestrengt starrte er auf seine Notizen. Das Thema war ihm unangenehm. Und er fühlte sich ertappt. Seit damals hatte er mit seinem Vater nie wieder über sie gesprochen. Allerdings hatte er vor kurzem vorsichtig bei seiner Mutter vorgefühlt, ob sich die Ablehnung des Vaters inzwischen gelegt hätte.

Danach sah es leider nicht aus. So bemühte er sich, seine Freundin bei Laune zu halten, lud sie zu einer Skireise ein, kaufte ihr Schmuck, soweit es sein Arztgehalt zuließ und führte sie ins Kino oder Theater aus. Auf der Station galten sie längst als Paar. Man erwartete, dass sie ihre Hochzeit bald bekannt geben würden. Aber er tat sich schwer damit, die alles entscheidende Frage zu stellen, da er wußte, welche Diskussionen ihm dann mit seinem Vater bevorstanden, und denen wollte er so lange wie möglich aus dem Weg gehen.

Aber Marion wollte nicht länger warten. Sie wollte endlich eine eigene Familie gründen. Daher hatte sie ihn auch in den letzten Wochen bedrängt, ganz zu ihrer Beziehung zu stehen. Sie schob ihre streng katholische Mutter vor - ihr Vater war aus dem Krieg nicht zurückgekehrt - der das lockere ‚Verhältnis' angeblich ein Dorn im Auge sei. Dabei war sie es selber leid, von ihm hingehalten zu werden. Sie wollte eine Entscheidung erzwingen. Bisher ohne Erflog. Der ersehnte Heiratsantrag blieb aus. Also mußte sie schwerere Geschütze auffahren.

„Ich sag' dir jetzt mal was, Albert! Wenn du dich nicht für mich entscheiden kannst, suche ich mir eben einen anderen Arzt, der es ernst meint!"

Wie um ihren Worten Nachdruck zu verleihen, stand sie auf und verließ den Raum. Unglücklich sah er ihr nach, unfähig, ihr nachzugehen und sie um ihre Hand zu bitten. Tief in seinem Inneren war da ein Gefühl der Abwehr, des Widerstandes, das er immer verspürte, wenn ihn seine Mutter mit ihrer abgöttischen Liebe zu etwas drängen wollte. In jungen Jahren hatte er sich dagegen nicht wehren können, doch nachdem er aus der Gefangenschaft zurückgekehrt war, ging er seiner Mutter in solchen Momenten einfach aus dem Weg. Sie akzeptierte es, denn verlieren wollte sie ihn nicht.

Marion trieb ein ähnliches Spiel mit ihm. Auch sie versuchte ihn mit ihrer Liebe unter Druck zu setzen, aber damit erreichte sie das genaue Gegenteil. Er würde ihr jetzt nicht nachgehen. Entweder liebte sie ihn, dann würde sie die Geduld aufbringen und warten, bis er soweit war, oder es liefe auf eine Trennung hinaus, was sicher im Sinnes seines Vaters gewesen wäre, obwohl Albert ihm diesen Triumph nicht gönnte.

Marion schmollte noch ein paar Tage und machte den neuen Famulanten, die frisch von der Uni auf der Station anfingen, schöne Augen, um Alberts Eifersucht zu entfachen. Er litt still vor sich hin. Irgendwann verlor sie die Lust an diesem Spiel, was nicht zuletzt daran lag, dass sie ihn liebte. Wenn sie allerdings ehrlich war, gab es unter den anderen Ärzten keinen potentiellen Nachfolger für ihn, der ihre Bemühungen gegebenenfalls mit einer Ehe hätte krönen wollen. Daher versöhnte sie sich mit Albert und zwang sich, noch etwas Geduld aufzubringen. Er würde sie schon noch fragen...

46

„Und - wie war's in Berlin?" Forschend blickte Gisela in das deprimierte Gesicht der Freundin. Eva-Maria war an diesem Abend vorbeigekommen, um auf den kleinen Rolf aufzupassen, da seine Eltern zu einem Empfang bei einem wichtigen Mandanten eingeladen waren.

„Ach, die Reise hätte ich mir sparen können, der suchte mehr 'ne Haushälterin als eine Frau."

Vor einiger Zeit war sie auf Drängen ihrer Mutter Mitglied eines christlichen Partnerbriefbundes geworden, um auf diesem Wege endlich einen netten Mann kennenzulernen, doch die wenigen Treffen, die sich bisher daraus ergeben hatten, waren enttäuschend. Entweder entsprach der Mensch nicht ganz den Vorstellungen, die sie sich durch die Briefe von ihm gemacht hatte, oder die Lebensplanungen lagen viel zu weit auseinander, wie im diesem Fall.

Sie hatte das Wochenende in Berlin verbracht, um sich mit einem neuen Brieffreund zu treffen. Ein Pastor, der eine Frau suchte, um eine Familie zu gründen. Seine Briefe klangen nett, als sie ihm dann aber im *Café Kranzler* am *Bahnhof Tiergarten Zoo* gegenübersaß, entsprach beinahe nichts mehr den Schilderungen seiner Briefe. Offensichtlich hatte er ihr ein Bild von sich aus sehr jungen Tagen geschickt, das ehemals volle Haar war inzwischen einer Halbglatze gewichen und die schlanke Figur hatte mit den Jahren ihre Elastizität um Bauch und Hüften sichtbar eingebüßt. Am Unangenehmsten aber war der lasche Händedruck seiner schweißfeuchten Finger. Das Gespräch schleppte sich eine lange Stunde dahin, in der er sie kaum zu Wort kommen ließ, sondern vornehmlich über die Rolle der Frau in der Ehe samt ihrer Rechte vor allen Dingen aber ihren Pflichten dozierte. Offenbar das Thema seiner nächsten Sonntagspredigt. Auf seine Frage nach einem Wiedersehen hielt sie sich bedeckt und war froh und erleichtert, als sie endlich wieder im Zug nach Hamburg saß.

„Ich glaube, ich finde nie meinen ‚Deckel', Gila. Die Männer, die ich kennenlerne, wollen entweder nur ein Verhältnis oder eine Putzfrau", sie verzog das Gesicht. „Da kann ich ja gleich bei meinen Eltern bleiben."

Ihre Freundin drückte sie kurz. „Ach, Liebes, es tut mir so leid, dass das wieder 'ne Niete war. Aber ich laß mich nicht davon abbringen - irgendwo da draußen läuft dieser Eine herum, der nur für dich bestimmt ist!"

Mit traurigen Augen sah Eva-Maria sie an. „Du unverbesserliche Optimistin. Hoffentlich lerne ich ihn noch vor meinem achtzigsten Geburtstag kennen!"

„Quatsch kein dummes Zeug!", freundschaftlich knuffte Gisela sie in die Seite. „So gut, wie du mit kleinen Kindern umgehen kannst, wird der Himmel sicher bald ein Einsehen haben. Rolf liebt dich heiß und innig!"

„Er ist ein süßer Kerl, den man einfach lieb haben muß!"

„Gut, dann habt jetzt viel Spaß miteinander, wir sind gegen Mitternacht wieder da!"

Eva-Maria spielte mit dem Jungen „Mensch ärgere dich nicht", wobei sie immer verlor, bis es Zeit war, ihn ins Bett zu bringen. Er bettelte, dass sie ihm noch eine Gute-Nacht-Geschichte vorlas, was sie gerne tat. Aber schon nach dem ersten Absatz fielen ihm die Augen zu. Sie löschte das Licht und schlich auf Zehenspitzen hinaus.

Im Wohnzimmer stellte sie das Radio an und ließ sich im Sessel nieder, um in einem mitgebrachten Buch zu lesen, was ihr jedoch nicht so recht gelingen wollte. Ihre Gedanken schweifen zurück zum Wochenende in Berlin. Sie nahm sich fest vor, ihre Mitgliedschaft bei dieser Vereinigung zu kündigen und auf keine weiteren Briefe mehr zu antworten, geschweige denn, sich noch einmal mit einem der Schreiber zu treffen. Auch wenn es ihrer Mutter nicht gefallen würde, hatte Dorothea sie doch erst kürzlich vor ihrem Bridgekreis als ‚spätes Mädchen' bezeichnet. Eva-Maria hörte es durch die geöffnete Küchentür. Es schmerzte, dass ihre eigene Mutter so taktlos über sie sprach. Dabei hatte sie es durch ihre blöden Einflüsterungen ja erst erreicht, dass sie sich von Hans abwandte!

Ihr Blick wanderte durch den Raum. Gisela und ihr Mann bewohnten eine geräumige Fünfzimmerwohnung in der *Eppendorfer Landstraße* in einem Altbau, der nach dem Tod von Giselas Großmutter nun ihren Eltern gehörte. Die Mietshäuser in der Straße hatten die Bombennächte überwiegend gut überstanden.

Eva-Maria stand wieder auf und stellte sich ans Fenster. Gedankenverloren blickte sie hinab auf die beleuchtete Straße und gestand sich ein, dass nicht alles in ihrem Leben schlecht war. Im Institut hatte man sie inzwischen aus der Serologie in ein neu eingerichtetes Untersuchungslabor für Lebensmittel versetzt, das der Bakteriologie zugeteilt war. Hier arbeitete sie mit Frau Richards zusammen, einer netten, älteren Kollegin und Kriegerwitwe, die zwei heranwachsende Söhne zu versorgen hatte und daher nicht so leicht zu erschüttern war. Über ihren trockenen Mutterwitz konnte sich Eva-Maria köstlich amüsieren. Sie arbeitete selbstständiger und mit den neuen Aufgaben wurde ihr auch mehr Verantwortung übertragen, was ihr Selbstwertgefühl stärkte.

Im Radio spielten sie einen Wiener Walzer. Eva-Marias Fuß wippte im Takt der Musik mit. Wie gerne wäre sie mal wieder tanzen gegangen. Sie legte den Kopf zurück und schloß die Augen. Ihr Abtanzball. Sie tanzte mit Malte den Eröffnungswalzer. Noch einmal spürte sie dem Gefühl nach, was sie damals empfunden hatte, als sich sein Arm um ihre Taille legte und sie sicher über die Tanzfläche führte. Wie aufgeregt sie damals gewesen war und so verliebt... Ach, Malte.

Der Gedanke an ihn machte das Herz schwer.

Gisela und ihr Mann kehrten früher als erwartet zurück. Werner begleitete Eva-Maria noch zur Bahn. Als sie zu Hause eintraf, hörte sie aus dem Wohnzimmer die laute Stimme von Professor Poeppel. Ihre Eltern hatten ihn und seine Frau an diesem Abend eingeladen.

„Ich finde, Karajan ist durchaus ein würdiger Nachfolger von Furtwängler. Jutta und ich waren begeistert von seinem ersten Konzert mit den Berliner Philharmonikern. Schade, dass ihr uns nicht begleiten konntet, aber du musstest ja mal wieder einen Mörder überführen."

Eva-Maria hängte lächelnd ihre Jacke am Garderobenhaken auf. Leise, um nicht auf sich aufmerksam zu machen, huschte sie um die Ecke und stieg die Treppe zu ihrem Zimmer hinauf.

Drinnen im Wohnzimmer ging die lebhafte Unterhaltung weiter. Bernhard schenkte Wein nach. „Alles zu seiner Zeit, Gerd. Ein Mord hat immer Vorrang. Aber wir holen es nach, versprochen!"

„Darauf wollen wir trinken, Prost!"

Poeppel erhob sein Glas und prostete seinem Freund und den Damen augenzwinkernd zu.

„Prost, Gerd!" Bernhard stieß mit ihm an, nippte aber nur an seinem Weinglas. An diesem Abend sah er besonders schlecht aus. Blaß und hohlwangig saß er auf seinem Sessel und war bemüht, seinen Husten zu unterdrücken. Es kostete ihn viel Kraft. Dorothea hatte sich in der letzten Zeit häufig darüber beschwert, dass sie es nicht mehr ertrug, da ihn der Husten besonders in der Nacht quälte. So war er dazu übergegangen, sich erst zur Nachtruhe zu begeben, wenn sie schlief. Mit seinem behandelnden Arzt hatte er über die Möglichkeit einer weiteren Operation gesprochen, die ihn von dem Husten befreien sollte, doch die Aussichten waren nicht besonders hoffnungsvoll. Zwar gab es die Möglichkeit, einen Teil des Lungenflügels zu entfernen, was allerdings zur Folge haben würde, dass er aufgrund des eingeschränkten Lungenvolumens unter erheblichen Atemproblemen leiden würde. Ob der Husten damit dann aber tatsächlich ein Ende fände, sei mehr als fraglich. Also schob er die Operation erst einmal vor sich her.

Er fing den besorgten Blick seines Freundes auf und setzte eine betont fröhliche Miene auf, als er verkündete: „Den 13. August müsst ihr euch unbedingt freihalten, diesmal komme ich wohl nicht um eine große Feier herum."

Jutta Poeppel nickte bekräftigend.

„Auf gar keinen Fall, siebzig Jahre... ein stolzes Alter, das man feiern sollte...", das Mienenspiel auf ihrem Gesicht veränderte sich, ihre Stimme bekam einen traurigen Klang, „manch einer erreicht es nie."

Jeder im Raum wußte, dass sie dabei an ihren gefallenen Jungen dachte, der seinen neunundzwanzigsten Geburtstag nicht mehr erlebt hatte. Mitfühlend drückte Dorothea die Hand der Freundin, die ihre Geste mit einem wehmütigen Lächeln erwiderte. Diese tiefe Wunde war auch nach so langer Zeit nicht verheilt, nur vernarbt.

Professor Poeppels Gesicht war ernst geworden. Auch er hatte den frühen Tod seines Sohnes nie ganz verwunden, aber ihn tröstete die Vorstellung, dass sie dieses Schicksal mit Millionen anderer Eltern teilten. Manche hatten gar zwei oder drei Söhne auf den Schlachtfeldern Europas und den Rest der Familie bei den Bombennächten im eigenen Land verloren. Er räusperte sich und knurrte: „Tja, da denkt man, dass Deutschland ein für alle Mal genug hat vom Krieg und dann unterzeichnen unsere Politiker in Washington ein Abkommen, in dem beschlossen wurde, dass uns die USA nun beim Aufbau der Bundeswehr hilfreich unter die Arme greift. Und immer noch gibt es keinen Friedensvertrag!"

Bernhard legte die Stirn in Falten. „Die Alliierten werden nicht zulassen, dass Deutschland jemals wieder so stark und mächtig wird, dass es ihnen gefährlich werden könnte. Angeblich wünschen sie eine freie BRD, doch im Hintergrund werden sie weiter die Strippen ziehen. Solange wir parieren, ist alles gut, aber wehe dem Tage, wo das deutsche Volk dagegen aufbegehren und auf einen souveränen Staat pochen sollte."

Sinnierend betrachtete Poeppel den Inhalt seines Weinglases. „Ich denke, dieser Tag ist in sehr, sehr weiter Ferne... Die Amis waren clever genug, die entscheidenden Stellen und Posten in Politik und Wirtschaft mit willfährigen Handlangern zu besetzten, die schon Hitler blind unterstützt und unser Land in diesen Schlamassel geführt haben. Jetzt dienen sie einem neuen Herrn – Amerika! Die Aufrüstung der Bundeswehr ist für die USA nur ein weiteres, lukratives Geschäft! Geld, Gier, Macht und Kontrolle – die vier apokalyptischen Reiter, die unsere Welt immer noch fest im Griff haben…" Er hob den Blick, ein bitterer Zug umspielte seine Lippen. „Im März hat Bayern als letztes Bundesland das Ende der Entnazifizierung beschlossen. Jetzt kann sich die alte Nazigarde entspannt zurücklehnen und weiter machen, wie bisher."

„Na, na, Gerd, Deutschland wird schon nicht in die Diktatur zurückfallen", entgegnete Bernhard mit entschiedener Stimme, aber der finstere Ausdruck auf dem Gesicht des Freundes wollte nicht weichen.

„Die können soviel Kreide fressen wie sie wollen, als Wolf im Schafspelz werden sie noch genug Schaden anrichten," war seine düstere Zukunftsprognose.

Als Eva-Maria ein paar Tage später von der Arbeit nach Hause fuhr, stieg sie eine Station früher aus und schlug den Weg an den Villenstraßen ein, um ihre Heimkehr ein wenig hinauszuzögern. Das tat sie jetzt häufiger, um ihren Gedanken noch ein paar Minuten ungestört von jeglichen Pflichten und Wünschen der Mutter nachhängen zu können. Meist gab es, kaum dass sie die Tür aufschloß, einen Auftrag, den sie sofort für ihre Mutter zu erledigen hatte.

So auch dieses Mal.

Aufgeregt empfing Dorothea sie in der Diele.

„Ja, wo bleibst du denn, Evchen?! Schnell, schnell, geh' in die Küche und bereite einen kleinen Imbiß vor. Ein Zeitungsreporter sitzt bei deinem Vater und interviewt ihn!"

Anläßlich Bernhards siebzigsten Geburtstages beabsichtigte das Blatt eine tägliche Fortsetzungsserie unter der Rubrik „*Tatort Hamburg*" herauszubringen, in der über die spektakulärsten Fälle des bekannten Gerichtsmediziners und Pathologen berichtet werden sollte. „*Überführt durch einen winzigen Holzsplitter*", „*Die Unbekannte aus der Elbe*" oder „*Der Mann trägt stets einen Revolver*" waren nur einige die schlagzeilenträchtigen Überschriften, mit denen das Interesse der Leser geweckt werden sollte.

Der Reporter saß Bernhard in seinem Arbeitszimmer in abgewetzter Lederjacke und ausgebeulter Hose gegenüber und notierte eifrig alles, was ihm der Professor mit einem distanziert-kühlen Lächeln auf seine vielen Fragen hin beantwortete.

Endlich war er bei seiner letzten Frage angelangt.

„Professor Trautmann, Sie haben 125 Fälle von Tötungen bearbeitet, jahrzehntelang mit Sexualmorden, Sittenverbrechen und anderen scheußlichen Gewaltverbrechen zu tun gehabt... Belasten Sie die Erinnerungen an diese Dinge nicht manchmal sehr?"

Bernhard sann paar Sekunden über die Frage nach, dann schüttelte er mit einem verneinenden Lächeln sein Haupt. „Nein, das ist mein Beruf!"

Die Serie wurde ein großer Erfolg. Dorothea kaufte täglich die Zeitung und schnitt jeden Artikel aus. Eva-Maria wurde von vielen Kollegen und einigen Vorgesetzten, die noch bei ihrem Vater gelernt hatten, darauf angesprochen und fühlte fast so etwas, wie Stolz in sich aufsteigen. Das hätte sie ihm aber niemals sagen können. Nach wie vor war das Verhältnis zu ihm distanziert und belastet durch die zahlreichen Strafen und unverarbeiteten Ängste aus der Kindheit.

Auch Albert wurde im Krankenhaus auf seinen berühmten Vater angesprochen. Er verspürte jedoch keinen Stolz. Bei ihm stellte sich eher ein Gefühl der Unzulänglichkeit ein. Jetzt würden ihn die Chef- und Oberärzte nur noch mehr mit seinem Vater vergleichen. Zweifel nagten an ihm. Würde es ihm je gelingen, aus dem übermächtigen Schatten seines Vaters herauszutreten, um ebenfalls ein anerkannter Arzt zu werden? Die Meßlatte hing sehr hoch. Und diese Zeitungsserie machte es nicht gerade leichter.

47

Elf Jahre nach Kriegsende ging es in Deutschland wieder bergauf - zumindest im westlichen Teil der Republik. Die Wirtschaft boomte, die zerstörten Städte wurden aufgebaut, aus den Trümmersteinen entstanden neue Wohnungen, die Menschen kamen in Lohn und Brot, so dass man bald von einem „deutschen Wirtschaftswunder" sprach. Auf der politischen Bühne wurde die junge, deutsche Republik wieder ein Partner, mit dem die Alliierten verhandelten. Am 18. Februar unterzeichneten Vertreter der US-Regierung mit der Bundesrepublik ein Abkommen über die friedliche Nutzung der Atomenergie. Eine Woche später wurde die Bundesrepublik als Mitglied in die Europäische Atomenergie-Gesellschaft aufgenommen.

Aus der „Organisation Gehlen", die in der Nachkriegszeit gegründet und dem US-Geheimdienst CIA unterstand, wurde der Bundesnachrichtendienst (BND), der am 1. April 1956 in Pullach offiziell seine Tätigkeit aufnahm. Allerdings hatte die deutsche Bevölkerung keinerlei Kenntnis davon, dass dieser Geheimdienst, wie auch das Auswärtige Amt, durchsetzt war mit ehemaligen Nazi-Kadern, und die Amerikaner taten dieses Problem als zu ‚unbedeutend' ab, da sie es als notwendiger ansahen, jeden ‚Schweinehund zu verwenden, Hauptsache, er war Antikommunist'. So fanden Leute wie SS-Standartenführer Willi Kirchbaum, der gefürchtete Einsatzgruppen geleitet hatte, dort ebenso Unterschlupf, wie Eichmann-Adjutant Alois Brunner oder Konrad Fiebig, dem man die Ermordung von 11.000 Juden in Weiß-Rußland anlastete.

Das Land war immer noch geteilt, ohne Aussicht, auf eine baldige Änderung dieses Zustandes. Am 1. Mai demonstrierten 100.000 Menschen vor dem Schöneberger Rathaus in West-Berlin für die Wiedervereinigung Deutschlands.

Bei Familie Trautmann stand endlich wieder ein freudiges Ereignis ins Haus, wenn auch mit einem bitteren Beigeschmack: Im Sommer ehelichte Albert seine langjährige Freundin Marion Fuchs. Vorher hatte es einige Kämpfe gegeben. Wie befürchtet, war sein Vater strickt gegen diese Heirat und verweigerte seine Zustimmung. Dorothea, bedacht auf das Wohl ihres geliebten Jungen, redete mit Engelszungen auf ihren Mann ein, doch Bernhard stellte sich stur. Wenn der Junge diese Frau ohne seinen väterlichen Segen heiraten wolle, bitteschön – dann würde er eben der Feier fernbleiben!

Dorothea gelang es schließlich, ihren Mann dazu zu bewegen, der kirchlichen Trauung beizuwohnen. Bei der anschließenden Feier entschuldigte er sich gleich nach dem Essen und verließ das Fest, was die Braut zurecht als einen Affront empfand. Dorothea blieb, bemüht, durch ihre Anwesenheit den Fauxpas ihres Mannes etwas auszubügeln, aber sowohl ihre neue Schwiegertochter als auch deren Mutter, mit der sich Dorothea nur leidlich verstand, nahmen es pikiert und verletzt zur Kenntnis.

Als sie heimkehrte, fand sie ihren Mann im Wohnzimmer, wo er in seinem Frack im Sessel saß und mit geschlossenen Augen andächtig einem Violinkonzert von Mozart lauschte. Sie rauschte in den Raum und baute sich vor seinem Sessel auf. Er öffnete die Augen und blickte sie wie aus weiter Ferne an.

Verärgert stellte sie ihn zur Rede.

„Wie konntest du Albert vor seiner Braut und seiner Schwiegermutter nur derart brüskieren?! Verweigerst ihm deinen Segen! Er ist dein einziger Sohn, Bernhard! Da zählt nur, dass er glücklich wird!"

„Mit dieser Hochzeit habe ich nichts zu tun!"

Ungeachtet der Verstimmung seiner Frau erhob sich der Professor schwerfällig von seinem Sessel und schickte sich an, das Zimmer zu verlassen. Wütend stampfte Dorothea mit dem Fuß auf. Sie war es nicht gewohnt, dass er ihr etwas abschlug. Schon gar nicht, wenn es sich um Albert handelte.

„Bernhard! Jetzt sei doch nicht so hartherzig, nur weil du mit Bertis Wahl nicht einverstanden bist! Er liebt diese Krankenschwester nun mal!"

Bernhard drückte das Kreuz durch und richtete sich zu seiner vollen Größe auf. Seine Augen sahen durch die Brillengläser auf seine erzürnte Frau herab. In einem leisen, aber sehr bestimmten Ton antwortete er: „Ich weiß, dass du in seinen Händen wie Wachs bist, Dodo, aber du wirst mich nicht überzeugen: diese Ehe steht unter keinem guten Stern!" Damit wandte er sich um und verließ den Raum mit schleppendem Schritt.

Trotzig starrte sie ihm nach. Er irrte. Ihr Sohn würde mit dieser Frau glücklich werden und wenn sie persönlich dafür sorgen müßte!

Als Dorothea wenig später das gemeinsame Schlafzimmer betrat, lag ihr Mann schon im Bett, was hieß, er saß aufrecht in die Kissen gelehnt und hustete.

Genervt verdrehte sie die Augen. Schweigend begann sie sich zu entkleiden und verschwand mit ihrem Nachthemd im angrenzenden Badezimmer. Der Husten hatte aufgehört, als sie nach einer langen Weile wieder herauskam. Nun las er in einem Gerichtsprotokoll, das einen aktuellen Mordfall betraf, wo er um ein Gutachten gebeten worden war. Dorothea setzte sich an ihre Frisierkommode und begann die Haare zu bürsten. In beiläufigem Ton begann sie das Gespräch, ohne weiter auf ihren Streit einzugehen.

„In ein paar Wochen wird Evchen Dreißig! Es wird höchste Zeit, dass sie endlich unter die Haube kommt!"

Erleichtert, die Diskussion von vorhin nicht weiter fortführen zu müssen, schaute Bernhard belustigt über den Rand seiner Lesebrille zu ihr herüber.

„Ich dachte, du brauchst sie hier im Haus?"

Seine Frau ließ die Bürste sinken und blickte ihm im Spiegel ungeduldig an.

„In ihrem Alter war ich längst Mutter von zwei Kindern!" Sie legte die Bürste beiseite und wandte sich mit geheimnisvoller Miene zu ihm um. „Ich hab' mir da was überlegt... Der Sohn deines entfernten Vetters besitzt in Dithmarschen doch diesen großen Hof... er ist immer noch unverheiratet... Wie wäre es, wenn wir ihn zu ihrem Geburtstag einladen?"

Bernhard nahm seine Brille ab und legte sie mitsamt dem Protokoll auf den Nachttisch.

„Ich finde nicht, dass das eine gute Idee ist, Dodo, aber wahrscheinlich kann ich sie dir nicht mehr ausreden, oder?"

Damit sollte er recht behalten. Dorothea hatte sich in den Kopf gesetzt, ihre Tochter mit diesem Mann zu verheiraten, der nach ihrer Auffassung sehr gut zu Eva-Maria passen würde und setzte nun alle Hebel in Bewegung, um ein Treffen zu arrangieren.

Von alledem ahnte Eva-Maria nichts. Dieser Geburtstag stand ihr besonders bevor. Nun wurde sie schon Dreißig und wohnte immer noch zu Hause, während ihre Freundinnen, allen voran Gisela, Mann und Kinder hatten und längst ihr eigenes Leben führten. Gisela war wieder schwanger. Eva-Maria beneidete ihre Freundin heiß darum.

Ihr Blick glitt zu dem kleinen Napfkuchen. Den hatte Frau Richards extra für sie gebacken und mit einer Kerze liebevoll auf einer Serviette auf dem Labortisch aufgebaut. Sie stieß einen resignierten Seufzer aus. Am liebsten hätte sie diesen Tag ignoriert. Sie wandte sich wieder den Glasröhrchen zu, mit denen sie eben gearbeitet hatte.

Frau Richards hatte ihre Nase in die Tageszeitung gesteckt.

„Oh, wie interessant…", murmelte sie plötzlich. „Im Rahmen des sozialen Wohnungsbaus plant die Stadt, neue Mietshäuser zu bauen... Auch bei mir um die Ecke sollen welche entstehen... Ein- bis Dreizimmerappartements..." Sie blickte hoch und zwinkerte Eva-Maria aufmunternd zu. „Das wär' doch was für Sie, Kindchen! Passend zu Ihrem dreißigsten Geburtstag ein neuer Lebensabschnitt!" Sie gab ihrer jungen

Kollegin die Zeitung, die sofort interessiert zu lesen begann.

Der Entschluß reifte auf dem Heimweg. Gleich morgen würde sie dort anrufen und sich auf die Liste setzen lassen. Das war womöglich ihre letzte Chance, sich endlich vom Elternhaus abzunabeln. Mit der neuen Stelle war auch ihr Verdienst etwas gestiegen. Die Miete für ein Einzimmerappartement sollte 60 Mark betragen. Das würde sie aufbringen können. Etwas anderes bereitete ihr allerdings Sorgen. In der Anzeige hatte was von einer Courtage gestanden. Leider verfügte sie nur über wenig Erspartes und die Eltern wären sicher nicht erfreut, wenn sie nach ihrem Bruder nun auch ausziehen würde.

Ganz in Gedanken versunken schloß sie die Haustür auf.

Mit strahlendem Gesicht kam ihr Dorothea entgegen.

„Da bist du ja endlich! Wir haben eine kleine Geburtstagsüberraschung für dich!"

Sie schob ihre erstaunt dreinblickende Tochter ins Wohnzimmer. Neben dem Vater, der mit unbeteiligter Miene am Kaminsims lehnte, stand ein mittelgroßer, kräftig gebauter junger Mann Anfang Dreißig mit kurzen, roten Haaren und einem Stoppelbart. Seine hellen Augen tasteten Eva-Maria ab, als sie hinter ihrer Mutter den Raum betrat. Ungeniert musterte er sie von oben bis unten wie ein Stück Vieh, das er gleich für einen fairen Preis ersteigern wollte. Seine Blicke waren ihr unangenehm. Irgendwie kam er ihr bekannt vor, bevor es ihr jedoch einfallen wollte, wo sie ihm schon einmal begegnet war, stellte ihn ihre Mutter vor.

„Du erinnerst dich sicher noch an Ansgar? Er ist der älteste Sohn von Vetter Ulrich und besitzt in Dithmarschen den großen Hof", sie lächelte den jungen Mann liebenswürdig an. „Hilf mir bitte, ich kann mir so etwas nie merken... wie viel Hektar waren es noch gleich?"

„Nu jo,...so um die Zweitausend sind's wohl", antwortete er sichtlich stolz in breitem Schleswig-Holsteiner-Dialekt.

Zögernd gab Eva-Maria ihm die Hand. Beherzt faßte Ansgar zu. Nur mühsam unterdrückte sie einen kleinen Schmerzensschrei, so fest drückte er sie.

„Guten Abend, Ansgar...,", verstohlen rieb sie sich den schmerzenden Handrücken. „Was führt dich denn nach Hamburg?"

Verwirrt suchte er den Blickkontakt zu ihren Eltern.

„Äh..., jo, also…, deine Eltern meinten, wir zwei würden wohl 'n gutes Gespann abgeben, was meinst du...?"

Sie erstarrte.

Das also war die ‚Überraschung', von der ihre Mutter gesprochen hatte. Die Eltern hatten ihr einen *Ehemann* ausgesucht! Entsetzt schaute sie von Dorothea zu Bernhard, der ihrem Blick auswich.

Den Eltern zuliebe ließ sie sich an diesem Abend von Ansgar in eine Bar ausführen, doch als er ihr zu fortgeschrittener Stunde leicht alkoholisiert seine klobige Hand aufs Knie legte, sie mit glasigem Blick ansah und mit schwerer Zunge lallte: „Nu trinken wir noch 'en lütten Absacker auf meinem Hotelzimmer und lernen uns 'n büschen besser kennen, was?", machte sie ihrem Cousin siebenten Grades unmißver-

ständlich klar, dass sie ihn weder auf sein Hotelzimmer, noch sonst wohin begleiten würde und bestellte beim Barkeeper ein Taxi.

Sie kämpfte mit den Tränen, als sie wenig später
im Wagen durch das nächtliche Hamburg fuhr.

Warum sieht jeder Mann, den ich kennenlerne, in
mir nur ein Nutzobjekt, mit dem er seine Wünsche
befriedigen kann? Warum finde ich keinen, der in mir
eine begehrenswerte Frau und Partnerin sieht?!

Die Verzweiflung drohte über ihr zusammenzu-
schlagen. Panik stieg in ihr hoch, für immer alleine zu
bleiben. Ein beängstigender Gedanke, der ihr die Kehle zuschnürte.

Mit zusammengepreßten Lippen starrte sie aus
dem Autofenster.

Happy Birthday!

48

Dorothea tobte und warf ihrer Tochter Undankbarkeit und Eigensinn vor. Sie würde ihr Glück mit Füßen treten, aber Eva-Maria war durch nichts umzustimmen, den Kontakt mit Ansgar weiter zu vertiefen. Bernhard hielt sich aus dem Disput heraus. Ihm hatte die Kuppelei seiner Frau von Anfang an nicht geschmeckt, doch war es ihm nicht gelungen, sie von diesem Vorhaben abzubringen.

Die Situation eskalierte ein paar Tage später, als Eva-Maria ihren Eltern aus heiterem Himmel mitteilte, dass sie in einem halben Jahr ausziehen würde. So lange dauerte es, bis die Wohnung, die sie sich mit Gisela im Rohbau angesehen hatte, bezugsfertig war. Dem neuen Vermieter mußte sie 3000 Mark Kaution im voraus bezahlen. Eine horrende Summe, um die sie aber unter keinen Umständen die Eltern bitten wollte. Giselas Vater bot ihr an, ihr den Betrag als Darlehn vorzustrecken, was sie dankbar annahm.

Bernhards Reaktion fiel dementsprechend aus.

„Du willst nur eine sturmfreie Bude haben!“, herrschte er sie an. Er verkraftete es nicht, dass sein Sohn und nun auch seine Tochter Entscheidungen für ihr Leben trafen, die er nicht guthieß. Nach seinem

Weltverständnis – behaftet aus der Wilhelminischen Ära - galt es als unschicklich für eine unverheiratete, junge Frau aus gutem Hause, *alleine* in einer Wohnung zu leben. Wenn überhaupt, taten das nur ‚Professionelle' oder Witwen, aber nicht seine wohlbehütete Tochter! „Gleich morgen wirst du den Vertrag wieder rückgängig machen!"

Dorothea saß kerzengerade auf der Couch. Erleichtert über das Machtwort ihres Mannes, entspannte sie sich wieder. Doch auch in diesem Fall verfehlte das väterliche Machtwort seine Wirkung.

Das erste Mal in ihrem Leben bot Eva-Maria ihm die Stirn. Sie legte in ihre Stimme all ihre Entschlossenheit, zu der sie fähig war. „Nein, Vati, das werde ich nicht tun! In sechs Monaten ziehe ich in die neue Wohnung, ob es euch nun paßt oder nicht!"

Sein Blick wurde eisig und durchbohrte ihr Gesicht.

„Dann habe ich keine Tochter mehr!"

Sprach's und verließ den Raum.

Mit einer hilflos-flehentlichen Geste wandte sich Eva-Maria an ihre Mutter.

„Versteh' doch, Mutti, ich bin dreißig Jahre alt und möchte endlich mein eigenes Leben führen. Außerdem ist der Weg zum Institut viel kürzer..."

Aber auch Dorotheas Miene blieb abweisend und ihre Stimme klang frostig, als sie antwortete: „Ich habe den Worten deines Vaters nichts mehr hinzuzufügen!"

Die Eltern lenkten auch in den nächsten Tagen nicht ein. Man sprach nur das Nötigste, Bernhard verweigerte sich dem Gespräch mit seiner Tochter sogar ganz. Gestählt durch die Bombennächte im Keller, das Pflichtjahr, den Arbeitsdienst und die Nachkriegsjahre kehrte der Mut und das Selbstvertrauen zurück, dass Eva-Maria brauchte, um an ihrem Vorhaben festzuhalten. Vor dem Dienst im Institut stieg sie jeden Morgen an der *Landwehr* aus und verfolgte, wie der Bau des Mietshauses voranging.

Dann kam der Tag des Auszuges. Dorothea war nicht mehr ganz so abweisend und erlaubte ihrer Tochter, ein paar der Möbel mitzunehmen. Bernhard ließ sich jedoch nicht blicken und behandelte seine Tochter bei ihren anschließenden, sonntäglichen Besuchen weiterhin wie Luft. Eva-Maria ließ sich davon nicht beirren und besuchte ihre Eltern regelmäßig einmal in der Woche. Dann las sie ihnen vor und erzählte von der Arbeit im Institut und überzeugte sie nach und nach, dass ihr Lebenswandel nicht wie befürchtet, zügellos war. Langsam entspannte sich das Verhältnis und schließlich nahm Bernhard ihre wiederholt ausgesprochene Einladung an, sie in der neuen Wohnung zu besuchen.

„Jetzt hast du eine eigene Wohnung, der Streit mit deinen Eltern ist beigelegt, da fehlt eigentlich nur noch eines..." Gisela war zum Tee vorbeigekommen. Verschmitzt grinsend zog sie die ,*Frankfurter Allgemeine*' aus der Handtasche und schlug die Seite mit den Heiratsanzeigen auf. „Ich weiß ja, dass du nicht mehr auf eine Annonce antworten wolltest, aber da sind ein paar ganz Interessante dabei." Prüfend blickte sie in die abweisende Miene der Freundin.

„Evchen, ein Versuch kann nicht schaden", setzte sie sanft hinzu und ließ die Zeitung, als sie sich auf den Heimweg machte, bewußt auf dem Tisch liegen.

Später am Abend blätterte Eva-Maria lustlos das Blatt durch und landete bei den Heiratsannoncen. Sie wollte die Seite schon umschlagen, da blieb ihr Blick an einer Anzeige hängen.

Anwalt (34), mit eigener Kanzlei, glaubt fest dran, dass es irgendwo da draußen die Eine gibt, die nur für ihn bestimmt ist. Sie fühlen sich angesprochen? Dann schreiben Sie mir.

Darunter stand eine Chiffre-Nummer.

Ungläubig starrte sie auf die Anzeige. Exakt mit diesen Worten hatte Gisela sie getröstet, als sie ihr von dem enttäuschenden Wochenende in Berlin mit dem Pastor erzählt hatte.

Sollte sie darauf antworten?

Nachdem sie eine Nacht darüber geschlafen hatte, warf sie alle Vorbehalte über Bord und schrieb dem Anwalt einen kurzen Brief, der, wie sie einige Tage später aus seiner postwendenden, reizenden Antwort erfuhr, in Hannover lebte. Sofort rief sie Gisela an und verabredete sich mit ihr zu einem Spaziergang an der Alster.

„Es ist ganz eigenartig, er heißt... *Malte Jansen.* Nächste Woche kommt er nach Hamburg und will sich mit mir an der Elbe treffen." Sie warf der Freundin einen schrägen Blick zu und überlegte, ob sie ihr die Frage stellen sollte, die sie seit der Antwort des Anwalts umtrieb.

Zögernd setzte sie an: „Gila... glaubst du... glaubst du... dass es vielleicht... *unser* Malte ist?"

Überrascht blieb die Freundin stehen.

„Ach herrje…, du liebst ihn immer noch...?"

Eva-Maria senkte die Augenlider.

Entschieden schüttelte Gisela den Kopf.

„Nein, Evchen, nein... Jansen ist ein Allerweltsname wie Müller, Meier oder Schulze... der hier lebt in Hannover, das kann nicht Malte sein. Er ist in Stalingrad gefallen! Das hat dir seine Mutter doch selbst erzählt!!"

„Nicht gefallen, sie sagte, er würde vermißt …"

Energisch griff Gisela nach den Händen der Freundin und zwang sie, sie anzusehen.

„Jetzt hör mir mal gut zu: Du mußt endlich mit diesem Kapitel abschließen. Sonst wird kein Mann auf der ganzen Welt jemals dein Herz erobern können. Gib diesem Anwalt eine Chance - bitte, ja?"

49

Nervös und voller Aufregung saß Eva-Maria eine Woche später im Bus, der sie zum vereinbarten Treffpunkt zum *Hotel Jacobs* an der *Elbchaussee* bringen sollte. Den Himmel trübte keine Wolke, die warme Herbstsonne tauchte das Laub der Bäume und Sträucher in ein gelb-rot-goldenes Licht. Es war früher Nachmittag. Der Garten des Hotels war gut besucht, hatte man doch von hieraus einen herrlichen Blick auf die Elbe und das gegenüberliegende Ufer. Mit klopfendem Herzen trat sie auf die Terrasse heraus. In der Hand hielt sie eine langstielige Rose. Das Erkennungszeichen.

Verlegen wanderte ihr Blick über die Tische. Familien und verliebte Pärchen im Gespräch vertieft, aber kein einzelner Mann. Ihr Blick schweifte zur anderen Seite. Auf einmal begann ihr Herz zu klopfen. Da hinten saß tatsächlich einer allein am Tisch! Er kehrte ihr allerdings den Rücken zu und schien offensichtlich jemanden zu erwarteten, denn er blickte immer wieder ungeduldig zur Uhr. Die kräftigen, hellbraunen Haare waren leicht gewellt und kurz geschnitten. Er trug einen dezent gemusterten Anzug, ein heller Trenchcoat lag auf dem Stuhl daneben.

Aufgeregt wanderten ihre Augen weiter zum Tisch.

Und dort lag eine... langstielige *Rose*!

Jetzt fuhr er sich schon zum zweiten Mal mit den Fingern durch die Haare. Also war er genauso nervös, wie sie. Ein kleines Lächeln stahl sich um ihre Lippen, die sie heute in einem kirschroten Ton angemalt hatte. Das einzige Make-Up, das sie trug. Die dunklen, schulterlangen Haare in der Mitte gescheitelt, umrahmten ihr Gesicht, unterstrichen ihren blassen Teint und hoben die dunklen, ausdrucksvollen Augen hervor. Auf einmal überkam sie eine innere Ruhe und Gelassenheit.

Mit festem Schritt trat sie an den Tisch heran.

„Herr Jansen?"

Er wandte sich um. Die Haare fielen ihm in die hohe Stirn. Ihr Herz setzte einen Schlag aus. Auf das, was ihre Augen nun sahen, war sie nicht vorbereitet gewesen.

Überglücklich strahlte der Mann sie an, dann sprang er hastig auf und hielt ihr die Rose hin.

„Hallo... Evchen!"

Erstarrt stand sie da, den Blick wie hypnotisiert auf das vertraute und doch fremde Gesicht gerichtet. Alles Kindliche, Weiche war verschwunden. Männlich mit markanten Zügen trug es die Spuren eines Lebens, das von Leid und Entbehrungen erzählte. Spielte ihr das Schicksal hier gerade einen fürchterlichen Streich?

Mühsam formte ihr Mund die Worte.

„Du... du bist... es...?" Ihr versagte die Stimme. Sie mußte sich räuspern. „Ich dachte... deine Mutter sagte..., du giltst seit Stalingrad als vermißt...?!"

Seine bernsteinfarbenen Augen lagen voller Zärtlichkeit und hatten nichts von ihrer Strahlkraft und Wärme verloren. Aus dem 18jährigen Halbwüchsigen von damals war ein attraktiver - und seiner geschmackvollen Kleidung nach zu urteilen - auch ein erfolgreicher Mann geworden, der mit beiden Beinen fest im Leben zu stehen schien. Ihre Knie begannen zu zittern. Halt suchend tastete ihre Hand nach der Stuhllehne. Ihr Herz pochte wild in der Brust.

Er lebt, er lebt!, hämmerte es unaufhörlich hinter ihrer Stirn.

Atemlos hörte sie seiner Erklärung zu.

„Mit dem letzten Schwerverwundetentransport hat man mich rausgeflogen..., monatelang lag ich im Lazarett.", er verzog den Mund. „Rückenschuß... Die Ärzte behaupteten, dass ich für den Rest meines Lebens gelähmt bleiben würde, was sich Gott sei Dank nicht bewahrheitete."

Eine verlegene Stille trat ein. Seine Augen ließen ihren Blick nicht los, doch dann registrierte er, dass sie sich immer noch gegenüberstanden.

Rasch deutete er auf einen Stuhl.

„Bitte, setzt dich doch."

Die Kellnerin trat an ihren Tisch heran und nahm die Bestellung auf. Als sie wieder gegangen war, betrachtete Malte seine Jungendliebe und Tanzstundenpartnerin von einst mit einem vor Glück über das unverhoffte Widerfinden verklärten Blick. Verlegen senkte sie die Lider. Sie war wie betäubt und konnte gar nicht fassen, dass er tatsächlich die weiße Hölle Rußlands überlebt hatte und hier gesund und munter vor ihr saß. Seit sie seine Briefe gelesen hatte, mußte sie so oft an ihn denken. Es verging beinah kein Tag, in dem sie seinen Tod nicht bedauerte und sich ausmalte, wie ihr Leben wohl verlaufen wäre, wenn er zurückgekehrt wäre.

Und nun saßen sie sich wieder gegenüber.

Mit einem unsicheren Auflachen fügte er hinzu: „Ich dachte, du wärst längst verheiratet und hättest mindestens sieben Kinder!"

Lachend schüttelte sie den Kopf und fühlte sich auf einmal wie befreit von all der Schwere der Vergangenheit. Das Leben, *ihr Leben* hatte plötzlich einen Sinn bekommen!

Sein Gesicht wurde ernst. Er beugte sich vor und griff nach ihrer Hand. Sanft strichen seine Finger über ihren Handrücken, während sie seine Augen prüfend ansahen. Sie hatte das Gefühl, als würden sie bis auf den Grund ihrer Seele blicken.

„Ich will alles von dir wissen, hörst du, einfach alles. Erzähl mal... wie ist es dir ergangen?"

50

Die Ereignisse überschlugen sich. Eva-Maria konnte ihr Glück kaum fassen. Es war, als wolle der Himmel sie nun für all die Jahre der Entbehrungen und Drangsal entschädigen. Schon am darauffolgenden Wochenende fuhr Malte mit seinem Auto wieder nach Hamburg und lernte nun auch ihre winzige Wohnung kennen. Nach dem Tee machte er ihr aus heiterem Himmel einen Heiratsantrag, den sie lachend und gleichzeitig vor Glück weinend ohne zu zögern annahm. Das Herz wollte ihr überlaufen vor Freude.

„Du wirst mich allerdings nach Hannover begleiten müssen, ist das ein Problem für dich?"

„Nein, überhaupt nicht. Mir kommt es vor, als hätte ich die ganzen Jahre nur auf dich gewartet. Ich würde dir überall hin folgen, sogar bis ans Ende der Welt! Hauptsache, wir müssen uns nie wieder trennen!"

Ihre Lippen fanden sich zu einem langen Kuß. Ein tiefes Glücksgefühl durchströmte ihn. Er war angekommen! Endlich hatte er diese eine Frau wiedergefunden, mit der er sich schon damals, als er ihr den ersten scheuen Kuß in der Nacht des Abtanzballs an der Aster auf den Mund drückte, hatte vorstellen kön-

288

nen, ein Leben lang zusammenzubleiben. Aber wie bei Millionen anderer auch hatte ihm der Krieg einen Strich durch seine persönliche Lebensplanung gemacht.

Eva-Maria erzählte ihm, dass aus seiner ehemaligen Schulklasse nur er und Albert zurückgekehrt seien. Alle anderen waren gefallen. Damals, als er auf seine zahlreichen Briefe keine Antwort von ihr erhielt, hatte er schweren Herzens beschlossen, sie zu vergessen. Doch in den vielen einsamen Nächten im Lazarett, wo er vor Schmerzen nicht liegen und schlafen konnte, mußte er immerzu an sie denken. Noch nie hatte er so stark für einen anderen Menschen empfunden, unabhängig, ob sie seine Liebe nun erwiderte oder nicht. Letztendlich halfen ihm diese starken Gefühle in der schlimmsten und verzweifeltsten Zeit seines Lebens, nicht aufzugeben.

Stück für Stück kehrte sein Lebenswille zurück. Aufgrund der zusammenbrechenden Ostfront mußte das Lazarett immer weiter Richtung des sterbenden Deutschen Reiches verlegt werden. Sein Gesundheitszustand verschlechterte sich rapide. Es gab kaum mehr Verbandsmaterial, ganz zu schweigen von schmerzstillenden Medikamenten oder sterilen Instrumenten. Seine Wunde entzündete sich. Die Ärzte gaben ihn auf. Nur der Gedanke an ein Wiedersehen mit Eva-Maria, bei dem er von ihr eine Erklärung einfordern wollte, weshalb sie ihm nie geantwortete hatte, hielt ihn am Leben. In seinen Fieberträumen sah er sich nach seiner Entlassung nach ihr suchen. Irgendwie gelangte er mit einem Krankentransport nach Westdeutschland, wo man ihn halbtot in einem Krankenhaus ablieferte und damit rechnete, dass er innerhalb weniger Stunden seinen schweren Verletzungen erliegen würde.

Doch das Schicksal hatte anderes mit ihm vor. Er überlebte! Als man ihn nach vielen Monaten entließ – der Krieg war inzwischen längst beendet - saß er im Rollstuhl! Die Ärzte betrachteten schon das anhand seiner schweren Rückenverletzung als ein kleines Wunder. Er aber wollte wieder auf seinen eigenen Beinen stehen und laufen können. Über das Rote Kreuz erfuhr er, dass seine Mutter nicht mehr in Hamburg lebte, sondern in der Nachkriegszeit zu ihrer Schwester nach Hannover gezogen war. Dort war die Verpflegung besser, als in der Hansestadt. Er nahm Kontakt zu seiner Tante auf und wurde von den beiden Frauen überglücklich in Empfang genommen. Mit eiserner Disziplin machte er täglich seine Übungen und freute sich wie ein kleines Kind über jeden noch so minimalen Fortschritt. Und dann, eines Tages, wurde seine Beharrlichkeit und sein eiserner Wille belohnt: er konnte wieder laufen!

Voller Enthusiasmus schrieb er sich an der Universität für das Jurastudium ein. Wenn es ihm schon gelungen war, dass er seine Beine wieder benutzen konnte, würde er auch das schwierige Studium der Rechtswissenschaften bestehen. Nach acht Semestern schloß er sein Staatsexamen mit summa cum laude ab und konnte sofort bei einer der besten Kanzleien der Stadt anfangen. Nach einem Jahr machte ihn der Senior zum Partner und als sich dieser dann ein paar Jahre später in den Ruhestand begab, übernahm Malte die Kanzlei.

Frauen hatte er einige kennengelernt, war mit manchen auch eine längere Beziehung eingegangen, aber die große Liebe war es nie gewesen. Dabei sehnte er sich danach, endlich eine eigene Familie zu gründen. Die Frauen, die er traf, konnte er sich allerdings nie als Mutter seiner Kinder vorstellen. Nach der letzten gescheiterten Verbindung wählte er einen für ihn sehr ungewöhnlichen Weg, doch noch die ‚Richtige' zu finden und gab diese Anzeige in der *‚Frankfurter Allgemeinen'* auf. Er bekam Berge von Zuschriften - darunter auch Eva-Marias Brief.

Sein Herz stockte, als er ihren Namen las. In diesem Augenblick wußte er, dass seine lange Suche ein Ende hatte. Voller Ungeduld fieberte er dem Treffen entgegen. Als er ihr dann gegenüberstand und in ihr liebes, schönes Gesicht schaute, mußte er sehr an sich halten, nicht auf der Stelle um ihre Hand anzuhalten.

Wie es sich für einen Bräutigam gehörte, sprach er bei ihren Eltern vor. Bewaffnet mit einem riesigen Blumenstrauß für die zukünftige Schwiegermama traf er an einem Sonntagnachmittag am *Rabenhorst* ein. Bevor er auf die Klingel drückte, rückte er noch nervös seine Krawatte zurecht.

Dorothea öffnete und geleitete ihn ins Arbeitszimmer ihres Mannes, der sich auserbeten hatte, mit seinem Schwiegersohn in spe alleine zu sprechen. Er war angenehm überrascht, dass aus dem aufgeweckten Freund seines Sohnes ein erfolgreicher Anwalt geworden war. Fast schämte er sich seiner Vorbehalte, die ihn damals dazu bewogen hatten, die Verbindung zwischen dem jungen Mann und seiner Tochter zu unterbinden, doch mit keiner Silbe ging er darauf ein. Und auch Malte berührte das sensible Thema nicht. Gleich zu Beginn des Gespräches herrschte eine gegenseitige Akzeptanz und Sympathie, und beide redeten stundenlang über Gott und die Welt. Dorothea dauerte diese Männerunterhaltung viel zu lange. Als es ihr zu langweilig im Wohnzimmer wurde, steckte sie neugierig den Kopf zur Tür herein, doch ihr Mann winkte ungehalten ab. Beleidigt zog sie sich zurück und wartete voller Ungeduld darauf, bis Malte seinen Besuch beendet hatte.

Später im Bett machte sie ihrem Unmut Luft. Das lange Gespräch hatte ihren Mann so sehr angestrengt, dass er kaum mehr sprechen konnte, ohne sofort in einen heftigen Hustenanfall auszubrechen.

Mit zusammengezogenen Augenbrauen schaute sie ihn an. „Ich weiß nicht, wie du darauf kommst, dass Malte ein so außergewöhnlicher Mensch sein soll... nur weil er den *Krieg* überlebt hat?!"

Würgend rang Bernhard nach Luft. Mit heiserer Stimme widersprach er ihr. „Mit eiserner Disziplin hat er wieder das Laufen gelernt und alles drangesetzt, um sich eine Existenz aufzubauen. Er besitzt in Hannover eine gutgehende Anwaltskanzlei. Sowas imponiert mir und weist einen willensstarken, guten Charakter aus..." Der Husten verhinderte ein Weitersprechen. Bernhard preßte ein Taschentuch vor den Mund.

„Hannover..." So, wie seine Frau das Wort aussprach, klang es, als sei die niedersächsische Landeshauptstadt das letzte Dorf vor der östlichen Grenze der Republik. „Evchen hätte bestimmt auch hier eine gute Partie finden können!"

Der Husten schüttelte ihn und machte eine Erwiderung unmöglich. Verzweifelt rang er nach Luft, doch Dorothea war weit davon entfernt, Rücksicht auf ihren kranken Mann zu nehmen. Zu sehr nagte es an ihrem Ego, dass er sie bei dem Gespräch mit ihrem zukünftigen Schwiegersohn ausgeschlossen hatte.

„Oh, dieser schreckliche Husten!", rief sie unbeherrscht aus, „hoffentlich geht das jetzt nicht wieder die ganze Nacht so. Kann man denn gar nichts dagegen tun?"

„Ich... werde... die... Operation... machen... lassen", brachte Bernhard unter größter Anstrengung heraus und verließ das gemeinsame Schlafzimmer, damit seine Frau in Ruhe einschlafen konnte.

Professor Greve riet ihm allerdings, mit noch zu warten, sein Körper sei zu geschwächt, um den schweren Eingriff zu überstehen. Also überzeugte Bernhard seine Frau, dass es wohl für beide das Beste sei, wenn er so lange in das ehemalige Zimmer seines Sohnes umziehen würde. Die Aussicht auf eine ungestörte Nachtruhe erleichterte Dorothea die Zustimmung. Seit Albert und auch Eva-Maria ausgezogen waren, war das Haus für beide zu groß und es machte ihr viel Arbeit, obwohl eine Putzfrau zweimal in der Woche für Sauberkeit und Ordnung sorgte. Da Bernhard nach wie vor für die Gerichtsmedizin tätig war und bei besonders heiklen Mordfällen für Gutachten hinzugezogen wurde, fühlte sich Dorothea oft recht einsam. Regelmäßig traf sie sich zwar noch mit ihrem Bridgekreis, das füllte allerdings die restlichen Tage der Woche nicht aus.

Die Langeweile plagte sie. Dann gingen ihr alle möglichen Gedanken im Kopf herum. Manchmal fragte sie sich, wie es wohl ihrem Bruder in den letzten Jahren ergangen sein mochte. Seit sie ihm damals in seinem Büro wegen der hohen Steuernachzahlung zur Rede gestellt hatte, war der Kontakt zwischen den Geschwistern gänzlich abgebrochen.

All die Jahre hatte sie eisern an ihrem Entschluß festgehalten. Sie konnte Jens einfach nicht verzeihen.

Zu tief war die Verletzung und der Zorn darüber, dass er sie um ihr Erbe gebracht und gezwungen hatte, das Erbe ihrer Kinder zur Begleichung der Steuerschuld zu einem Spottpreis zu verschleudern. Nein, sie wollte nie wieder mit ihm ein Wort wechseln! Wahrscheinlich ging es ihm blendend. Er hatte sich ja ein Leben lang darauf verstanden, aus jeder Situation das Beste für sich herauszuholen. Egoismus und Rücksichtslosigkeit - die beiden prägenden Eigenschaften, die seinen Charakter domminierten.

Hin und wieder las sie einen Artikel über die *Cornelsen Bank* in der Zeitung. Demnach schien er es geschafft zu haben, die Bank ganz nach oben zu bringen und sein Vermögen zu vermehren. Sie zwang sich, an etwas Erfreulicheres zu denken und verbannte die quälenden Gedanken in den hintersten Winkel ihres Kopfes. Dieses unerfreuliche Kapitel ihres Lebens war ein für allemal abgeschlossen.

51

„Wie schön, mein Junge, das sind ja wirklich er-
freuliche Neuigkeiten! Ein Einser-Abitur… Glück-
wunsch! Dann könntest du ja schon im nächsten Monat bei mir anfangen... ach... du willst in Amsterdam
bleiben... Schade, tja, da kann man nichts machen...
Du bist alt genug, deine eigenen Entscheidungen zu
treffen... nein, nein, ich bin nicht verärgert…, natürlich akzeptiere ich deine Entscheidung... ja, wir
sehen uns..., vielleicht nach deiner Urlaubsreise... Auf
Wiederhören, Hermann.“

Es knackte in der Leitung, dann tutete es. Wie
versteinert saß Jens auf seinem Stuhl am Schreibtisch,
den Hörer in der Hand haltend und starrte vor sich
hin. Die Enttäuschung traf ihn wie ein harter Schlag.
Sein Sohn erteilte ihm eine Absage und wollte seine
Banklehre lieber in Amsterdam in der großväterlichen
Bank bei seiner Mutter absolvieren statt bei ihm.

Anna hat wirklich ganze Arbeit geleistet!, dachte
er verbittert und legte den Hörer auf. Er sank zurück
in seinem Stuhl. Sein Blick wanderte zum Bild seines
Vaters, das immer noch auf dem Schreibtisch stand.
Heute kam es ihm vor, als würde sein alter Herr ihm
persönlich die Zunge herausstrecken und ihm zurufen:

295

„Junge, das alles hast du dir ganz alleine selbst zuzuschreiben!"

Gequält wandte er seine Augen von dem Foto ab und drehte sich mit dem Bürosessel zum Fenster herum. Draußen tobte ein schweres Frühjahrsgewitter. Der Himmel schickte Sturzbäche herab, dicke Hagelkörner schlugen gegen die Fensterscheiben.

Seine Gedanken schweiften ab.

Dreizehn Jahre nach Kriegsende ging es der *Cornelsen Bank* vortrefflich. Nachdem er seine Schwester unter Vorspiegelung falscher Tatsachen aus der Bank herausgedrängt hatte, gelang es ihm mit Hilfe der Verbindungen seines Onkels zur Wall Street, die drohende Übernahme durch Baron von Weidenfeld in letzter Sekunde abzuwenden. Mit einigen sehr lukrativen Spekulationen konnte er anschließend den Gewinn der Bank wieder steigern.

Im Laufe der Jahre konzentrierte er das Hauptgeschäft auf Unternehmen und vermögende Privatkunden. Unter einer Millionen Mark nahm er keinen neuen Bankkunden mehr an und fuhr sehr gut damit. Er gehörte zu den angesehensten Bürgern der Stadt, wurde zu jedem Kulturereignis und jeder Gesellschaft eingeladen, saß im Vorstand einiger Unternehmen und traf sich regelmäßig auf einen Plausch mit Geschäftsleuten und Botschaftern in den verschiedenen Herrenclubs der Stadt. Er hätte ein glücklicher und zufriedener Mann sein können, denn er hatte in seinem Leben wesentlich mehr erreicht, als er es sich als junger Mann hatte vorstellen können.

Doch das Gegenteil war der Fall.

Mit seinen zweiundsechzig Jahren fühlte er sich alt und verbraucht. Er ging keinem Hobby mehr nach, sein Reitpferd hatte er längst verkauft; es gab nichts in

seinem Leben, was die Leere in seinem Inneren aus-
zufüllen vermochte. Er besaß das Geld, um die teuers-
ten Kunstschätze und Antiquitäten rund um den Erd-
ball zusammenzusammeln, doch betrachtete er die
wertvollen Objekte als reine Anlagenprodukte, die
sein Herz nicht wärmten.

Er legte den Kopf gegen die Lehne und schloß die
Augen.

Freude, Glück, Harmonie...

So etwas in der Art hatte er zuletzt in seiner Beziehung mit Delia empfunden. Sie waren einander
ebenbürtig gewesen, und sie hatte ihn durchschaut.
Entgegen seiner Annahme war sie nicht aus London
zu ihm zurückgekehrt. Zu ihren Eltern hielt er keinen
Kontakt mehr. So plötzlich, wie sie nach dem Kriege
in sein Leben zurückgekehrt war, war sie aus ihm
auch wieder verschwunden. Sein Stolz verbat es ihm,
ihr nachzufahren und sie zurückzuholen. Fahrende
Leute soll man nicht aufhalten, war stets seine Devise
gewesen. Danach lebte er auch heute noch. Bis jetzt
hatte er sich weder mit seiner Schwester versöhnt,
noch den Kontakt zu ihr und ihrer Familie gesucht.
Nein, er hatte sich nichts vorzuwerfen! Schließlich
hatte er nur im Sinne der Bank gehandelt und der ging
es seitdem so gut wie nie, rechtfertigte er vor sich
selbst sein rücksichtsloses Handeln.

*Harte Zeiten erfordern harte Methoden. Wer das
nicht beherzigt, kommt unter die Räder.*

Worte, die sein Onkel Dietrich gerne im Munde
führte. Auch am Abend der Beerdigung seines einzigen Sohnes Sigmund, zu der Jens nach Washington
gereist war. Dietrich Cornelsen hatte für die Verzweif-
lungstat seines Sohnes nichts als abgrundtiefe Verachtung übrig. Nur um den Schein einer gemeinsam

trauernden Familie vor seinen Freunden zu wahren, wohnte er überhaupt der Beerdigung bei. Seine Betroffenheit war nur gespielt. Im letzten Jahr wurde er dann selbst, hoch in den Achtzigern, zu Grabe getragen. Demonstrativ blieb seine Schwiegertochter Ruth der Trauerfeier fern.

Jens schob die Schatten der Vergangenheit zur Seite und öffnete wieder die Augen. Nachdenklich betrachtete er seine sorgfältig polierten Fingernägel. Wie aus einer anderen, längst vergangenen Zeit kamen ihm auf einmal die Worte seines Vaters in den Sinn, die dieser ihm nach seinem ersten erfolgreichen Geschäftsabschluß für die Zukunft mit auf dem Weg gegeben hatte.

Vergiß nie, mein Junge: Geld und Erfolg machen nicht glücklich, wenn da niemand ist, mit dem du beides teilen kannst!

Sein Blick heftete sich wieder auf das Bild seines Vaters. Es strahlte Hermanns ganze Lebensfreude und Fröhlichkeit aus, für die ihn alle so geliebt und die Jens an ihm immer bewundert hatte.

Vater... !

Lange Zeit hatte er damit gehadert, adoptiert worden zu sein, doch dann setzte sich leise die Erkenntnis in ihm durch, dass es völlig unerheblich war, ob er nun ein ‚geborener' oder ein ‚adoptierter' Cornelsen war. Seine Eltern hatten ihn als ihren Sohn angenommen und ihm Liebe, Verständnis und eine hervorragende Ausbildung zuteil werden lassen. Sie hatten ihn in ihrer Familie aufgenommen und als ein vollwertiges Familienmitglied behandelt.

Ich habe alles zerstört!, meldete sich selbstkritisch sein schlechtes Gewissen.

Er dachte wieder an Dorothea.

298

Plötzlich überwältigte ihn ein nie gekanntes Gefühl der Einsamkeit. Erfolg und Geld bestimmten sein Leben. Ein kaltes, leeres Leben, das durch seinen unbedingten Willen zur Macht und der Gier nach immer mehr angetrieben wurde.

Das vertraute, spitzbübische Grinsen funkelte in Hermanns Augen. Versunken betrachtete Jens das Gesicht seines Vaters. Auf einmal stieg ein eigenartig beklemmendes Gefühl in ihm auf und schnürte ihm die Kehle zu. Nein, Erfolg und das viele Geld waren kein Quell der Freude mehr für ihn, denn es gab in der Tat niemanden an seiner Seite, mit dem er beides hätte teilen konnte.

52

Die Magnolien blühten. In der Nacht hatte es geregnet, nun zeigte der Frühling sein schönstes Kleid. Bernhard lag in einem Einzelzimmer und las den Brief, den ihm die Schwester am Morgen ans Bett gebracht hatte. Ein Brief seiner Tochter. Er hielt das Blatt Papier ganz dicht an seine Augen, um mühselig jeden einzelnen Buchstaben ihrer klaren, schönen Schrift zu entziffern.

‚Ich hoffe, dass du langsam wieder zu Kräften kommst und dein Professor dich in drei Wochen entläßt. Malte und ich würden uns sehr freuen, wenn du bei unserer Hochzeit dabei sein könntest.‘

Das Verhältnis zwischen Vater und Tochter hatte sich merklich verbessert. Nach dem langen Gespräch, das Bernhard mit seinem zukünftigen Schwiegersohn geführt hatte, wußte er, dass es für Eva-Maria keinem besseren Mann hätte geben können. Regelmäßig erhielt er nun ihre Briefe mit vielen guten Wünschen und aufmunternden Worten. Seit ein paar Wochen lag er wieder in der Lungenklinik in Schleswig-Holstein. Um seiner Frau den Gefallen zu tun, hatte er sich schweren Herzens zu der Operation durchgerungen. Ein Teil seines Lungenflügels war dabei entfernt worden. Der Husten war ihm geblieben und das Atmen fiel nun noch schwerer.

Es klopfte. Professor Greve steckte den Kopf zur Tür herein.

„Darf ich…?"

„Bitte sehr, Professor, tun Sie sich keinen Zwang an, Sie haben hier das Hausrecht", scherzte Bernhard in einer Art Galgenhumor.

Der Lungenfacharzt setzte eine betont fröhliche Miene auf und trat an das Bett seines langjährigen Patienten heran.

Bernhard legte den Brief beiseite und schaute prüfend ins Gesicht des Professors.

„Es war alles umsonst, nicht wahr?"

Der Professor wich seinem intensiven Blick aus und zog sich stattdessen einen Stuhl heran. Aufseufzend ließ er sich darauf nieder.

„Nun… es war ein Versuch…"

„Der letzte!", stellte Bernhard barsch fest.

Mit einer bedauernden Geste hob Greve die Hände und ließ sie wieder fallen.

„Bei Ihrer Krankengeschichte können wir keine Wunder erwarten."

Bernhard schwieg ein paar Sekunden, dann schaute er den Professor fest in die Augen, sein Blick war entschlossen. „In drei Wochen heiratet meine Tochter. Sie werden mich soweit wieder aufbauen, dass ich entlassen werden kann."

Professor Greve sah seinen schwerkranken Patienten und Kollegen mitfühlend an, enthielt sich aber einer abschließenden Zustimmung.

Mit eiserner Willensstärke und letzter Kraft hielt Bernhard nach der Trauung, als sich alle Gäste in seinem Haus am *Rabenhorst* versammelt hatten, eine kurze aber bewegende Ansprache, wo er immer wieder nach Luft rang, um sich anschließend erschöpft in sein Zimmer zurückzuziehen. Hektisch überwachte seine Frau die Feier und lief hin und her, um dafür zu sorgen, dass niemand zu kurz kam. Albert hatte seine Frau dazu überreden können, der Hochzeit seiner Schwester beizuwohnen und verknipste nun statt von den Brautleuten einen Film nach dem anderen von seiner Frau.

Schließlich war die Zeit für den Abschied gekommen. Eva-Maria schlüpfte unbemerkt aus dem Wohnzimmer, um sich in ihrem ‚Jungmädchen'-Zimmer umzuziehen. Malte hatte schon die Taxe gerufen, die beide zum Hauptbahnhof bringen sollte. Dort würden sie in den Zug steigen, der sie nach Sylt bringen würde. Zwei Wochen wollten sie auf der Nordseeinsel verbringen und ihr junges Glück genießen, bevor dann der Umzug nach Hannover anstand.

Die Zeit reichte nicht mehr aus, um sich vom Vater zu verabschieden. Der Taxifahrer würde sich beeilen müssen, damit sie ihren Zug noch erreichten.

Die Gäste begleiteten das junge Paar bis vor die Haustür. Eva-Maria winkte aus dem Fond, bis sie um die Ecke bogen, dann lehnte sie sich in Maltes Arm zurück.

Zärtlich blickte er auf sie herab. „Ich fand es sehr schön, dass dein Vater an der kirchlichen Trauung teilnehmen konnte."

„Ja, er hat sich einfach selbst entlassen. Ich glaube, es ist ihm alles ein bißchen zu viel geworden."

Beruhigend strich er ihr über die Hand. „Mach dir keine Sorgen. Jetzt genießen wir erst mal unsere

Hochzeitsreise und wenn wir in zwei Wochen zurück-
kommen, besuchen wir gleich deine Eltern."

Sie strahlte ihn glücklich an und erwiderte seinen
innigen Kuß. Schmunzelnd betrachtet der Taxifahrer
das junge Paar im Rückspiegel.

Auf der Nordseeinsel erlebten beide Tage losge-
löster Glückseligkeit. Ausgelassen tobten sie am
Strand von Westerland herum oder wanderten durch
die Dünen von Hörnum. In List gingen sie an Bord
eines Krabbenkutters und fuhren mit hinaus aufs offene Meer. Abends führte Malte seine Frau entweder
zum Tanzen oder ins Kasino aus, wo Eva-Maria zumindest ihren Einsatz zurückgewann. Er hatte da ein
glücklicheres Händchen und konnte, als sie das Kasino wieder verließen, eine recht stattliche Summe in
seine Geldbörse stecken. Der Urlaub näherte sich dem
Ende, als sie nach einer Wanderung um das Rantumer
Becken in ihre Pension zurückkehrten und schon von
der Haushälterin mit sorgenvoller Miene erwartet
wurden. Eine Ahnung stieg in Eva-Maria auf, dass das
nichts Gutes zu bedeuten hatte.

„Frau Jansen, Ihre Mutter hat angerufen... Ihr Vater liegt im Krankenhaus... er verlangt nach Ihnen."

Mit dem nächsten Zug verließen sie die Insel.

Und nun saß sie hier am Krankenbett ihres Vaters,
der schmal, mit wachsbleicher Haut dort lag und vor
sich hindämmerte. Seine mageren Hände, auf der die
blauen Adern hervortraten, tasteten unruhig über die
Bettdecke, doch er schlug die Augen nicht auf. Der
rasselnde Atem stockte hin und wieder.

Tausend Gedanken gingen ihr durch den Kopf. So
setzte es ihr sehr zu, ihren dynamischen, kraftvollen
Vater auf einmal so hilflos, ausgezehrt und schwer

von der Krankheit gezeichnet wiederzuehen. Ihr starker Vater, vor dem sie zeit ihres Lebens nur Angst gehabt hatte, kämpfte seinen letzten, qualvollen und vergeblichen Kampf. Bevor sie das Krankenzimmer betrat, hatte ihr Professor Greve schonend beigebracht, dass der Todeskampf noch ein paar Stunden dauern könne. Tränen traten ihr in die Augen. Tiefes Mitgefühl für ihren todkranken Vater überkam sie. Behutsam legte sie ihre Hand auf seine. Sein Atem ging nun wieder gleichmäßig.

Plötzlich schlug er die Augen auf und schaute sie unverwandt an. Sein Blick war klar, der Ausdruck seiner Augen warm und voller Liebe und Güte. So hatte er sonst nur ihre Mutter angesehen. Sein Blick drang tief in ihre Seele. Zaghaft regte sich das längst verloren geglaubte Gefühl der Verbundenheit, das sie als ganz kleines Kind in seiner Nähe empfunden hatte, bis es die Schläge und seine unerbittliche Härte und Strenge ihr gegenüber zerstörten. In diesem Augenblick fühlte sie sich wieder wie das vierjährige Mädchen, das sich nach dem Schutz und der bedingungslosen Liebe des Vaters sehnte.

Er schaute sie immer noch an. Sie drückte seine Hand. Schwach erwiderte er den Druck. Verzweifelt kämpfte sie gegen die aufsteigenden Tränen an. Sie wollte ihm noch so viel sagen, kein einziges Wort kam ihr über die Lippen.

Vater und Tochter hielten ein stummes Zwiegespräch. In seinen Augen las sie all das, was er ihr selbst nicht mehr sagen konnte. Dann ging ein Zittern durch seinen geschwächten Körper. Seine magere Brust hob sich ein letztes Mal, sein Kopf sackte schlaff zur Seite.

Entsetzt starrte sie auf seine eingefallene Brust und wartete darauf, dass sie sich wieder hob und senkte, dann begriff ihr Verstand: ihr Vater war tot!

Behutsam, als wolle sie ihn nicht aufwecken, strich sie ihm mit dem Finger zärtlich über die hohlen Wangen und drückte ihm die Augen zu. Auf seinem Gesicht lag ein entspannter, friedlicher Ausdruck. Nun ließ sie ihren Tränen freien Lauf. Ihr Kopf sank auf seine Brust und dann weinte sie um ihren Vater, wie sie es nie für möglich gehalten hatte, dass sie einmal so um ihn weinen würde. Nach einer Weile beruhigte sie sich wieder. Sie richtete sich auf, suchte in ihrer Handtasche nach einem Taschentuch und putzte sich die Nase. Ihr Blick fiel auf den Nachttisch und da entdecke sie ihn: einen an sie adressierten Brief, den Bernhard wohl noch mit letzter Kraft geschrieben haben mußte. Sein Vermächtnis an sie!

Mit großem Erstaunen begann sie zu lesen.

,Mein liebes Kind, ich fühle, wie mit jedem Tag Stück für Stück das Leben aus meinem Körper schwindet, darum ist es mir ein drängendes Anliegen, so lange ich noch die Kraft dazu aufbringe, einen Stift in der Hand zu halten, dir ein paar Dinge zu sagen, die schwer auf meiner Seele lasten. Wenn man an der Schwelle zum Jenseits steht, sieht man manches klarer und schärfer. Ich erkenne jetzt beschämt, dass ich dir wohl nie ein wirklich guter Vater gewesen bin. Rückblickend muß ich mir sogar den Vorwurf machen, dass ich in manchen Dingen viel zu streng mit dir und in anderen Dingen mit deinem Bruder viel zu nachsichtig gewesen bin. Aber all mein Tun war stets von der Sorge geleitet, dass du dir, wie deine Tante Katharina, meine geliebte Schwester, die ihr nie kennen-

gelernt habt, etwas antun könntest. Aus Liebeskummer
setzte sie im Alter von 18 Jahren ihrem jungen Leben
ein jähes Ende. Aus diesem Grunde war ich - dir oft
unverständlich - so unerbittlich mit dir. Meine Arbeit
als Gerichtsmediziner trug sicher auch ihren Teil
dazu bei. Nun, am Ende meines Lebens, begreife ich,
dass ich aus dieser Sorge heraus vieles falsch ge-
macht habe. Ich bitte dich hiermit um Vergebung. Du
bist meine Tochter...´

Es wurde eine große Beerdigung. Freunde, ehemalige Studenten und Kollegen, Weggefährten aus
der Mordkommission und der Justiz – alle waren gekommen, um Professor Trautmann das letzte Geleit zu
geben. Dorothea brach unter dem Schmerz des Ver-
lustes beinah zusammen. Am Arm von Albert
schleppte sie sich zur Aussegnung ans Grab ihres
Mannes, der, wie auch ihre Eltern, auf dem *Ohlsdor-*
fer Friedhof beigesetzt wurde. Ein Meer aus Blumen,
Gestecken und Kränzen lag neben dem ausgeschau-
felten Grab.

Ein elegant gekleideter Mann von knapp zwanzig
Jahren drängelte sich zu den Blumengebinden vor und
legte einen wunderschönen Kranz nieder. Auf der
Schärpe stand: *Ein letzter Gruß, Jens.*

Eva-Maria, die am Arm ihres Mannes hinter der
Mutter und Albert herschritt, raunte Malte leise zu:
„Das muß mein Cousin Hermann sein, den Onkel Jens
an seiner Statt schickt. Noch nicht einmal jetzt bringt
er es fertig, sich mit Mutti auszusöhnen!"

Die Sargträger ließen den schweren Eichensarg
ins Grab hinabgleiten. Am Kopfende stand der Pastor
und wartete, bis die Träger zurücktraten, dann sprach
er mit lauter Stimme das ‚Vater unser' und segnete

den Verstorbenen aus. Er warf eine Schaufel Sand auf den Sarg, schlug das Kreuz und trat zurück, damit sich die Angehörigen und Freunde verabschieden konnten.

Professor Poeppel kämpfte vergeblich mit den Tränen, seine Frau betupfte ihre Augen mit einem Taschentuch. In seiner Hand hielt er eine Kappe, die Bernhard während seiner Mitgliedschaft in der Studentenbewegung bei ihren Fechtduellen getragen hatte, die jeder aus dieser Bewegung getragen hatte. Poeppels sonst so volltönende Stimme versagte. Er brachte nur ein heiseres Krächzen hervor, als er sie mit den Worten „Wir sehen uns bald wieder, Hardy, alter Junge" ins Grab hinabwarf. Anschließend mußte seine Frau den Hünen unterhaken und stützen, so sehr übermannte ihn die Trauer um den verstorbenen, besten Freund.

Auch vielen der anderen Trauergäste ging die Beerdigung nahe, aber über allem schwebte das klagende Schluchzen Dorotheas. Als Albert mit seiner aufgelösten Mutter an das Grab herantrat, drohten sie, die Kräfte zu verlassen. Wenn Albert seinen Arm nicht fest um ihre Taille gelegt und sie gestützt hätte, wäre sie womöglich vor Trauer überwältigt am Grabe zusammengebrochen.

Äußerlich gefaßt trat Eva-Maria an den Sarg ihres Vaters heran. In der Hand hielt sie einen Strauß roter Rosen. Malte ließ ihr allein den Vortritt. Sie konnte dem Schicksal gar nicht genug danken, dass es sie beide wieder zusammengeführt hatte und er ihr in dieser schweren Stunde beistand. Das mußte auch ihr Vater so empfunden haben, denn seine letzten Worte galten ihrem Mann.

,Ich habe dich immer geliebt und gehe nun mit leichtem Herzen von dieser Welt, da ich dich an Maltes Seite bestens aufgehoben weiß. Er besitzt einen guten Charakter und wird dir sicher in allem beistehen. Werdet glücklich miteinander und übe Nachsicht mit deiner Mutter. Sie stammt wie ich aus einer anderen Zeit. Es bereitet ihr große Schwierigkeiten, sich im Hier und Heute zurechtzufinden. In inniger Liebe, dein Vater.'

Mit diesen Zeilen endete sein Brief. Sein Vermächtnis an sie, das sie nicht hätte glücklicher machen können. Am Ende seines Lebens hatte ihr Vater sie als Tochter angenommen und sich mit ihr ausgesöhnt! Und sie sich mit ihm. Mit der Gewißheit, dass er sie liebte, gelang es ihr, ihm zu vergeben.

In ihren Augen standen Tränen. Sie küßte den Strauß und warf ihn hinab ins Grab.

„Leb wohl, Vati", flüsterte sie mit erstickter Stimme.

Es dauerte eine Weile, bis die große Trauergemeinde von Professor Trautmann Abschied genommen hatte. Mit sanftem Nachdruck sorgte Albert dafür, dass seine Mutter, die nicht vom Grab weichen wollte, schließlich nachgab und sich von ihm wegführen ließ.

Eva-Maria folgte ihnen am Arm ihres Mannes. Malte warf ihr einen besorgten Blick zu, sie aber schüttelte unter Tränen lächelnd den Kopf. „Nein, nein, es ist alles gut. Ich konnte mich mit meinem Vater aussöhnen und so mit der Vergangenheit endgültig abschließen. Jetzt freue ich mich auf das Leben mit dir!"